ms

König Phantasus.

Roman eines Unglücklichen

von

E. M. Vacano-Freiberg.

Alle Rechte vorbehalten.

Mannheim.
Druck und Verlag von J. Bensheimer.
1886.

Emil Mario Vacano
Günther von Freiberg

König Phantasus

Roman eines Unglücklichen

Mit einem Textanhang
und einem Nachwort von
Wolfram Setz

Männerschwarm Verlag

Bibliothek rosa Winkel
Band 68

Die Originalausgabe erschien 1886
im Verlag J. Bensheimer, Mannheim

Die schwankende und teilweise recht eigenwillige Orthographie wurde vereinheitlicht und zuweilen dem »Vollständigen Orthographischen Wörterbuch« von Konrad Duden (Leipzig 1880) angepaßt.

Umschlagmotiv:
Dieter Olaf Klama: »Ich, der König« (1998)

Die Autorenporträts stellten das Institut für Sächsische Geschichte und Volkskunde e. V. in Dresden und die Staatsbibliothek zu Berlin – Preußischer Kulturbesitz zur Verfügung.

Gedruckt mit Unterstützung der Gesellschaft
zur Förderung literarwissenschaftlicher Homostudien
(Siegen)

Die Deutsche Bibliothek verzeichnet diese Publikation
in der Deutschen Nationalbibliographie;
detaillierte bibliographische Daten sind im Internet
unter <http://dnb.ddb.de> abrufbar

© 2014 Männerschwarm Verlag, Hamburg
Herstellung: Strauss GmbH, Mörlenbach
Printed in Germany
ISSN 0940-6247
ISBN 978-3-86300-068-4

Erster Theil

Elagabal, der Sonnenpriester

1. Kapitel

Memnon-Klänge

Frohnleichnamstag!

So früh es war, regte sich in den Straßen und in den Häusern der Residenz die Geschäftigkeit, welche einem großen Feiertage vorherzugehen pflegt. Alles erhebt sich da früher als gewöhnlich, auch wenn man am Feste selber nicht betheiligt ist. Die Unruhe der Anderen läßt Einen nicht ruhen.

Oder liegt in dem Dämmern solcher Tage wahrhaftig etwas Heiliges, Großes, das den schlummernden Menschen umfächelt und ihm gleichsam zuzuflüstern scheint: – »Auf, auf, es ist der Tag des Herrn! Tritt heran zum Opfer . . .«

Und diese Festesahnung rauscht durch das ärmste Haus, wie durch den Palast des Königs, und diese Stimme flüstert zum Bürger wie zum Fürsten. Denn es ist schön eingerichtet, daß nicht die Vernichtung allein allen Menschen gemeinsam ist, sondern auch die Freude. Und so kam es, daß an diesem Frühmorgen auch der Herr des Landes das Wehen der Festesgrüße fühlte, und sich früher von seinem Lager erhob, als sonst, noch ehe die Lakaien zur bestimmten Stunde in's Zimmer traten, um die Vorhänge zurückzuschlagen und der Sonne die Meldung zu überlassen: »Eure Majestät, es ist Tag!«

Er klingelte heute nicht wie sonst seinen Kammerdiener im Bette herbei und verbrachte nicht wie sonst seine ersten wachen Stunden in demselben, und hielt nicht sein Lever nach der Art des großen Ludwigs von Frankreich.

Er erhob sich vom Lager, schritt auf das Fenster zu und schob die schweren Falten des sammetnen Vorhangs zurück.

Er war eine große, echt königliche, gebietende Gestalt, der junge Herrscher Percival. Eine Reckengestalt, aber noch ganz überflossen von der schlanken Anmuth der Jugendlichkeit, und dabei schön wie ein Traum, den Aphrodite träumt, wenn sie auf einem Lager weicher bläulicher Anemonenblüthen des Ares harrt.

»Heute ist der Tag des Herrn!« Dies war der Gedanke, welcher sich in den großen, fast kindlich reinen Augen des Königs spiegelte, wie er so hinausblickte auf die Zinnen und Thürme seiner Residenz, welche im Morgenschimmer dalag vor seinen Blicken, mit ihren Giebeldächern und ihren Erkern, ihren grünen Bauminseln und den Kirchen mit den strahlenden Kreuzen. Dem Schlosse gegenüber lag der Dom, wie eine Residenz des Herrn, überginstert von den ersten Rosenlichtern, gegen die Residenz des Fürsten, über deren Façade noch der Dämmerungsschleier lag.

Jetzt wurden die Rosenlichter der Morgenröthe blässer und blässer, wie Vasallen sich zu vermindern scheinen beim Nahen des Herrschers, und die Sonne trat hervor in all ihrem Glanze, in all ihrer Majestät.

Und so wie in der weiten Ferne, im Wüstenmeere der Sage nach die uralte Memnonsäule, das Riesenbild des Sonnenkindes geheimnißvoll erklingt, wenn der Kuß der lichten Mutter es liebevoll erweckt aus der Erstarrung der Nacht, nachdem sie die Schleier der Finsterniß von ihm entfernt, so regte sich jetzt auch die Stimme des königlichen Jünglings und klang hinaus in die Morgenherrlichkeit, wie er so dastand, hochaufgerichtet, das reiche braune Lockenhaar wallend um das blühende Gesicht, die stolzen, hohen, jugendschlanken Glieder umflossen vom langen, weißen Nachtkleide, das sich wie eine Liebkosung an die klassisch-schönen Glieder zu schmiegen schien.

– »Willkommen, Sonne! Wie schön machst du mir die Welt – meine Welt!« – fügte er mit erhabenem Hochmuthe hinzu; denn in der That gehörte diese Welt, die er hier vor seinen jugendtrunkenen Blicken sah, nicht ihm? War er nicht der Herrscher dieser Stadt von Palästen, die vor ihm lag, dieses weiten Landes, das dieselbe umgab, so wie ein See eine Insel umgeben mag? . . . »Willkommen, Sonne! Erhelle meine Pfade, verleihe Glanz meinem Reiche! . . .«

Wie oft hatte er, da er noch nicht die Krone trug, in alten Klassikern gelesen von Elagabal, dem römischen Cäsar, welcher, erzogen in den geheimnißvollen Vorhallen der syrischen Sonnentempel, selber ein Priester dieser Lichtgottheit geworden war. Und wie oft hatte er sich mit diesem kaiserlichen Sonnenpriester verglichen und hatte sich an seine Stelle gedacht, und mit dem ganzen schwärmenden, genialen Zuge seines Wesens den römischen Imperator gleichsam zu seinem Vorbilde gemacht! . . .

Als fünfzehn- bis sechszehnjähriger Jüngling schon hatte er sich in seinen inneren Gemächern als Elagabal gekleidet. Da er aber von seinem geradsinnigen, positiven Vater in allen Allotriis sehr streng gehalten worden war, so hatte er diese Costüme heimlich anfertigen lassen und die weichen weißen Seidenfalten mit dem goldgestickten Sonnenbilde auf der Brust, deren Strahlen das ganze Gewand in feinen Fäden durchstreiften, um den schlanken Leib festgehalten von einem breiten, schlangenartigen Goldgürtel, diese Gewänder, in welchen er in der That von idealer, berückender Schönheit war, hatte kein anderes bewunderndes Auge gesehen, als das des Verfertigers und ein Diener.

Und einen Altar hatte er sich zusammengestellt im knabenhaften Spiele mit dem Bilde der Sonne, wie die Syrer es hochhielten: Die Kugel, von welcher aus bunte Flügel wegragten, umgeben vom himmlischen Blau. Davor hatte er sich gebeugt und hatte gedient dem ewigen Lichte, und war dann vor den Spiegel getreten und sein künstlerisches Auge war gleichsam betroffen worden von der eigenen strahlenden Schönheit.

Zur wogenden Wasserfläche war die Spiegelglätte geworden, und der herrliche Jüngling sah sein Ebenbild darin sich regen und bewegen und er sah es mit dem Blicke des Narcissus, welcher an der Quelle lagerte – lange – lange, Stunden vergingen über dem liebenden, bewundernden Anschauen des eigenen Ichs – und das erste Schlänglein entstand im königlichen Herzen, die Mutter allen Hochmuths: die Eitelkeit. Dann aber hatte er sich zum Sonnenaltar gewendet und hatte sein Knie vor demselben gebeugt, und war in Anbetung und Meditation versunken. Die wirkliche, die reale Welt war um ihn verschwunden, und eine Märchenwelt war um ihn entstanden – wie natürlich war das im unreifen Knaben, in welchem es wogt und wallt wie in dem Chaos, aus dem die Welt der Mannheit sich bilden soll! ... Der tiefblaue, fast schwarze Himmel Syriens lag über ihm, gigantische Palmbäume neigten sich um ihn wie Geistersklaven, die reiche orientalische Pracht glitzerte und flammte um ihn in elfenbeinernen Säulen, welche goldene Reifen trugen. Es war die glanzvolle, träge, gedankenlose, sklavische, faule und faulenzende orientalische Welt, welche um ihn märchenhaft wieder erstand und seine jungen Sinne berauschte mit dem schweren Athem wunderbar farbenreicher Giftpflanzen.

Umsonst winkte das Kreuz der alten heimischen Domkirche zu ihm herein – das Kreuz, welches die Demuth des Gottessohnes predigte, selbst den Fürsten dieser Erde. Und nicht ungestraft wendet sich der Mensch von dem Kreuze, welches die Sanftmuth lehrt und den Hochmuth verurtheilt. Das Herz, in welchem das Kreuz nicht wurzelt, gebärt keine Lilien mehr, nur ekles Gethier, wie ein Sumpf. Die Seele, in welcher das Kreuz nicht mehr waltet, besetzt den leergewordenen Thron mit dem eigenen Ich.

Dann hatte der fürstliche Knabe weitergeblättert in dem alten Klassiker, welcher die Geschichte seines Musters und Ideals, des Elagabal, des Sonnenpriesters, enthielt. Und seltsame, grauenhafte Märchen las er von dem Liebesleben dieses Kaisers – Märchen, in welchen die Unnatur greisenhafter Leidenschaft ihre wollüstigen Träume verwirklichte. Und er sog diese Märchen ein in seine haltlose, unschuldige, reichbegabte Seele, in der die erste, blinde, ziellose Liebesahnung zitterte.

So heimlich das alles geschah, einem sorgenden Vaterauge bleibt nichts verborgen, besonders wenn dieses Auge das eines Königs ist. Man hinterbrachte ihm das seltsame Traumleben des Knaben, und er erschrak. Aber nur für einen Augenblick. Wenn er in das helle, reine, schwärmende Auge des geliebten Sohnes sah, lächelte er sich selbst seine Sorge weg und sagte denen, die ihm den jungen Sonnenpriester wiesen, wie er am Altar seines Gottes das Leben des alten römischen Kaisers las: »Kindische Spiele!« –

Er vergaß in diesem Augenblicke, daß die alten Fabeln des Klassikers einen fürchterlichen Refrain haben:
– »Den Cäsarenwahnsinn!« –

* * *

Und heute, an dem hellen Morgen des Frohnleichnamsfestes, wo der junge, königgewordene Held hinausschaute in die Herrlichkeit des Sonnenerwachens, da war es nicht mehr der Sonnenpriester, welcher seinem Gotte huldigte, sondern es war Einer, der sich als Sonnenfürst fühlte! Er selber war die Sonne, die es in stolzer Dankbarkeit dem Schöpfer nachempfand, daß er ihn zu dem gemacht, was er war, zum König! Zu dem Höchsten, was die Erde bewundernd sieht, also auch zum – Glücklichsten, wie er meinte. Die wüsten, phantastischen, krankhaften Jugendträume waren verflogen, und er fühlte sich gesund an Leib und Seele, er fühlte sich unermeßlich reich, die Welt lag blühend zu seinen Füßen und sein Auge suchte unter all den Blumen, die da in hellen Farben blühten, die eine blaue Blume: »die Liebe!« –

Die Sonne strahlte in ihrem vollsten Glanze. Aber die Blume, die er nicht fand, machte ihm keine Sorge. Hatte er doch die königliche goldstrotzende Feuerlilie als Scepter in der Hand. Und sein junges Herz schwoll in Freude, Lebenslust und Stolz. Er breitete die kräftigen Reckenarme aus, die so weiß waren, wie die Wolkenarme an sonnigen Tagen, und rief: –

– »Herrschen! Herrschen! – Ich bin der König! Die Sonne dieses Landes! Wenn ich mich in Wolken des Unmuths hülle, liegt ein Schatten über der Welt! – Wenn ich lächle, und mein Antlitz zeige, lächelt das Land, und was ich liebe, überströmt mein Reichthum mit Gnade und Glück! – Was ist der Priester? Ein geheimnißvoller Nekromant, welcher dem Volke einen schwanken, haltlosen Steg hinwirft zu einem unerreichbaren Ufer. Ich aber bin der Gesalbte, der Vertreter Gottes, welcher Leben und Tod spendet, Glück oder Verdammung. Ich bin der sichtbare Gott, dessen Lächeln eine Hütte zum Palaste übergoldet und dessen Mißgunst alle Blüthen zum Welken bringt und Elend wuchern läßt. – Das Volk regt sich tief unter mir wie ein ruheloses Meer, dessen Ebbe und Fluth ich schaffe! Gleich dem Neptun, welcher mit seinem *Quos ego!* die Fluthen schäumen, oder die Ruhe eintreten läßt! . . . Ach, wie glücklich bin ich! . . .«

So athmete der König, und die Sonne strahlte glanzvoll.

Aber plötzlich schreckte der junge König, der Sonnenfürst zusammen, als habe ein Frosthauch einen Blüthenbaum erzittern gemacht. Ein langer, drohender Schatten fiel über ihn.

Der Schatten eines Menschen.

Und dieser Schatten schien drohend einen Arm erhoben zu haben, als wolle er den König fällen. Mit einem Aufschrei des jähen, unbesiegbaren Entsetzens, wie nicht ein Gott, sondern nur ein Mensch ihn hat, wendete er sich um.

Zum erstenmal im Leben durchbebte eine entsetzliche, blitzartige Angst diese junge, tapfere Brust – jene Angst, welche nur im Fürstenherzen nistet und nur auf Fürstenlippen zittert: die Angst vor dem Meuchelmorde – vor dem Meuchelmorde ohne Grund, ohne Zweck, ohne Feind, nur aus irgend einer politischen Idee – der jähe, grausame, mitleidslose Mord von der Hand eines rohen Sklaven, welcher im Dienste irgend eines Fanatikers steht . . .

Ja, da stand ein Mensch hinter dem König.

Aber dieser mußte lächeln und roth werden über die jähe Furcht. Und nach dem Seufzer der Erleichterung erfüllte ein seltsames Gemisch von Mitleid und Ekel sein Herz; ein Gefühl, welches ihn überkam, so oft er diese Gestalt erblickte.

Hinter ihm stand eine jämmerliche, lange, aber gebeugte und hagere Gestalt. Ein jugendlicher Mensch – so schön oder noch schöner wie der König, wenn man unter dem Schleier hohler, kranker Züge und eines gebrochenen Leibes zu lesen vermochte.

Ein schlottriger Anzug aus feinem Stoffe, aber befleckt und beschmutzt und theilweise zerrissen wie der eines unartigen, boshaften Knaben, hing um die erschöpften Glieder.

Ein paar große, schöne, dunkle Augen starrten mit unheimlicher Gedankenlosigkeit in's Leere.

Ein Fieber schien den armen jungen Menschen mitten in der Wärme und der Helle zu schütteln.

Es war ein Geisteskranker, der da hinter dem Könige stand und ihn wirr anschaute – aber ein ungefährlicher Geisteskranker, welchen man im Schlosse behielt, in irgend welchen abgelegenen Zimmern, bewacht von Wärtern, abgeschlossen von der Welt.

Der war wohl an diesem lebensvollen Festtagsmorgen, wo Jedermann mit sich selber beschäftigt war, aus seinem Krankenzimmer entschlüpft und durch wohlbekannte Gänge des Königsschlosses hierhergerathen.

Es war der jüngere Bruder des Königs, Prinz Egon.

Nach und nach nahm der leere Blick des armen Irren einen Ausdruck, einen Gedanken an, und ein unaussprechlicher Jammer, ein tiefes Leid zitterte in diesem Auge. »Wann wirst Du denn sterben?« fragte er klagend, weinerlich. »Ach Percy, komm! komm zu mir! . . . Ich bin ja schon so lange todt, und möchte gerne wieder mit Dir spielen . . .«

Ach, sie hatten ja mit einander gespielt als fröhliche Kinder! In zärtlicher Liebe waren sie an einander gehangen; sie hatten gelacht und geweint mitsammen in kindlicher Lust und kindlichem Leid, hatten gelernt und getollt, hatten dieselben Strafen bekommen und den Kuß derselben Mutterlippen gefühlt.

»Wann wirst Du auch sterben? ... Wann kommst Du mir nach? ...« klagte der arme Irre. »Ich bin so allein ... ach, Percy, so ganz allein! ...«

2. Kapitel

Ärzte, Spießbürger, Engländer, Touristen und eine Prinzessin

Es geht nun schon so manchmal im Leben. Das Dasein schreitet mit seinen Qualen und Kümmernissen mitten durch die Festesfreude. So war es auch in der königlichen Burg.

Während alle Glocken in majestätischem, gottpreisendem Klange ineinandertönten, und der Festfriede alle Welt erfüllte, da war es, daß zwei schwarzgekleidete, ernste Männer um den armen Prinzen Egon beschäftigt waren in seinem Appartement.

Man hatte den unglücklichen Jüngling mit Gewalt zurückbringen müssen in seine Zimmer, und dort war er in Raserei verfallen, darüber, daß sein geliebter Bruder noch immer nicht sterben und zu ihm kommen wolle in das dunkle, kalte Grab, in welchem er selber nun schon so lange liege.

Die zwei Ärzte, welche ihn festnehmen ließen und ihm beruhigende, oder vielmehr betäubende Medizinen reichten, waren zwei ganz verschiedene Gestalten und Wesen.

Doktor Cornelius war ein Mann in den besten kräftigsten Mannesjahren, eine hohe, starke, fast vierschrötige Gestalt, auf welcher ein intelligenter, energischer Kopf saß mit entschiedenen Zügen und blauen blicksicheren Augen, welche dem erfahrenen, berühmten Psychiater die beste Waffe gewesen waren in seiner langjährigen, erfolgreichen und ruhmgekrönten Laufbahn als Irren- und Nervenarzt.

Doktor Hausen, sein Gefährte, war ein kleines, gelbes, ruheloses Männchen mit welken, gelben Zügen und stechenden schwarzen Augen. Auch er hatte großen Ruf als Spezialist in Nervenkrankheiten und was seine gelehrten Chargen und Hoftitel anbelangt, so war er daran vielleicht noch reicher als Doktor Cornelius, denn er verstand es, »sich geltend« zu machen. Neidische Kollegen behaupteten, er verstehe »den Rummel«. Er war vielleicht nicht so sehr Gelehrter und Fachmann, als Modearzt, und verstand es, sich die Protektion hoher und einflußreicher Personen zu erringen, durch einen Charakter, der sich in jede Meinung, in jede Politik fügte, wenn es ihm nur »Etwas eintrug«, und von dem man sagte, daß er der Macht des Geldes gegenüber hülflos sei. Gewiß war, daß er mehr Politik als Wissenschaft trieb, weil die Erstere einträglicher war. Ja sogar von der jungen, koketten, schönen Gemahlin des alternden, gelben Mannes sagte man, daß ihr Gatte sie nur aus Gefälligkeit für einen Prinzen eines großen Nachbarreiches geheirathet habe.

Doktor Cornelius dagegen war Wittwer und hatte nur eine ganz junge Tochter – fast noch ein Kind – Thea.

– »Die Glocken haben sich sämmtlich in Bewegung gesetzt . . .« sagte Doktor Hausen lauschend, während er in der Beschäftigung innehielt, einen kalmierenden Trank zu mischen. »Der Zug wird sich bald in Bewegung setzen – und wir müssen eilen, unseren Posten in demselben einzunehmen . . .«

– »Gehen Sie immerhin, Herr Collega«, – sagte Doktor Cornelius von der Thüre des verdunkelten Zimmers aus, aus welchem das leise Klagen des Kranken tönte. »Ich bleibe hier, bis der Anfall Seiner Königlichen Hoheit vorüber ist und nicht wiederzukehren droht. Mein Posten ist in der Krankenstube . . . Der Ihrige als Doktor und als Präsident verschiedener Korporationen ist bei der Feierlichkeit, Herr Collega . . .«

* * *

Das Gedränge auf dem Schloß- und Domplatze hatte sich endlich zu einer festen, nur leise sich regenden und schwankenden Masse von Köpfen und Leibern verdichtet, welche das Erscheinen der heiligen Prozession erwartete.

– »Dir fällt Dein Häuberl vom Kopf, Leni!« herrschte ein dicker, behaglicher Herr Blaumeier, seines Zeichens ein ehrsamer Schnittwarenhändler, seinem hübschen frischgesichtigen Töchterlein zu, welcher im Gedränge das nationale Goldhäubchen auf den braunen Flechten verschoben worden war. »Geh, gib's Betbüchel her und 's Schnupftüchel, ich halt' Dir's derweil.«

Lenchen übergab das Genannte dem dicken Papa Blaumeier und hatte alle Mühe, ihre Arme so weit in die Höhe zu bringen, um ihr in der Sonne gleißendes Goldhäubchen zurechtzurücken und zu befestigen. Unterdessen hatte der dicke Stammgast des Bockbräu das Gebetbuch seiner Tochter geöffnet, ganz absichtslos, und hatte die Heiligen-Bildchen in demselben beschaut. Plötzlich schnarrte er auf wie ein Uhrwerk, in welches ein Sandkorn geraten war: »I du meine

Güte!« ... sagte er halblaut, aber entrüstet: »Was hast Du denn da für einen wunderlichen Heiligen, Leni? Einen Heiligen ohne Schein und den Kopf voller Schneckellocken! Und in Uniform! ... Gehören solche Heiligen-Bildchen in das Gebetbüchel eines ordentlichen und ehrsamen, christlichen Mädels? ... Da sitzt so Eine in der Kirchen, hat das Gebetbüchel aufgeschlagen, daß man meint, weiß der Himmel wie andächtig sie betete, wenn man ihre niedergeschlagenen Augen sieht, und derweil schielt sie verliebt auf das Bildel von einem g'schneckelten schönen jungen Menschen in Uniform ... Leni, Leni, wenn das Deine Godl wüßt' ...«

– »Aber Vater!« – sagte das hübsche, rosige Kind mit den großen, blauen Schwärmeraugen ganz verlegen und beschämt. – »Schau der Vater das Portrait nur an! 's ist ja das Bild von unserem Herrn König! ...«

– »Von unserem ... Richtig, ja! Aber macht nichts ... Auch unser König – allen Respekt vor ihm! – gehört nicht unter die Heiligen in ein weibliches, lediges Gebetbüchel ... Das zerstreut die Andacht und bringt unchristliche Gedanken ... Um so mehr, als der Herr König – allen Respekt vor ihm! ... viel jünger, fescher und sauberer ist, als alle seine Offizier' zusammengenommen! ... Kurz und gut, in der Kirchen sollst Du nicht an geschneckelte junge Herren denken, Leni, und wenn's auch der König ist!« –

Da hob das hübsche Kind den braunen Kopf fast stolz in die Höhe, und die blauen träumerischen Augen hatten einen sonderbar ernsten Ausdruck, wie sie sagte:

– »Ich bete ja nur für ihn, Vater.« –

Herr Blaumeier schaute sein Töchterlein verblüfft an. »Beten! für Majestät den König ... Warum denn?« ...

– »Ich weiß nicht, Vater . . .« flüsterte Leni sinnend – »mir ist nur, so oft ich ihn seh' . . . ich fühl' da immer, daß . . . er es nöthig hat, daß man für ihn beten thut . . .«

* * *

– »Ei uill Ihnen sagen, Sir!« – sagte ein karrierter Mr. Plumper zu seinem Münchener Cicerone: »Ei uill Ihnen sagen, daß ei finde Monken kommon . . . ordinär. Man können not bringen eine Box – eine Loge zum Schauen! . . .«
– »Weil schon vorgestern kein einziges Stockerl auf einer Tribüne mehr zu vergeben war!« – entschuldigte sich der Cicerone. Und da Mylord mit Mylady und deren Familie erst gestern angekommen sind . . . Und Ihnen das Brett über den zwei Fässern nicht konveniert hat . . .«
– »Ui kommen Sie mir vor!« – rief der karrierte Mylord entrüstet, indem er seine Fischaugen herauswälzte, als wären sie ein Opernglas zum Schrauben. – »Ei uerden doch stellen nicht Mylady auf eine Tonne?!«
Seine karrierte Mylady schnaubte nur und fletschte die Zähne, welche ausrangierten Dominosteinen glichen. Zwei noch karriertere Misses schnaubten »Chor« und ein karrierter junger Oxfordianer, sämmtlich »Plumpers«, allein rieb sich mit einem ziegelrothen Murray die sonnensprossige Nase und meinte: »Besser auf einer Tonne sehen Etwas, als auf der Erde sehen nicks! . . .«
– »Uenn ei nur uerden sehen können his Majesty den König . . . der noch soll sein mehr schön als der Hapollo aus dem Belvedere . . .!« sagte die ältere karrierte Miß, welche einen Zeichenblock bereit hielt wie ein weiblicher Stritzow.

– »Oh, shoking!« – klapperte eine Gouvernante in flohbraun über die Indezenz der aufrichtigen Miß, und die fünf himmelblauen Schleier von Mr., Mrs., Mister und Miß II. Plumper sammt dem der Governeß wogten im tadelnden Kopfschütteln in der sonnigen Luft hin und her wie Piratenflaggen.

* * *

– »Und ist es wirklich wahr, daß die Vermählung Seiner Majestät mit Prinzessin Mignon schon im nächsten Jahre stattfinden soll?« – fragte ein fremder nordischer Journalist einen Collegen aus dem Süden.

– »Ach, du lieber Himmel, die hübsche lebhafte Prinzessin ist freilich schon hier sammt Mama und Obersthofmeisterin und einer ganzen kleinen Suite und wird bei allen *cours* als designirte Braut Seiner Majestät ausgestellt – und Seine Majestät läßt sich *d'assez bonne grace* die Rolle eines künftigen *marito* gefallen und hat für die hübsche kleine Prinzessin alle Artigkeiten *de rigueur* – hat sich sogar schon mit ihr abkonterfeien lassen . . . indeß kann ich noch immer nicht glauben, daß diese Beiden zu einander passen. Sie ganz Leben, Beweglichkeit, Naivetät und Pikanterie, zugleich ein wenig plaudersüchtig, ein wenig *étourdie*, ein bischen laut und lärmend und seidenraschelnd, ganz *frou-frou*, wissen Sie, lieber *confrère*! Und Seine Majestät ganz Schwärmerei, Poesie, Märchenhaftigkeit!« –

– »Die Prinzessin soll aber närrisch verliebt sein in Seine Majestät?« –

– »Ja. Ich glaube sogar, daß sie ihn liebt – tief, innig, trotz ihres lärmenden Wesens; aber das ist desto schlimmer. Gegen

Leute, die uns lieben ohne daß wir's verlangen, entsteht meist eine unüberwindliche Abneigung in uns ... Haben Sie übrigens das Gedicht gelesen, welches der alte poetische Großonkel Seiner Majestät kritzelte, als er in Pompeji vor einem Gemälde von der Ähnlichkeit des in den Armen der Venus ruhenden Adonis mit seinem königlichen Großneffen frappiert wurde? ... Wie lautet es doch? ... Da, ich habe es in meiner Schreibtafel ... Nun, wie gesagt, wenn ich König Percival wäre, ich hätte eine unsagbare abergläubische Angst, daß ein Doppelgänger von mir in der Stadt der Todten nach Jahrhunderten gleichsam die Augen öffnet, um mich warnend auzusehen ... Hören Sie nun das Gedicht ...

Adonis sieht mit schwärmerischen Blicken
Die Schönheitsgöttin an; sie muß ihn lieben,
Sie fühlen zueinander sich getrieben,
Es will ihr Wesen wonniglich erquicken.

In Beider Herzen glühend ist geschrieben
Das selige, durchdringende Entzücken,
Das süße, gegenseitige Beglücken.
Wie es entstanden, ist es auch geblieben.

Mein Liebling, diese Blicke sind die Deinen
Lichtstrahlen, welche ungeahnt erscheinen,
Die Irdisches mit Himmlischem vereinen.

Des Lebens Höchstes haben sie erworben,
Nie werde durch die Welt Dein Glück verdorben,
Nie heiße es: die Liebe ist gestorben!

* * *

Die verwittwete Großherzogin Eugenia von Klarenburg, früher eine vertraute Freundin der verstorbenen Mutter des Königs, stand bei Letzterem sehr in Gunst und war gleich nach der Thronbesteigung eingeladen worden, mit ihrer Tochter, Prinzeß Mignonette im Residenzschlosse und später auf der Alpenburg am Schwanensee einen Theil des Sommers zuzubringen.

Sie war noch sehr schön, die junonische Frau Großherzogin, liebenswürdig, einflußreich, die kühn-romantischen Tendenzen Percivals feurig unterstützend. Vertrauter als mit den eigenen Eltern war Percy schon als Knabe mit dieser entfernten Verwandten gewesen, da sie ihm das feinfühligste Verständniß, eine wahrhaft enthusiastische Theilnahme entgegenbrachte, während seine Umgebung alle Begeisterung in ihm systematisch ertödten wollte, ihm nur vom Völkerrechte, von großen, künftigen Pflichten sprach. Der »Tante Eugenia« verdankte Percival manche freie, frohe Stunde seiner ersten Jugend; durch ihre Fürbitte hatte er Musik und Schauspiel genossen, alles Große, Erhebende, wonach seine erwachende Seele dürstete. Alsdann hatten die Augen des Kronprinzen geleuchtet und mit »Don Carlos« hatte er zu sich selbst gesagt: »Bezahlen will ich, wenn ich König bin.«

Jetzt trug er die Herrscherkrone auf den ambrosischen Locken, jetzt konnte er der mütterlichen Freundin alle früheren Wohlthaten in grandioser Weise vergelten. Vorüber war die strenge, einförmige Zucht, welche ihn bis zu seinem neunzehnten Jahre gefesselt hatte, alle, alle hochfliegenden Ideale sollten fortan verwirklicht werden.

Eines nur führte die Großherzogin und den königlichen Schützling auseinander: Die Vorliebe Eugenias für Politik, der ungezügelte Ehrgeiz, welcher sie antrieb, ihre schöne Hand überall im Spiele zu haben, wo es sich um Staatsangelegenheiten und Hofintriguen handelte. Percival billigte solches nicht bei einem phantasiereichen, geistvollen Weibe, so wenig als er Eugenias militärische Sympathien zu theilen vermochte. Er betrachtete das Heer nur als ein notwendiges Übel, während sie, die Tochter und Enkelin eines Helden, gelegentlich gern mit zu Felde gezogen wäre und sich allen Ernstes auf Kriegskunst verstand.

Diese Verschiedenheiten warfen mitunter einen erkältenden Schatten zwischen Percy, dem Schwärmer, und seine vielseitige Tante. Allein der Tact der Herzogin, ihre Lebensklugheit und weiblich schlaue Tactik, verhüteten jede wirkliche Verstimmung.

Entschieden wohlthuend berührte es den Königsjüngling, wenn Prinzeßchen Mignonette, – halb *enfant terrible*, halb Sylphide, – ihrer Mama rund heraus erklärte: sie hasse Politik; große Staatsmänner wären von jeher kahlköpfig gewesen; sie selber würde sich nie um Parlamentsdebatten und dergleichen bekümmern, selbst wenn sie einen Thron besteigen sollte. –

Der sogenannte Nymphen-Pavillon, ein östlicher Flügel des Residenzschlosses, hatte die hohen Damen nebst Gefolge aufgenommen ... eine Flucht prachtvoller Säle und Zimmer, neu hergerichtet im überüppigen Louis XIV. Style, führte an einer Rosen-umrankten Terrasse entlang; unterhalb derselben breitete der Schloßgarten seine Laubengänge, Rabatten, Grotten und Rasenplätze aus.

Auf des Königs Befehl war die steife Orangerie verschwunden und ein förmlicher Wald von Magnolien- und Daturabäumen an ihre Stelle getreten; ganze Felder von Heliotrop und Gardenien hatten die alltäglichen Geranien und Verbenen verdrängt. Auch die Statuen von Pigalle, diesem letzten

Nachahmer Berninis, standen nicht mehr in der beliebten, dritten Position auf ihren Postamenten, – colossale, vergoldete Fabelthiere hoben sich effektvoll ab gegen das dunkle Grün der Taxushecken und Boskets.

Der schwüle, bittersüße Duft von tausend und aber tausend Vanilleblüthen quollen in das Vestibül empor, wo die Großherzogin in kleidsamer, doch etwas strenger Promenadentoilette ihres saumseligen Töchterleins harrte, um sich nach der Tribüne vor dem Dome zu begeben und von dort aus die Prozession vorbei defilieren zu sehen.

»Wo das rücksichtslose Kind wieder bleibt«, seufzte Eugenia, ungeduldig auf- und abgehend ... »Wie soll das in Zukunft werden? eine unpünktliche Fürstin bringt sich um jede Popularität! – Und diese einfältige Hofdame, diese hülflose Jocunde, ist auch zu gar nichts gut!«

Zerstreut und gelangweilt glitten die Blicke der Wartenden über die Vergoldungen und Marmorreliefs der Wände, über die breiten Treppenwangen, auf denen seit kürzester Zeit zwei Meisterwerke moderner Sculptur prangten, die berühmte, verführerische »Schlangenkönigin« des mailändischen Bildners Mirando und als Gegenstück seine bezaubernde Gruppe »die Phantasie, von geflügelten Traumgöttern emporgetragen«.

Anfangs hatte die Herzogin sich nicht satt sehen können am Blendeglanz der Marmorleiber, am bunten Schimmer der emaillierten Bronze, aus denen die Zierrathe und Beiwerke bestanden, jetzt war sie blind für den märchenhaft poetischen Anblick ...

»Mignonette ist nur durch einen Gatten, der ihr imponiert, zu retten«, fuhr sie in ihrem Selbstgespräche fort, – »meiner Autorität ist sie völlig entwachsen ... Madame de Sévigné hat nur allzusehr Recht, indem sie sagt: Die Erziehung ist nur eine Fabel von Lafontaine.«

»*Maman, Maman, me voilà à vos ordres*«, rief eine silberhelle Stimme, und angeflattert kam mit wehendem Kleide und fliegenden Bändern ein auffallend hübsches Wesen, klein, doch vollendet ebenmäßig gebildet, beweglich wie Quecksilber und seelenvergnügt. Prinzeß Mignonette, in Allem der Gegensatz ihrer gebietend schönen Mutter.

Zwei Windspiele, bei deren Anblick Friedrich dem Großen das Herz in der Heldenbrust gelacht hätte, folgten in wahnsinnigen Sprüngen der jungen Herrin; umsonst bemühte sich die Hofdame, Freiin Jocunde von Ödhausen-Kratzenstein, die anmuthigen Thiere zurückzuhalten ... »*Couche*, Grisonette! artig, Gracieuse!«

Statt durch die Ankunft ihrer Tochter besänftigt zu werden, gerieth des Königs Tante gradezu in Empörung: »Was muß ich sehen?« herrschte sie das Prinzeßchen an, »wo willst Du in diesem lächerlichen Kleide hin? ist dies eine etikettenmäßige Toilette?«

»Bah«, lachte Prinzeßchen voll Übermuth, mit den leichtfüßigen Hunden scherzend, »die Etikette ist eine alte Jungfer, die an Magensäure leidet in Folge zu starken Schnürens.« –

»Still«, befahl die Herzogin strengen Tones ... »einer künftigen Königin ist solche ungeziemende Sprache nicht würdig. Willst Du mir Schande machen am Hofe Percivals? Sagte ich Dir nicht ausdrücklich, ein decentes Lila oder ein weißes Kleid zu wählen?«

Mignonette entgegnete mit komischer Verachtung: »Giebt es heute nicht weißgekleidete Jungfrauen genug?«

»Was werden die Reporter, was wird der König zu diesem lächerlichen Mousselinfetzen sagen?« eiferte Eugenia.

»Dieser Fetzen wird morgen in der ganzen Hauptstadt Mode sein«, trällerte das verwegene Lockenköpfchen.

»Und Sie, liebe Ödhausen«, wendete sich die Herzogin an die etwas bleichsüchtige Baronesse, »Sie sind um so viel älter als Mignonette, Sie könnten ihr doch rathen oder vielmehr abrathen, wenn die Gelegenheit sich bietet, aber gewiß waren Sie wieder versunken in Ihre affröse Lieblingslectüre, in Tiedges Urania oder schlimmer, in die »bezauberte Rose« von Schulz, wie kann man das Reimgeklingel eines Menschen goutieren, der Schulz heißt! – Diese faden, crêmeweichlichen Dichtungen, die seit 40 Jahren kein fünfsinniger Mensch mehr ansieht, benehmen Ihnen jedes Urtheil! Heut' zu Tage liest man Hamerling, Schack, Lingg, Scheffel, *pardieu*!« –

»Engelsmama«, unterbrach die ebenso gutmüthige wie rebellische Prinzessin, »Jocundchen hat ihre Schuldigkeit gethan, – trotzdem sie mit Tiedge, Schulz und Compagnie in höheren Sphären schwebt ... Aber ihm zu Ehren zog ich dies lichtblaue Kleid an! ist heller Azur nicht seine Lieblingsfarbe? daher die Vergißmeinnichtguirlande auf meinem Hütlein, die gleichfarbigen Seidenstrümpfchen mit eingewebten Silbersternen ... Sei nicht böse, *carissima* Mama, gestehe nur, daß ich hübsch zum Anbeißen bin!«

»In meinen Augen gewiß nicht.«

»O holder Schirmherr, oh Percy, oh *mon roi*, helfen Sie mir«, kreischte Mignonette und stürzte wie ein Wirbelwind von der Terrasse in den Park hinab. Ihr scharfes Auge hatte in der Ferne am Bassin den König erspäht; er fütterte seine Schwäne; diese dem Apollo geheiligten, schneeweißen Vögel galten ihm von jeher als Symbol der Reinheit und Majestät.

Die beiden mausfarbenen Windspiele, Gracieuse und Grisonette, liefen laut bellend auf die Schwäne zu, sprangen aber freudewinselnd an Percival empor, als sie ihn, der sie stets zu liebkosen pflegte, erkannten.

»Sire, ich werde gescholten«, rief die herbeieilende Mignonette, »Sie sollen entscheiden!«

Der König, im schwarzen, mittelalterlichen Sammetanzug der Lambertusritter, wie die bevorstehende Feierlichkeit es erheischte, neigte sich huldvoll lächelnd zu der muthwilligen, kleinen Cousine. Er war schön wie ein Halbgott, so siegreich, ach, so unerbittlich schön, daß Mignonette plötzlich verstummte und demüthig, wie Käthchen vor Wetter vom Strahl, die Augen senkte.

Gar lieblich kleidete sie diese Befangenheit; oft schadete ein gewisser Dämpfer ihrem geräuschvollen Wesen nicht.

»Befehlen Sie dem trotzigen Kinde sich umzukleiden, mein König«, sagte mit großer Ehrerbietung Eugenia, welche unterdessen näher getreten war, »auf der Tribüne kann Mignonette in diesem Aufputz nicht erscheinen.«

»Vergebung, liebe Tante«, erwiderte lächelnd der junge König, während seine tiefblauen Augen voll Feuer und Schwärmerei wohlgefällig auf dem jungen Mädchen ruhten, »mein Cousinchen ist allerliebst in diesem aus Äther gewobenen Sommergewande. Betrachten Sie jenen bunten Schmetterling, der soeben vom Dufte der Theerose nippt, sollten wir ihm andere Farben vorschreiben? nimmermehr! Lassen wir Alles, was beschwingt ist, gewähren!«

Mit sonniger Huld hatte er es gesprochen, indem er die Hand der Großherzogin ergriff und respektvoll und ritterlich an seine Lippen führte.

»Eure Majestät hat es zu verantworten«, sagte verbindlich Eugenia.

Die Hunde bellten wiederum scharf hinter einer aufflatternden Turteltaube her, aber auch für die impertinenten, schlechterzogenen Lieblinge Mignonettes hatte Percival begütigende Worte. »Wir haben noch zehn Minuten«, sprach er, »diese genügen, einen Blick in meine Grotte zu thun.«

Auf einen Wink der großherzoglichen Gebieterin blieb die Hofdame mit den beiden Windspielen zurück; der scharfbeobachtenden Eugenia entging nicht, daß ein zartes, verschämtes Rosenroth plötzlich Fräulein Jocundes Züge verklärte und daß sie sich beinahe hastig dem stummen Befehle fügte.

Percival hatte seiner künftigen Schwiegermutter den Arm gereicht, führte sie und Prinzeß Mignon eine dunkelschattige Seitenallee hinab und vertiefte sich mit ihnen in die schmalen Pfade eines Blätterlabyrinthes. Dort befand sich der Eingang der Felsengrotte, welcher Niemand außer dem Könige selber nahen durfte. Percy bog die Ranken weißer Rosen und violetter Passifloren zurück und bat die Damen sein »azurnes Sanctuarium« zu betreten.

Mutter und Tochter wollten ihm, dem Landesherrn den Vortritt gönnen, allein der ritterliche Jüngling gestattete es nicht, sondern folgte der hohen und der kleinen Gestalt.

Mit einem Ausruf der freudigsten Überraschung blieben Eugenia und Mignonette auf der Schwelle stehn ... das Innere der Wundergrotte übertraf an feenhaftem, sinnverwirrendem Reiz jene weltberühmte *grotta azzurra* von Capri.

Ein blauer Schimmer, intensiver als Mondlicht und dennoch besänftigend, erhellte den fabelhaften Raum, dieser, halb Zauberhöhle, halb Pavillon, umschloß ein weites Bassin, sein Wasser aber leuchtete und funkelte wie blaues Feuer; ein Nachen in Schwanenform aus purem Silber, belegt mit Atlaskissen lud zur wiegenden Fahrt.

Köstliche Ruhebetten, verbrämt mit Schwanenflaume, standen in Nischen hinter transparenten Vorhängen aus goldenem Netzwerk. Aus den Vorsprüngen des natürlichen

Felsens lauschten, lehnten, knieten lebensgroße, von Künstlerhand geformte Nixen und Meermädchen aus Fayence; aber auch sie waren lichtblau, ihre weich gerundeten Glieder, ihr fluthendes Haar, ihre Harfen und Ruder . . . . . .

Aus der Tiefe klang schmachtend süß, wie ein Wiegenlied für sehnsuchtkranke Herzen, das Lied der Najaden aus Webers »Oberon«.

»Das ist der verkörperte Traum eines Gottes«, sagte sinnend die Herzogin, bewundernd zu Percival emporschauend, »ein neuer Jean Paul muß dieses Eden in einem neuen ›Titan‹ beschreiben!«

Vor innerer Bewegung traten der stolzen Frau helle Thränen in die Augen.

Des Königs Brust hob sich hoch empor . . . er fühlte sich verstanden.

Mignonette hingegen fand nur den Ausdruck: »Gott wie komisch!« Den strengverweisenden Blick, den ihre Mutter ihr zuwarf, übersah sie völlig in ihrer souveränen Sorglosigkeit.

Der König lud die Damen ein, mit ihm in den Nachen zu steigen. Kaum hatten die drei darin Platz genommen, als das Fahrzeug sonder Gondolier und Führung sich in Bewegung setzte und langsam auf dem plätschernden Wasser dahin glitt.

So oft Percy die königliche Rechte erhob, veränderte sich die Farbe der elektrischen Beleuchtung: zuerst ging das Himmelblau in strahlendes Weiß über, dann in zartes Gelb, in augenblendendes Rosenlicht, Maigrün und flammendes Orangeroth.

Mignonette klatschte in die Hände und jubelte: »Bravo, bravissimo! Das ist wie im Cirkus, das gefällt mir!«

Und zum Entsetzen der Herzogin wie zum höchsten, innern Unbehagen des Königs rief sie wie ein wilder Junge, der auf ungesatteltem Pferde einhersprengt: »He, hollah, hoppla!«

Der Nachen gerieth in bedenkliches Schwanken...

Eugenia flüsterte dem Wildfang zu: »Kind, wie kannst du so *terre-à-terre* sein!!« Noch leiser fügte sie hinzu: »Du wirst Alles verderben.«

Ein Regen blauer Sterne tropfte sprühend von oben herab und zerstob über dem Wasser, ohne die Scheitel der Anwesenden zu berühren... der unsichtbare Gesang verstummte, Harfenklänge aber tönten rauschend aus den Schattentiefen, bald in gedämpften, bald in gesteigerten Modulationen...

Aber die Zeit drängte, die ganze Bevölkerung, an ihrer Spitze der Erzbischof mit dem Klerus, wartete...

Man erreichte das Freie und trennte sich, noch unter dem Eindruck des Märchenhaften, auf einige Stunden.

3. Kapitel

Thea

In den Straßen wurde das Gedränge immer lebensgefährlicher. Sogar die Fensterplätze, welche von den Zuschauern für gradezu unsinnige Preise gemiethet worden, erwiesen sich als unsicher, denn hinter den gut Postierten erkletterten schnaufende, sich stoßende, brutal werdende Menschen Tische und Stühle, einen undurchdringlichen Wall bildend. Damen wurden ohnmächtig, bekamen Nasenbluten, es half ihnen nichts; sie waren und blieben eingepfercht von Barbaren, welche kein Mitgefühl kannten, geschweige *Eau de Cologne* gratis verabreichten.

Die Atmosphäre in den überfüllten Zimmern wurde immer dumpfer, schwüler, unerträglicher.

Jeder haßte seinen Nebenmann oder die Männin, welche eine unerbittliche Fatalität an seiner Seite festgeklemmt hatte ... Kein Witzwort wollte mehr aus den verdursteten Kehlen ... man räusperte sich, stöhnte und schnarrte im Chor und versank allmählich in Apathie.

Endlich ertönte erlösender Kanonendonner, alle Glocken läuteten.

Der König hatte folglich das Residenzschloß verlassen.

Trotzdem mußte man sich voraussichtlich noch lange Zeit in Geduld fassen; noch gab es nichts zu schauen als die mit frischen Birkenbäumchen und Tannengrün geschmückten Straßen, an deren Ecken rosenumkränzte Marienbilder auf grellbrennende Lämpchen herab lächelten, und Altäre aus Goldstoff und Laubzweigen errichtet waren. Seidene Banner mit eingestickten, flammenden Herzen, mit schön gemalten Heiligenbildern, flaggten von Erkern und Ballonen herab; Guirlanden natürlicher und künstlicher Blumen zogen sich quer über die Straße herüber, während den Boden Rosmarin und Myrtenzweiglein bedeckten.

Den beliebtesten Anblick gewährte der prächtige Domplatz mit der kolossalen Reiterstatue von Percivals königlichem Großvater. Hier hatten die Schulen, die geistlichen Vereine und das königliche Kadettenkorps ihre programmmäßigen Plätze eingenommen, hier befanden sich auf der Schattenseite die Tribünen für den Hof und die Diplomatie; nach einem Umzug durch die Hauptstraßen sollte die Prozession auf diesem Platze münden und im Freien, vor einem gigantischen Altar die heilige Handlung stattfinden.

Als Mignonette neben der Großherzogin erschien und den goldenen Sessel der Estrade umstieß, statt sich feierlich darauf niederzulassen, entstand allgemeine Bewegung . . .

»Seine Braut!« hieß es . . .

Theilnehmende, eifersüchtige, sogar böse, hassende Blicke verschlangen das Prinzeßchen von Klarenburg.

Ohne im Mindesten Contenance zu verlieren, ließ Mignon sich begaffen, mochten die Operngucker, Brillen und Zwicker weit umher noch so scharf sein . . .

Sämmtliche Botschafterinnen fanden »das Kind« gar nicht »*lady-like*«, – die Herren Diplomaten nahmen desto eifriger Partei für das »pikante Dosengesichtchen«, für »die süße Dame Kobold«, welche eine höchst eigenartige, anziehende Königin zu werden versprach.

»Baron«, fragte Mignonette einen jungen, klatschseligen Kammerherrn, »ist jene Dame da schräg gegenüber mit dem gelben Sonnenschirm und dem Rubenshut die berühmte Sängerin, Frau Seiler-Schütz?«

»Pardon, Hoheit, das ist die vielbesprochene Gattin des Doktors Hausen . . .«

»Ah«, machte gelangweilt Mignonette . . .

»Unser Hofmaler Steinbach hat soeben ein stupendes Portrait von ihr vollendet . . .«

»Steinbach? richtig! Der König will, daß ich mich von ihm malen lasse, ich kann aber nicht still sitzen wie ein Haubenstock.«

»Mignonette, nicht so laut«, flüsterte Eugenia, welche bis jetzt mit ihrer Oberhofmeisterin verstohlen um die Wette gegähnt hatte, ohne im Entferntesten den Anstand dadurch zu verletzen.

Mignonette schwieg während einiger Secunden.

Bald darauf aber rief sie schallend: »Welche Geduldprobe, so lange warten zu müssen! es ist ja zum rasend werden!«

Die Großherzogin war außer sich über das Benehmen der Königsbraut; zum Glück für Mignonette zeigten sich im selben Augenblick die Vorläufer der Prozession, nämlich die königlichen Posaunenbläser und die Sänger der Hofkapelle ... horch! Rossinis Hymnus an Pius den Neunten, feierliche und dabei einschmeichelnde Klänge, welche zur Andacht und Versöhnung stimmen ...

Das Leibregiment ist mit aufgepflanzten Bajonetten vor dem Dome aufmarschiert und bildet um denselben Spalier ...

Den eigentlichen Zug eröffnen die Brüderschaften, religiöse Vereinigungen von Laien, eine Spezialität der Stadt. Sie scheinen aus fernen, fremden Welten zu kommen in ihren Pilgermänteln, die Muschelhüte auf dem Rücken; wieder Andere tragen weiße oder blaue Kutten mit grellfarbigen Mänteln ... man glaubt sich bei ihrem Anblick nach Spanien oder Sicilien versetzt ... Sie tragen Fahnen und Kruzifixe ...

Leise Gebete murmelnd ziehen die Himmelsbräute in schwarz-weißen Gewändern vorüber.

Ihnen folgen junge, pausbäckige Knaben in ihren Sonntagsröcken, die Schüler der verschiedenen Lehranstalten ...

Fünfundzwanzig schwarz vermummte Gestalten, schauerlich anzusehen, in den Kapuzen der mittelalterlichen Vehmrichter, Kerzen von imposanter Größe tragend ... Es sind die sogenannten Gugelmänner ...

Ihr Bannerträger folgt mit dem Bilde des Schutzpatrons der Stadt ...

Prinzeß Mignonette muß natürlich sagen: »Diese Gespenster erinnern an den letzten Act von Halevys ›Jüdin‹. Man denkt an *Auto-da-fés* und Hinrichtungen. Ah, Gott Lob, da schreiten die Ärzte, Hausbeamten und Sekretäre des Hofes einher!«

Und wiederum Trompeter und Pauker, welche die Ankunft des vornehmen Klerus verkünden. Der Erzbischof mit seiner Assistenz, umgeben von sechs Bischöfen in prächtigem Ornat!

Weihrauch steigt in die klare Sommerluft empor. Ergreifende Kirchengesänge wechseln mit der Instrumentalmusik . . .

Jetzt schlagen aller Herzen höher. Da sind die weiß gekleideten Mädchen, welche Blumen streuen! Ihnen folgen die Edelpagen und dann kommt der König mit seiner Escorte!

Und Percival, der Allgeliebte, zeigte sich in der Glorie seiner Jugend und Schönheit dem freudetrunkenen Volke, welches zu ihm aufblickte wie zu einer überirdischen Erscheinung.

Nicht zu Pferde in Galauniform war er jemals seinen Unterthanen so ideal schön erschienen wie in jenem Augenblick unter dem Baldachin aus Goldbrocat, den Krönungsmantel aus blauem Sammet über dem enganschließenden Wamms der Lambertusritter, eine funkelnde Brillantagraffe an der Halskrause, in der blüthenweißen Rechten eine vom Papst geweihte, brennende Wachskerze.

Und er fühlte die ganze Weihe des Augenblicks, er verstand, welchen Eindruck sein Erscheinen hervorrief . . .

Nahe lag die Gefahr der Selbstüberhebung, aber das bessere Ich des herrlichen Jünglings siegte . . . Wohl schritt er einher wie ein Triumphator, wie ein Abkömmling der Sonne, dennoch gelobte er bei sich, ein Mensch mit Menschen, ein Friedensfürst zu bleiben.

Nicht nur die Frauen, die Männer sogar folgten wie

berauscht mit den Blicken dieser holden Majestät, dem begeisterten und begeisternden Herrscher! Er mußte berufen sein mit entscheidendem Worte einzugreifen in die Entwicklung der Geschichte, in die Geschicke des Vaterlandes.

Warum hatte sein tiefblaues Auge keinen Strahl, keinen Gruß für Mignonette, unter deren Tribüne er soeben vorüberkam? Warum übersah er das muthwillige Cousinchen, welches ihm doch einen Cultus weihte und bisher gerne von ihm geduldet ward?

Stolz ging er vorüber ... und Mignonette war es, als zerrisse ihre innerste Herzensfiber ...

Auch die Herzogin fühlte sich befremdet, fast beleidigt ...

War Percy nicht unlängst in der blauen Grotte herzlich, zuvorkommend, gütig gewesen? –

Doch was gab es da weiter zu verwundern? es war der Tag des Herrn ... Der König, auf alles Irdische verzichtend, folgte seinem Gotte Angesichts der ganzen Nation ... Da durfte kein Privatgefühl in ihm aufkommen ...

So tröstete sich Eugenia ... Mignonette blieb auffallend blaß und still.

Vor dem altersgrauen, gothischen Dome hielt die Prozession. Der greise Erzbischof schickte sich an, die heilige Messe vor dem Altar im Freien zu celebrieren. Im selben Augenblick sah der König, der stehenden Fußes der kirchlichen Handlung beiwohnte, drei Wasserlilien oder Schwanenblumen auf dem Schleppsaume seines hermelinverbrämten Mantels ... lebhaft wendete er sein klassisches Lockenhaupt mit den romantischen, sehnsüchtigen Augen und – Alles schien jählings um ihn her zu versinken, Alles außer einem lichten, zarten Mädchen in weißen, wolkigen Gewändern, was ihm, dem König, die Schwanenblumen zu Füßen streute.

Unwillkürlich wollte Percival rufen: »Bist du Dantes Beatrice? wer hat Dich aus dem Paradiese gestoßen?«, aber er fand keine Sprache ...

Mit überwältigten Sinnen schaute er auf das holdselige Blumenmädchen, welches kaum über fünfzehn Jahre alt schien.

Sie glich in ihrer rührenden Unschuld, ihrem süßen Liebreiz der *stella matutina* Murillos, der Lieblingsmadonna Percivals; das heißt, die Unbekannte ähnelte der Himmelskönigin des Spaniers wie eine jüngere Schwester der älteren gleicht ...

Ungeahnte Seligkeit überkam den Jüngling, und zugleich durchbohrte ihn ein Todesschmerz ...

Die Angst, seinen »Morgenstern« in der Menge verschwinden zu sehen, raubte ihm fast die Besinnung.

Doch auch sie stand wie verzaubert, regungslos, ohne ihr seelenvolles Auge von dem strahlenden Herrscher abzuwenden ...

Er hatte sich gebückt und die drei Lilien mit goldenen Kelchen in die linke Hand genommen, dabei unwillkürlich die Wachsfackel in der Rechten gesenkt, – ihre Flamme war erloschen ...

Gab es Eine auf dem weiten Erdenrund, welche seiner eigenen Schönheit würdig war, so konnte es in der That nur diese wie aus Äther gewobene Lichtgestalt sein ...

Sie hatte er in seinen Träumen gesehen, sie gesucht, erwartet, nun war sie aus Wolken herabgestiegen und neigte sich ihm als Schutzgeist!

»Sanctus, Sanctus, Sanctus«, erscholl es von den purpurnen Altarstufen und Percival kniete nieder in den Staub und betete – zu einem Kinde.

Glockenklang und Orgelrauschen ...

4. Kapitel

Die Liebe einer Rose

Fräulein Jocunde von Ödhausen-Kratzenstein fand sich in Seiner Gegenwart, als sie vom Frohnleichnamsfeste nach Hause kam und durch den Korridor schritt, welcher von den königlichen Gemächern in den Flügel führte, wo die Gemächer ihrer Herrschaft lagen.

In wessen Gegenwart? wird man fragen. Nun, in Seiner – !
Denn auch ihr jungfräuliches Herz, welches sich bis jetzt stets nur in Poesie gebadet hatte, hatte einen Er gefunden.

Und dieser Er ahnte noch gar nichts von dem Brande, den er auf dem vestalischen Altar der sinnigen Jungfrau entfacht.

Fräulein Jocunde glich einer weißen Blüthe, deren Ränder schon anfingen sich bräunlich zu färben, welche aber gleich den welkenden Narzissen nur einen um so schärferen Duft aushauchen. Und diese weiße Blüthe erglühte jetzt im abendlichen Lichte einer zu späten »ersten« Liebe.

Nicht, als ob Fräulein Jocunde von Ödhausen-Kratzenstein eine »alte Jungfer« gewesen wäre. Der Himmel bewahre! – Sie war wohl schon »hoch in den zwanzigen«, aber was will das heißen, wenn das Herz noch in mädchenhafter Keuschheit schlägt? –

Leider waren ihre Züge so ungalant, mit ihrem Herzen nicht sitzen geblieben zu sein, sondern sie zeigten schon ganz verdächtige Schärfen und Spitzen, und einige Fältchen im Mundwinkel, wenn sie ernst war, suchte sie durch ein immerwährendes Lächeln zu verbergen.

Dieses Lächeln selber war wahrhaftig märchenhaft – denn ihre Zähne zeigten goldene Stellen, von denen sie sich einbildete, sie ließen sie der Märchenprinzessin gleichen, welcher bei jedem Worte Gold und Silber aus dem Munde fiel.

Nun, und diese Märchenprinzessin hatte ihren Märchenprinzen gefunden.

Ach, wenn er ein Prinz gewesen wäre! Aber er war nicht einmal möglich! ... Ein ganz gewöhnlicher Soldat ... ein Chevauxleger, den Seine Majestät allem Herkommen zum Trotze zu intimeren Wachen und Diensten in die königliche Burg beordert hatte, da er ihm einmal »aufgefallen« war.

Der König hatte ihn nämlich einmal beim Baden gesehen, da er auf einem einsamen Spaziergange des Sees, an welchem Eines seiner Lieblingsschlösser lag, plötzlich von den Uferbüschen aus eine Gesellschaft von Soldaten erblickt hatte, welche ganz vorschriftswidrig den glühendheißen, schlummermüden Sommernachmittag dazu benützte, um ihre Leiber in den Fluthen des Sees zu kühlen. Sie hatten das gewagt, da König Percival unversehens inkognito angekommen war, mit nur einer winzigen Suite und Niemand von seinem Hiersein Kunde hatte.

Der König war auf seinem Spaziergange plötzlich von lautem Lachen und Plätschern angezogen worden, hatte sich den Gesträuchen genähert, welche das Ufer einschlossen, und als er die Zweige auseinandergetheilt, hatte er die braunen, lustigen Gesellen fröhlich im Wasser allerlei Allotria treiben sehen.

Der Kräftigste und Prächtigste unter Allen war ein junger Bursche, ein Bauernsohn, welcher eben im Ufersande stand, überrieselt von Wasser und Sonnenstrahlen, ein wahrer Griechengott der riesenhaften, ebenmäßig gebauten Gestalt nach, aber ein echter Germane in dem breiten, hübschen, rosigen Gesichte, den großen, nicht allzu geistreichen hellblauen Augen und dem flachsblonden Haare.

Der König, welcher damals eben gelesen hatte, daß sein Vorbild Elagabalus seinen Günstling Zotico aus den Gladiatoren gewählt, die er zufällig im Bade der Gladiatorenkaserne erblickt, und welcher nebstbei eben Gemälde aus der römischen Geschichte anfertigen ließ, hatte ihn zum Schloßdienste beordert, und dann – vergessen.

Dieser Chevauxleger nun, Fridolin Werner mit Namen, war es, welchen Fräulein Jocunde eines Tages als sie mit Schulzes »bezauberter Rose« in der mageren Hand durch den Korridor schwebte, plötzlich erblickt hatte. Und sie war stehen geblieben, »festgewurzelt«, wie sie sich gestand in ihren Tagebuchblättern, hatte die »verzauberte Rose« in ihren Kleiderausschnitt gesteckt, wo hinreichend Platz war für dergleichen, und hatte den guten Bauernjungen angesprochen. Was sie ihn gefragt, und was er in seiner täppischen Bauernsprache, stramm dastehend, geantwortet? – Sie wußte es nicht mehr, als sie sich an ihr geliebtes Tagebuch setzte, denn wir, die wir dieses Tagebuch durchblättert und demselben manches werthvolle intime Detail dieser bis in alle Einzelheiten genauen Geschichte entnommen haben, haben dieses Gespräch vergebens in demselben gesucht.

Aber von diesem Augenblicke war Fridolin Werner ihr Er geworden. Das Ideal, welches sie, die »bezauberte Rose«, so lange vergeblich gesucht hatte! Sie wußte wohl, daß sie sich nie zu ihm herablassen konnte, daß sie nie »intimere Beziehungen« zu ihm haben konnte (Styl ihres Tagebuches), aber was that das? Sie hatte doch Jemanden, von dem sie träumen konnte, wie Elsa von ihrem Lohengrin! – Sie wurde nicht von der Idee verletzt, zu bedenken, daß ein armer Schwan diesen Lohengrin niemals hätte erzerren und erziehen können!

Und auch an diesem Frohnleichnamstage, als sie Ihn wieder im Korridor traf, überkam sie der alte Zauber.

Sie blieb stehen und fragte mit niedergeschlagenen Augen, die Hand an die Falte ihres Kleiderleibes gedrückt, in welchem eine Duodezausgabe der verzauberten Rose in Schweißblätter-Einband die Stelle Abwesender vertrat:

– »Bitte, Herr Soldat, können Sie mir nicht sagen, ob wir heute Dienstag oder Mittwoch haben?« –

– »Na!« meinte der stramm dastehende Soldat, und grinste über sein ganzes hübsches, rosiges Gesicht hin, daß seine weißen Zähne unter dem blonden Schnurrbärtchen hervorblitzen – »Gnädigste Baronin, das ist aber eine spaßige Frag'! Feiertag ist's – da wir doch doppelte Menage haben! . . . Und Extra-Tabak! . . . Oder kriegen Sie vielleicht nicht Extra-Tabak? . . . In Cigaretten!« – fügte er fast erschrocken bei, da er sich eben erinnerte, daß er mit einem gnädigen Fräulein spreche und er trotz seiner Einfalt wußte, daß vornehme Damen im königlichen Parke Cigaretten rauchten, – heimlich, wenn's Niemand sah – von den »alten Biestern« (wie er die Oberstofmeisterin und Consorten zu nennen pflegte – seinen einzigen Freunden gegenüber).

Fräulein von Ödhausen-Kratzenstein war entzückt über die »frische« Antwort. Sie wäre ja über Alles entzückt gewesen, was Ihm entfallen konnte.

Sie erhob ihre keusch gesenkten Augen nicht bis zu seinem Gesichte hinauf, sondern begnügte sich prüde mit den unteren Parthien des stramm und dienstlich Dastehenden, und verglich bewundernd seine Beine mit den einzigen Beinen, welche sie außerdem kannte – den Eigenen . . .

Und sie dachte mit Schmerz daran, daß eine solche Fülle von Schönheit nie Offizier werden und Schulden machen könne! Denn Offizier werden und immense Schulden machen, war ihr gleichbedeutend. Das Schuldenmachen war für sie der Adelsbrief eines Mannes. Sie war ja auch die Tochter eines Offiziers!

Da das Fräulein nur seine Knie anstarrte und nichts weiter von ihm zu erwarten schien, sagte sich Fridolin Werner: »Sie hat einen Raptus!« (Dies sagte er sich immer, wenn ihm Etwas von einer vornehmen Dame auffiel), machte sporenklirrend und salutierend Kehrt und schritt weiter.

– »Eine wahre Gartenscheere!« – wie Fräulein Jocunde von Ödhausen-Kratzenstein bewundernd und mit einem Stöhnen sagte. Denn Gartenscheeren waren ja für sie das einzige Mittel, eine Rose vom Stamm zu rauben. Und diese Gartenscheere hatte – das fühlte sie! – sie, die verzauberte Rose, – geknickt!

Dann schwebte sie so eilig weiter, daß ihre Seidenlöckchen um die Stirne hopften, als führten sie eine Zipperlein-Menuette auf.

Fräulein Jocunde hatte einen eigenartigen Gang. Sie schwebte stets, als ob sie Schlittschuh laufe, und dazwischen machte sie stets plötzlich einen »Hopfer«, denn sie hatte im Lafontaine (den sie mit Vorliebe aus Leihbibliotheken las) gefunden, daß alle Heldinnen »aus dem Zimmer hüpften.« Es verjüngte, wie sie glaubte. So schlittschuhte und hopfte sie weiter gegen den Flügel, in welchem die Appartements ihrer Hoheiten lagen, bis sie mitten in einem Hopfer vor Entsetzen stehen blieb, auf einem Fuße, wie eine Gans; denn bald wäre sie geradewegs einer allerhöchsten Gruppe in die Arme gehopft – Seiner Majestät dem König Percival, welcher seiner »Braut«, Prinzessin Mignon artig das Geleite gab, wie er es gewohnt war bei Festlichkeiten, gefolgt von der kleineren Suite Beider.

Sie traf dieselbe gerade auf der Höhe der zweiten großen Treppe dieses Flügels und hörte, wie Prinzessin Mignonette in glückstrahlendem, ausgelassenem Tone sagte: »Oh, Majestät (sie liebte es, den König trotz ihrer verwandtschaftlichen Beziehungen und des gemüthlichen Familientones, welcher zwischen den hohen Herrschaften herrschte, so zu nennen), das war wieder einmal eine Plage! ... Wenn ich jemals Königin werde ... würde« ... verbesserte sie sich ... »ich quälte mich sicher nicht mehr damit, dergleichen mitzumachen. Wofür hätte man denn seine Dienerschaft?« –

König Percival sagte mit einem eigenthümlich ungeduldigen, rücksichtslosen Tone, den man sonst gar nicht an ihm gewohnt war: »Darum ist es auch das Beste, liebe Cousine, wenn Sie nie Königin werden.«

Sie schaute verblüfft zu ihm auf, und wollte lachen – denn das konnte doch nur Scherz sein? Aber das Lachen erstarb ihr auf den Lippen. König Percival meinte in der That, was er sagte. Er hatte ungeduldig gesprochen, und sein großes Auge streifte sie mit einem fast verächtlichen Ausdrucke, wie gestört aus einem Traume. Er lächelte nicht, sondern machte ein verdrießliches Gesicht, wie man so schaut, wenn uns eine lästige Fliege um die Nase herumsurrt ...

– »Keine Königin werden!« – sagte sie halb pikirt. »Wie meinen das Eure Majestät ...«

– »Ei nun, man muß für dergleichen geboren sein«, – sagte er scharf. »Kehren sie also nach Hause zurück, liebe Cousine, und heirathen Sie irgend einen guten behäbigen Prinzen, welcher gern Ball schlägt und Abends politisirt und einen Orden vom Rauchstübchen stiftet ...«

Sie waren vor den Appartements der Prinzessin angekommen, welche auf das imposante Treppenhaus hinausgingen, wo die italienischen Marmorgruppen standen.

Er empfahl sich rasch und schritt weiter, gefolgt von seiner Suite.

Die arme kleine Prinzessin starrte ihm nach, sehr bleich und sehr klein geworden. Was war das?!

Sie sann und konnte es nicht begreifen. Nur das eine begriff sie, daß der König wie mit einem Zauberschlage verändert sei ... Niemand aus ihrer kleinen Suite hatte die halblaut gesprochenen Worte des jungen Königs gehört, und sie stand um die Prinzessin, erstaunt darüber, daß sie ihrem Bräutigam so fassungslos nachstarre.

Aus der offenen Thüre ihres Appartements, welches der betreffende Hofbedienstete vor ihr geöffnet hatte und nun in gebückter Stellung an derselben stand, tönte die laute, schrille Stimme ihrer Mutter, welche ihre Tochter gesucht hatte, bis in's Vorzimmer heraus, welches sie leer fand:

– »Mignonette! ... Mignonette? ...«

Mignonette! Ihr eigener Name klang ihr jetzt wie eine Offenbarung. Um ihre Lippen zuckte es wie das Weinen eines erschreckten Kindes, und ihre hübschen Augen füllten sich mit Thränen.

Ihr Auge glitt über die Statuen um sie herum, und es kamen ihr die Worte aus dem Liede Göthes in den Sinn von der verlassenen Mignon:

»Und Marmorbilder stehn und schau'n Dich an,
Was hat man Dir, Du armes Kind gethan?«

5. Kapitel

Die Tochter der Niobe

Gewiß, ganz verändert war der König von der heiligen Zeremonie zurückgekommen.

Wie neugeboren.

Die Welt um ihn war gleichsam verändert, denn er selber war seit einer Stunde ein anderer Mensch geworden.

Und das hatte der Zauber einer einzigen Sekunde gethan, der Blick in das Auge eines Mädchens, eines Kindes noch, in welchem die ganze Reinheit des Himmels strahlte! ...

Alle Hoffahrt, alle Eitelkeit, alles Selbstbewußtsein seines Ranges war von ihm abgefallen wie die Hülle einer Raupe. Es hatte ihn dafür die echte *majestas* des Menschen überkommen, jene göttliche Demuth, welche nur die erste, echte, ewige Liebe zu geben vermag, die in uns erblüht, wie die Rose am Hage! ...

Wer war jenes Mädchen gewesen?

Ach, bald genug hatte er es erfahren.

Die kleine Thea, die Tochter seines Leibarztes Doktor Cornelius.

Wie liebte er diesen Mann von dem Augenblicke an!

Was wollte er? Er wußte es selber nicht. Wollte er das Mädchen zur Königin machen, zu seiner Gattin?

Wohl kaum kam ihm dieser absurde Gedanke.

Er liebte sie!

Wollte er sie zu seiner Geliebten machen?

Wie wäre ein solcher Gedanke je in einem jungen, liebenden Herzen erwacht?

Er liebte sie.

Was er wollte, er dachte, ahnte, grübelte nicht darnach.

Er liebte sie.

Was für ein Ende diese seine erste, beste, größte Leidenschaft nehmen sollte? Was lag daran? Er liebte sie.

Sie war so rein wie die weiße Blume, die sie auf seinem Weg gestreut. Sie war Etwas, das über ihm stand.

Und das machte ihn glücklich! – Denn oft ist es ja der Fluch des Herrschers, daß er nichts über sich sieht – nur zu seinen Füßen.

Er wollte sie reich, hoch, glücklich machen.

Wodurch immer! Er wollte für sie sorgen, sie schützen, alle Schätze, die er besaß, zu ihren Füßen legen!

Er sagte Niemandem ein Wort von dieser wundervollen Seligkeit!

Ihrem Vater am wenigsten.

Aber all sein Sinnen von dieser Stunde an war Sie!

Der ganze Hof war erstaunt, daß er plötzlich die schönsten Gemächer des Gartentraktes seines Residenzschlosses in einen wahren Feenpalast umgestalten ließ.

Mit allem Kunstgeschmack, den er in seiner Seele trug, ersann er vor Allem ein Gemach, und ließ es in aller Hast, in aller Eile ausführen.

Der Boden desselben sollte aus einem kostbaren Mosaik bestehen, aus edlen Steinen, welches die Oberfläche eines durchsichtigen, grünen Sees darstellte.

Die Wände desselben ließ er mit den feinsten gelblichen indischen Stoffen bekleiden, deren Falten von einer riesigen Wasserrose, aus Perlmutter und Opalen gebildet, gehalten wurden.

Zwischen den einzelnen Draperien sollten Krystallwände durchblicken, welche diese Rose verhundertfacht widerspiegelten.

Die Möbel sollten mit seegrünen Seidenstoffen überzogen sein, auf welche Hemiphars gestickt waren.

Die Toilette sollte eine große Muschel darstellen, und die Nippsachen derselben sollten blaue Seethiere darstellen. –

Die Portièren der Thüren sollten aus sanftgoldbraunem Plüsch sein, von gesticktem Seetang durchklettert.

Alle technischen Künstler und Lieferanten des Hofs wurden mit diesen Aufträgen betheilt, nachdem ein phantasievoller Maler die Skizzen davon entworfen. Die schnellste Ausführung war Allen auf die Seele gebunden.

Dann wollte er das angebetete Kind an der Hand ihres Vaters in diesen feenhaften Ort führen und ihr sagen:

– »Hier sollst Du jetzt wohnen.« –

Und ihr Vater sollte an ihrer Seite leben als ihr Schützer, als sein geliebtester Freund.

Und dann?

Was dann? Nichts. Er liebte sie.

* * *

Alles das wurde in Angriff genommen. Und während es geschah, ließ er Doktor Cornelius zu sich rufen.

Er wußte, daß er zur Ausführung seines Planes des Vaters bedurfte. Dieses würdigen Mannes, der ihn fortan leiten und lenken mußte auf dieser Bahn von Seligkeit, die er mit den Tritten eines Trunkenen beschritt.

Aber zwei-, dreimal mußte er um ihn schicken. Endlich erschien der Mann.

Der König eilte ihm entgegen mit leuchtenden Augen und ihm die Hände entgegenhaltend, und Worte der Liebe auf den Lippen.

Aber erschreckt blieb er stehen.

Wie hatte sich der feste, starke Mann geändert! Doktor Cornelius war in diesen wenigen Tagen, die seit dem Frohnleichnamsfeste verstrichen waren, um Jahre gealtert.

Die ernste Haltung des Mannes war wie gebeugt und gebrochen.

Sein dunkles Haar erschien wie glanzlos und war wirr.

Das Antlitz des kraftvollen Mannes war mattfarbig, welk und schlaff.

Und die Augen – die Augen waren geröthet vom Weinen.

Er machte die zeremoniellen Verbeugungen und schaute dann den König an, wie Trost suchend.

– »Doktor!« – sagte Percival I. mit hastigem athemlosen Tone – »Was – ist Ihnen nur? Sind Sie krank – ?«

– »Verzeihen Eure Majestät!« – sagte der Arzt, indem er sich gewaltsam zusammenraffte. »Verzeihung, daß ich nicht sogleich auf Ihren Befehl hierhereilte, aber ...«

– »Nun ... was?« –

– »Nichts, Eure Majestät. Es handelt sich hier nicht um mich und mein Leid. Es handelt sich um Eure Majestät. Mit was kann ich meinem gnädigsten Herrn dienen? Fühlen sich Eure Majestät unwohl?«

– »Doktor, Doktor!« – rief der König, ihn an der Hand fassend und ihn erschreckt ansehend, gleichsam jeden Zug erforschend. »Was ist Ihnen widerfahren? Vergessen Sie auf mich. Ich will wissen, was Sie so bewegt?!«

Der Arzt bedeckte sein Antlitz mit der Hand, obwohl er aufrecht stehen blieb und nur die Achseln leicht zusammensanken.

Es lag Etwas unnennbar Rührendes in dieser Haltung. Der stattliche Körper des Mannes bebte wie in leisem Schluchzen.

– »Verzeihung, Eure Majestät«, – sagte er dann mit thränenschwerer Stimme und ohne die Hand von seinem Gesicht zu entfernen. »Es ziemt sich nicht, daß ich, zu Ihrem Dienste hierhergeeilt, meinem Schmerze so freien Lauf lasse. Ich hatte eine Tochter.«
– »Fräulein Thea . . .!« rief der König und wurde weiß wie Schnee. »Ich weiß, Doktor, ich weiß! Nun, was ist mit ihr? . . .«
– »Sie ist todt, Eure Majestät.« –
Der König starrte ihn stumm an, selber todtenähnlich.
Der weinende Vater sah nichts davon.
Unbeweglich stand sein Herrscher vor ihm.
Der Arzt fuhr fort:
– »Neulich ging sie in dem Frohnleichnamszuge mit den Blumenmädchen . . . Sie war erst sechszehn Jahre . . . Die Sonne brannte auf ihr liebes Haupt. Sie war immer ein schwächliches, kränkliches Wesen gewesen . . . aber dabei so lieb, so gut . . . Ein Engel . . . Und schön wie ein Heiligenbild . . . Wer sie sah, mußte sie lieb haben . . . Als sie von der Feierlichkeit heim kam, klagte sie über Kopfschmerz. Das Übel nahm zu . . . Wir brachten sie zu Bett . . . Leider mußte ich erkennen, daß sie an einer Gehirnentzündung litt . . . Die glühende Sonne des Mittags war daran Schuld . . . Ich that Alles, was ein Vater thun kann . . . Ich. rief alle meine Kollegen zusammen . . . es war umsonst . . . Sie starb . . .«
Der König ließ die Arme sinken.
Todtenfarbe lag auf seinem Antlitz.
Seine Augen verloren ihren Blick. Er sagte kein Wort . . .
Der ungeheure Schmerz, der unerwartete Schlag versteinerte ihn gleichsam.
Nur seine Seele lebte in einem schmerzlichen Krampfe.

Seine Gedanken wirbelten.

Dann zuckten sie wieder wie zertretene Schlangen.

Und aus dem Chaos entwirrte sich immer wieder der eine Gedanke:

– »Die Sonne hat sie getödtet!«

Und ein unaussprechlicher, wilder Haß gegen die Sonne, die er bisher so sehr geliebt hatte, durchflammte ihn. Haß gegen sein Ideal! Und er fühlte tief in seinem Innern, daß er die Sonne nicht mehr sehen, nicht mehr ertragen könne, und daß es von nun an Nacht sei in seinem Dasein, und daß er diese Nacht zu seinem Tage machen müsse, in dem allein er leben, athmen, empfinden könne ...

Und es war sonderbar, daß er in dieser Ruhe der höchsten Verzweiflung die Worte des Gedichtes hörte, welches sein Großoheim ihm gewidmet: »Nie heiße es: die Liebe ist gestorben!«

Doch immer wieder siegte über Alles andere der Gedanke: »Die Sonne hat sie getödtet!« Und dieser Gedanke war wie ein Gewissensbiß. Wie eine Strafe dafür, daß er sich selber für die Sonne der Welt gehalten in seiner übermüthigen Jugendherrlichkeit.

Dann begann wieder der Wirbel der Gedanken.

Da fuhr der Doktor empor und starrte auf den König ...

Der lag da, hingeschmettert zu Boden, ohne Bewußtsein, wie todt.

* * *

Lärm. Ein Rufen, ein Kommen und Gehen der Dienerschaft und Ärzte.

Ein Aufruhr im ganzen Schlosse. Flüstern, Murmeln. Ein wirres, angstvolles Treiben.

Als der König aus seiner tiefen, todtenähnlichen Ohnmacht erwachte, war das Erste, was er sah, das Antlitz seines Arztes, welcher sich, den eigenen Schmerz bekämpfend, über ihn neigte, ein Fläschchen mit einem Wiederbelebungsmittel in der Hand.

Doktor Cornelius winkte jetzt die Anderen fort.

»Wie fühlt sich Eure Majestät?« - fragte er, wieder ganz Arzt geworden, besorgt, ängstlich, fast zärtlich.

Die Sinne des armen jungen Herrschers waren noch immer verwirrt.

Er unterschied noch nicht die Wirklichkeit von den Phantasien seines eigenen ungeheuren Schmerzes.

Nur das Eine stand klar vor ihm, daß Sie . . .

- »Thea!« stöhnte er herzzerreißend.

- »Thea!« machte der Doktor erstaunt, überrascht, und wie befürchtend, der Kranke rede im Delirium. »Was meinen Eure Majestät? Meine arme Tochter . . .«

Der König schlang seine Arme um ihn und heiße bittere Thränen entströmten seinen Augen, Thränen, welche wohlthätig lösten, was in ihm tobte und zuckte: »Doktor!« schluchzte er, »sie ist todt! sie ist todt! . . . Ach, sehen Sie mich nicht so bestürzt und erstaunt an . . . Sehen Sie denn nicht, daß ich sie geliebt habe?!« — — — — — — — — — —

* * *

Am nächsten Tage, im stillschattigen Krankenzimmer, als nur der Arzt an seinem Bette saß und die Diener unsichtbar hinter den Bettvorhängen auf Befehle harrten, da wurde der König ruhiger und erwachte erst zum Leben wieder.

Das Wort des jungen Herrschers hatte in der Seele des Arztes widerhallt mit der Gewalt einer Offenbarung. So lange er am Bette des Königs saß, hatte sein Schmerz um das verlorene Kind gerungen mit der Überraschung der Wahrheit, die er in dem Leiden des Königs gesehen. Und eine tiefe, natürliche Liebe für den Mann, der sein armes süßes Kind geliebt, hatte Wurzeln geschlagen in seinem verzagenden Vaterherzen.

Sein eigener väterlicher Schmerz, welcher in dem Herzen des Königs ein Echo fand, hatte diesen König jetzt gleichsam zu seinem Sohne gemacht, trotz des Rangunterschiedes, den ja das Leid verweht, wie Spuren im Sande. Und während er ihn pflegte, hatte der trostlose Vater Worte des Trostes für den König.

Er sagte ihm – (nicht in einem Athem, sondern zu verschiedenen Zeiten, abgebrochen, ohne Zusammenhang) – daß Seine Majestät sich beruhigen möge; daß Alles eine Fügung gewesen sei; daß jedes Leid mit der Zeit schwinde; daß diese kindische Liebe, wenn sie wirklich in dem Herzen seines gütigen Königs entstanden sei, vergehen werde, wie ja Alles auf Erden sein Ende hat.

Darauf aber hatte der Kranke nur den Kopf geschüttelt.

Und in dieser Stunde rief plötzlich Prinz Egon der Geisteskranke in seinem Zimmer laut jubelnd und auffahrend:

– »Jetzt ist Percy endlich gestorben! ... Und ist zu mir herabgestiegen in das dunkle, finstere Grab – Und ich bin nicht mehr allein ... allein ... allein ...

* * *

Dann nahm das Leben seinen Lauf weiter.

* * *

Zweiter Theil

Um Kronen und Herzen

1. Kapitel

Glatteis

Saht Ihr die Alpen im Winter mit ihren eis-umpanzerten Bergriesen, den schneebelasteten Tannen, den krystallisirten Baumskeletten? Saht Ihr die Wolkenmassen sich herabsenken auf blendende Gletscher und die Nebel aus den Tiefen empordampfen, die Gebirgsseen zur festen Fläche verhärtet, das hungrige Edelwild darüber hinwegsetzen? Saht Ihr die Engpässe verschüttet, die Brücken von steilen Randhöhen durch den schnaubenden Sturm hinweggedonnert, die Bildstöcke zerknickt, als wären es Binsen, die Gebirgskessel und Thalbecken unzugänglich im Flockengewirbel? – Habt Ihr geschaudert in der ungeheueren Einsamkeit zwischen den Hochgipfeln, wo Grabesstille herrscht, ja selbst das Mitleid Gottes auf ewig erstorben scheint, wie in jenen Frostregionen der Hölle, welche der große, florentinische Dichter noch entsetzlicher nennt als das fressende Feuer des Purgatoriums?

In solcher weißen Gebirgseinsamkeit lag auf der schwindelnden Höhe eines Spitzhorns die romantisch-mittelalterliche Schwanenburg, wohin König Percival sich zurückgezogen hatte zur Verzweiflung seiner Minister und vortragenden Räthe. Dort ging der königliche Sonderling seinen Launen nach, von denen der Residenzklatsch gar Seltsames meldete oder – zischelte, laut genug, um in beiden Welten gehört zu werden.

Auf den Riffen und Zacken der stolzen »Drachenwand« erhob sich das wuchtige Fundament des neurestaurierten Wunderbaus, den ein Ahnherr Percivals in Übermuth und Vermessenheit dort oben hatte entstehen lassen. Die Schwanenburg war ein gefundenes Asyl für den menschenscheuen Percival, welcher weder die Gesellschaft noch das Tageslicht vertrug seit dem Heimgang der süßen Thea.

»Einsam und mit ihrem Bild verkehren«, war ihm zur Lebensaufgabe geworden. Nur den Doktor Cornelius, nur wenige Vertraute duldete er in seiner Nähe. Den täglichen Anforderungen des Lebens suchte er so viel wie möglich auszuweichen in wahrhaft olympischer Rücksichtslosigkeit.

Noch liebten ihn seine Unterthanen abgöttisch, wurden aber seiner nicht mehr ansichtig. Zu ihrer großen Verwunderung vernahmen sie eines Tages, daß der Genius der Musik von der schmachtenden, liebebedürftigen Seele Percivals Besitz genommen habe. Schließlich beruhigten sie sich darüber und sagten: »Nun ist dies ganz in der Ordnung, unser vorverstorbener König beschützte die Dichter; unser verstorbener unterstützte die Maler; der jetzige Landesherr hält es mit den Musikern.« –

Am empfindlichsten verletzt fühlte sich die an Gepränge und Hoffeste gewöhnte Aristokratie. Dem jungen Monarchen wurden Petitionen eingereicht, das Christfest wenigstens in der Hauptstadt zu feiern. Aber der heilige Abend dämmerte bereits, das Residenzpalais blieb dunkel, Percival hatte die Schwanenburg nicht verlassen, sondern eben daselbst für einige intime Gäste Überraschungen und Bescheerungen vorbereiten lassen.

Schon leuchteten am klaren Winterhimmel die ersten Sterne, als ein halbes Dutzend prächtiger, bizarr geformter

Schlitten den gewundenen, sandbestreuten Pfad zur Märchenburg emporfuhr ...

Weithin tönte das lustige Schellengeläute, freudig wie Hochzeitsglocken, wie eine Aufforderung zu Frohsinn und Kurzweil ...

Weithin schimmerten die blauen Gaslaternen, deren zitternde Reflexe blaue Blumen über die Schneefläche zu werfen schienen ...

Im vordersten Schlitten saß pelzverhüllt die Herzogin von Klarenburg, statt der Oberstbofmeisterin nur eine Hofdame neben sich.

Ihr folgten Mignonette und Jocunde von Kratzenstein, beide bis unter das Kinn in kostbare, atlasgefütterte Decken aus Rauchwerk eingewickelt. Die Prinzessin trug ein verwegenes Pelzbaret auf dem Köpfchen, die Hofdame einen ehrbaren Sammethut *en capotte*; Mignonnettes niedliches Näschen war rosig angehaucht, während die Verehrerin des Classikers Schulz in Violett überging. Sie redeten nicht miteinander, traumverloren in die verschneite Alpenlandschaft hinausschauend, aber um die Lippen der Einen wie der Anderen spielte verstohlen ein Lächeln seligster Befriedigung.

Mignonette war viel schöner, etwas voller und dadurch weiblicher geworden, ohne ihre Zierlichkeit und die Feinheit der Formen einzubüßen. Ihr feuchtes Auge hatte an seelischer Vertiefung gewonnen, – sie war eine holde, sympathische Frauenblume geworden, während sie früher mehr dem Poltergeist Puck verwandt gewesen, einem Puck *en cotillon*.

Höher und höher ging es hinauf, näher und näher der räthselhaften Burg, von der selbst die italienischen Zeitungen Allerlei fabelten, ohne doch die mindeste Ahnung zu haben, was darin vorging.

Mignonette sollte ihn wiedersehen, Percy, ihren blauäugigen Gebieter! Wie ihr das Blut zum Herzen strömte! –

Er hatte huldvoll, mit der ihm eigenen Anmuth geantwortet auf die Anfrage Eugenias, welche sich zu Weihnachten bei ihrem »königlichen Einsiedler angesagt hatte ...«

Und das lebhafte, leidenschaftlich erregte Prinzeßchen mußte sich Gewalt anthun, nicht laut in die Dunkelheit hinauszujubeln:

»Oh Percy, *oh mon roi!*« –

Jocundchen dachte während dessen in Züchten und Ehren des »Herrn Soldaten«, ihres Fridolin Werners, der, wie sie erfahren hatte, bei seinem Gebieter weilte und in seiner Gunst stündlich Fortschritte machte ...

Süße Ahnungen und Träume schwellten das Herz des blühenden und des verwelkenden Mädchens, gleich Schneeglöckchen und Christrosen, welche unter dem Eise ihre weißen Kelche entfalten ...

Schön war es, so dahin zu gleiten beim melodischen Geklingel der rein gestimmten Glöckchen, beim leisen, behaglichen Geknurr von Gracieuse und Grisonette, welche natürlich nicht fehlten, sich dicht an ihre Gönnerin schmiegend, die feinen, spitzen Schnäuzchen in Muffen und Fußsäcken versteckt.

Auch die Herzogin-Mutter hing ihren Gedanken nach, auch sie glaubte sich am Ziel ihrer Wünsche.

»Es war gerathen«, sagte sie zu sich selber, »ihm Monate lang aus dem Wege zu geh'n, so schwer es mir und meinem armen Kinde wurde ... die damalige Verstimmung, welche Percivals Nervenkrise vorausging, ist verflogen; Zerstreuung thut ihm noth, und somit wird Alles auf das Günstigste zum Abschluß gelangen.«

Triumphierend warf Eugenia den Kopf zurück und richtete den Blick empor in die Sterne, einen trotzig herausfordernden Blick, wie nur Fürstinnen ihn haben.

Mutter und Tochter kamen direkt aus Rom, wo sie den Herbst und die erste Hälfte des Winters verlebt hatten. Trotz ihres Inkognitos waren sie von der ewigen Stadt glänzend gefeiert worden. Mignonette hatte geradezu Epoche gemacht; im Quirinal, in den Palästen der Botschafter und römischen Prinzen, ja, selbst in den Vorzimmern des Vatikans, wo die jungen Monsignori und eleganten Camerlinghi plaudern, war nur von dem allerliebsten Wildfang die Rede. Mignonette wandelte buchstäblich auf Treibhausblumen und emphatischen Sonetten, der sprichwörtlich schöne Sohn des Khedive huldigte ihr, dem »Nordstern«, wie er sie nannte, mit der intensiven Gluth seiner morgenländischen Heimath. Aber seine gluthschmachtenden Haschisch-Augen fanden keine Gnade bei der »Braut« Königs Percival, so wenig wie der Erbprinz eines der reichsten deutschen Länder, welcher Alles aufbot, Mignonettes Hand zu gewinnen.

Keine Versuchung hatte Macht über ihr treues Gemüth; inmitten der rauschenden Geselligkeiten verzehrte sie sich nach dem Anblick ihres vergötterten Cousins.

Da beschloß die Großherzogin, das Schicksal ihres einzigen Kindes energisch in die Hand zu nehmen und kehrte mit ihrem vielbegehrten Prinzeßchen nach dem Norden zurück.

* * *

»Was ist denn dies für ein seltsames Schauspiel«, unterbrach überrascht Herzogin Eugenia ihre Betrachtungen . . . »o halten Sie einen Augenblick«, befahl sie dem Piqueur.

Gleichzeitig rief Mignonette, die Pelzdecke lüftend: »Mama, Mama!« Sie sprang aus dem Schlitten, Jocunde hüpfte ihr nach und flötete: »Wie poetisch, wie grandios.«

Die Damen genossen den unerwarteten Anblick eines Riesen-Christbaums im Freien: eine am Waldsaum stehende mächtig große Edeltanne war mit vielen hundert Kerzen besteckt, mit Rauschgold, Silberzindel und bunten Bändern aufgeputzt. Es war windstill, so daß jedes Flämmchen unbeweglich brannte, wie in einem geschlossenen Raum.

»Wahrhaftig genial gedacht und ausgeführt«, sagte Eugenia, welche in diesem originellen Weihnachtsbaum eine zarte Aufmerksamkeit für sich und ihre Tochter sah.

»Ein flammendes Willkommen, ein Freudenfeuer im Schnee«, jauchzte Mignonette.

»Ja, Königliche Hoheit«, nahm einer der Piqueure das Wort, »das ist dem Herrn Kapellmeister Wolfgang sein Christbäumchen; ein anderer war ihm nicht groß genug.«

»Wie meinen Sie?« fragte Eugenia scharf ... »von wem sprechen Sie?«

»Halten zu Gnaden, Königliche Hoheit, von dem Herrn Musikanten, der bei Seiner Majestät zu Gaste ist.«

Die Damen trauten ihren Ohren nicht ...

»Allons, Mignonette, erkälte Dich nicht, vorwärts«, sagte die enttäuschte hohe Frau mit tonloser Stimme, darauf zuckte sie höhnisch die Achsel ......

Wenige Minuten später fuhren die Damen in den elektrisch erleuchteten Burghof ein. Hinter einer Glaswand zu ebener Erde erblickten sie köstliche Rosenbüsche, Schneeballbäume, Palmen und Orchideen ...

In Gala, entblößten Hauptes, empfingen des Königs Adjutanten, Kammerherren und Beamten die hohen Gäste unter dem Portal. Mignonette war berauscht durch den verschwenderischen Luxus ihrer Appartements. »In einer Stunde«, meldete der dienstthuende Kammerpage, erwartet Seine Majestät die Königlichen Hoheiten im Pfauensaal.«

Es galt nun, eiligst Toilette zu machen und schön, besonders schön zu sein.

Aber Mignonette klagte, ihr Gesicht sei in den warmen Gemächern nach der langen Fahrt ganz aufgedunsen.

Jocunde sagte zu ihrer Kammerfrau: »Scheint es nicht, als sei meine Nase und mein linkes Ohrläppchen erfroren?« –

Und als die Großherzogin ihre Brillantrivieren anlegte (sie besaß deren Metre-weise, wie ihre Garderobieren erzählten), da entdeckte sie Falten, unaustilgbare, böse Falten auf ihrem stolzen Marmorantlitz.

2. Kapitel

Bescheerungen

Mignonette pflegte nie sehr lange am Putztisch zu weilen; nach einer Viertelstunde strahlte sie bereits in weißem Atlas mit einem sehr geschmackvollen Türkisenschmuck.

»Könnte ich Percy nur einen Moment ungestört sehen und sprechen, nur während der ersten Begrüßung«, sehnte sie sich in brennender Ungeduld, vor Erwartung fiebernd . . .

Mit plötzlicher Entschlossenheit fügte sie hinzu: »Wer wagt, gewinnt!«

Sie durcheilte zwei, drei Salons und stand am Ausgang ihrer Appartements.

Ein leiser Druck gegen die mit dem Königswappen geschmückten Thüren . . .

Mignonette schaute eine lange Galerie hinab ...

Lakaien in altfranzösischen Livreen verneigten sich bis zur Erde ...

Etwas verzagt ging die Prinzessin sonder Hof- und Staatsdame an ihnen vorüber ... »Wo ist der Weg zu Percys Cabinet?« grübelte sie.

Der Schritt ihrer kleinen Füßchen in den weißseidenen Schuhen war sehr unsicher, fast schwankend.

Zu beiden Seiten der Galerie befanden sich theils an Fensterpfeilern, theils auf geschnitzten Staffeleien Familienportraits in allen Größen: des Königs liebreizende Mutter als Braut und im Krönungsornate, sein dichterisch begabter Großoheim als Hubertusritter, dessen Gemahlin in der halb griechischen Tracht des ersten Kaiserreichs u. s. w.

Durch Hängelampen an Bronceketten empfingen die Gemälde echt künstlerisches Oberlicht.

Wie sehr wunderte sich Mignonette, plötzlich ihrem eigenen Bilde gegenüber zu stehen ... ei, früher hing es in Percys Arbeitszimmer! warum hatte er es verbannt? warum in den offiziellen, unbewohnten Raum, der nur zum Durchgang diente, mit diesem farbenprächtigen Werke Gustav Richters?

»Und ich bin doch so hübsch in dieser duftigen Alpenlandschaft«, sagte sie mit herzzerreißender Traurigkeit ... »wenn es nur Mama nicht sieht! das Portrait ist ihre Gabe ... dieselbe unterschätzt, gleichsam ausrangiert zu sehen, würde ihr Stolz nie verzeihen.«

Mignonette hatte kaum den Muth, weiter vor zu dringen. Ihr Herzchen war plötzlich so schwer ...

Zufällig fiel ihr Blick auf eine Marmorbüste, welche einen frischen Lorbeerkranz um die weißen Schläfen trug ... Die

Büste eines Mannes mit scharfen, geistvollen Zügen ...
Mignonette gefiel er nicht, da er weder jung, noch schön war ...

Und sieh! aus Erz, Terracotta und Gyps geformt erblickt sie das nämliche Gesicht ... sogar in Wachs bossirt, in orientalischem Alabaster ... stets dasselbe charakteristische Profil mit dem stark hervorspringenden Kinn! –

Entwürfe in Pastell und Rothstift – unverkennbar in Steinbachs kühner, spontaner Manier – zeigen sammt und sonders den energischen, durchaus nicht idealen Kopf ...

Es hat für Mignonette etwas Gespenstisches, diese ihr unbekannte, unsympathische Physiognomie so oft wiederholt zu sehen wie in einem Vexierspiegel ...

Träumt sie, wacht sie? ...

Am Ende der Galerie angelangt, steht sie mit gesenktem Köpfchen ...

Oh, Erlösung! Da vernimmt sie dicht hinter einem Vorhang des Königs Stimme ... Mignonette zuckt auf, schlägt rückhaltlos die schweren Sammetfalten auseinander und steht vor Percival ...

»Sire, Percy!« – Sie ist freudetrunken, sie bemerkt es nicht, wie zwei Herren in Civilkleidung schnell vom König zurücktreten und sich in eine Fenstervertiefung begeben.

»Sagen Sie mir, Cousin«, forscht Mignonette, welcher ihre laute Fröhlichkeit zurückkehrte, »wer ist denn der garstige Mann, der in hundertfacher Abbildung Ihre Galerie verunziert?

Percival erschrickt sichtlich und bedeutet dem Prinzeßchen mit strengem Blick, zu schweigen. Hastig zieht er die unerwartet Eingedrungene aus dem Salon in den Pfauensaal ...

Seine kleine Braut freundlich zu begrüßen, sich nach ihrem Befinden zu erkundigen, kommt ihm gar nicht in den Sinn ...

Mignonette, ganz verwirrt und verängstigt, starrt rathlos zu ihm auf ...

In der Fensternische des Salons gewahrt sie jetzt die beiden Civilisten ... Einer von ihnen ist das Original jener Büste, jener Zeichnungen. - - -

Im Pfauensaal sind mehr als zwanzig Tische mit verschwenderischen Gaben für die Gäste überhäuft; zu jedem Tische, worauf edle Kunstwerke sich erheben, Juwelen funkeln, exotische Früchte und Blumen duften, gehört eine hohe Pyramide aus lichtblauem, gesponnenem Glase, eigens gefertigt in den Fabriken zu Venedig und Murano; sie tragen, wie sämmtliche Kandelaber und Kronleuchter aus Bergkrystall, durchsichtige, blaue Kerzen.

Den Fußboden des Kuppelsaals bildet ein riesenhafter Pfau, ein Mosaikbild aus Lapislazuli, Topasen, Malachit, Onyx und Karneol zusammengestellt. Pfauen in den verschiedensten Stellungen und noch kostbarere Steinarten schmücken die Wände. Weißer Atlas mit eingewebten Pfauenaugen wallt nieder vor den Fenstern und Eingängen.

Die Großherzogin, welche unterdessen erschien, kann sich »gar nicht erholen« von diesem Traumgedicht in Gold, Marmor und musivischer Arbeit. Die Hofdamen sind »*en extase*«, sie ersterben in Bewunderung; Jocunde denkt trotz Allem an den Adonis der Chevauxlegers ... ahnt sie doch nicht, daß Fridolin Werner heimlich, dem König unbewußt, verlobt ist! Denn auch ihm war das vergangene Frohnleichnamsfest verhängnißvoll geworden: indem Percival Thea erblickte, indem stierte der »Herr Soldat« auf ein verschobenes, goldgleißendes Ringelhäubchen; unter dem Häubchen lächelte ein herziges, frisches Gesichtchen ... und des Königs Günstling schwur am Fuße des Altars, den Blick nicht abgewendet von Leni Blaumeier: »Die wird geheirathet.«

Allerdings wußte der ehrliche Junge, daß Seine Majestät vertrauten Dienern das Heirathen so wenig gestattete, wie einst der Vicekönig von Ägypten es seinen Mameluken erlaubte, – bah; wozu ist man jung und couragiert?

Fridolin wurde eifriger Kunde im Schnittwarengeschäft Ehren-Blaumeiers, und so war er glücklich bis zur romanesken Verlobung vorgeschritten.

Freiin Jocunde von Ödhausen-Kratzenstein hielt sich nach wie vor für die bezauberte Rose und ihn, den schmucken Grüngerockten, für ihre Gartenscheere ...

Was ist Menschenglück? – Illusion und Chimäre! –

Percival stellte der Großherzogin und ihrer Tochter seine beiden »besten Freunde«, die Herren in Schwarz vor:

Doktor Cornelius, mein Leibarzt, Kapellmeister Franz Wolfgang.«

Die Begrüßung seitens der Fürstinnen war stumm und kühl, kühler als die Höflichkeit und die Rücksicht für einen König es gestattete.

»Der muß sehr in Gunst sein«, flüsterte die Hofdame Eugenias Jocunde ins Ohr ...

»Wer denn?« fragte Jocunde wie abwesend mit weitaufgesperrten, spülichtfarbnen Augen ...

»Der Kapellmeister ... solch ein enormes Weihnachtsgeschenk!!«

»Aber ich sehe auf seinem Tische nichts als einen Zettel« ...

»Lesen Sie, was von des Königs Hand darauf geschrieben steht!«

Mademoiselle de Kratzenstein las: Villa am Schwanensee.
– »Übertriebene Munifizenz« warf sie hin.

»Wie finden sie den berühmten Komponisten?« fragte ein junger Kammerherr die zwei Ehrenfräulein.

»Ich finde ihn gar nicht«, meinte Eugenias Echo, die stockaristokratische Comtesse Trotzburg, hinter ihrem bemalten Cruchefächer ein Gähnen schlecht verbergend.

»Aber unsern Doktor?«

»Nicht eben elegant!« Der geschmeidige Höfling zwinkerte verständnißvoll mit den Augen.

Den König erfüllte die demonstrative Zurückhaltung seiner sonst begeisterungsfähigen Tante gegen Wolfgang, den musikalischen Reformator und Bahnbrecher, mit Schmerz und Empfindlichkeit. Aber er tröstete sich in der festen Voraussetzung, beim Souper würde Alles gut werden.

Unbehaglicher als dem jungen Herrscher war der armen, kleinen Mignonette zu Muthe; unwillkürlich dachte sie: »Wie schön war es draußen auf dem Glatteis in der schneidenden Kälte! – wie schwül ist's hier im goldenen Hause des Königs!« –

Gegen 10 Uhr Abends wurde im Spiegelsaal an kleinen Tischen soupirt. Percival nannte dieses Nachtmahl sein »Gabelfrühstück«, denn erst nach Sonnenuntergang pflegte er sich zu erheben, die Ordnung alles Hergebrachten auf den Kopf stellend.

Unter einem Bosquet blühender Camelien und Fächerpalmen war für die hohen Herrschaften servirt. Man speiste von Vermeiltellern mit Ständern aus Bourguignonperlen, eine Erfindung der Kaiserin Josephine.

Elagabal nährte sich von Nachtigallzungen und Pfauenaugen, vom Kostbarsten und Seltsamsten! Das Tischlein-deck-

Dich Percivals wies freilich consistentere, aber in ihrer Art ebenso raffinierte Gerichte auf. Der Kredenztisch neben der Tafel trug einen Aufsatz aus Silber und Edelsteinen; auf seinem Fundament ruhten vier aus Ananaseis geformte, hartgefrorne Sphinxe in kleiner Lebensgröße ... Meister Wolfgang flüsterte lächelnd seinem königlichen Gönner zu: »Eure Majestät übertreffen an Phantasie den genialen Regenten von Orléans, welcher zum Nachtisch hübsche Weiber auf silbernen Präsentierbrettern herumreichen ließ.«

Warum Ihre Hoheit, die Frau Großfürstin, nur fortwährend französisch sprach, während der Kapellmeister ihr gegenüber saß? ... wußte sie nicht, daß es dem deutschen Tondichter ein Gräuel war?

Ahnte sie überhaupt nichts von des gewaltigen Mannes Bedeutung, von seinem Ursprung, seinem Wirkungskreis? wollte sie den Titanen in ihm geflissentlich ignorieren? ja, vielleicht gar herausfordern, beleidigen?

So fragte Percival im Stillen als seine Tante, – bisher ein Muster feinsten Tactes, – ohne Ende von italienischer Musik, insbesonders von Verdi sprach und den genuesischen Maestro bis an die Sterne erhob. Vergeblich mühte sich der König, dem Gespräch eine andere Wendung zu geben, es gelang ihm nicht. Auf die härteste Probe stellte Mignonette seine Selbstbeherrschung, als sie – scheinbar ganz harmlos – den alle Musiker niederschmetternden Passus Heinrich Heines citierte: »Musik ist niemals dumm, weil sie nie klug zu sein braucht« ...

Percival stand im Begriff, aufzuspringen und der Prinzessin den Rücken zu kehren, jedoch auf einen begütigenden Blick des Meisters bekämpfte er seine Empörung. Mit blassen Lippen lächelte er gezwungen:

»Meine schöne Cousine ist eine kleine Barbarin hinsichtlich der Musik, – und zwar ist sie's mit Ostentation.«

»O nein«, eiferte Mignonette, plötzlich gereizt und trotzig, »ich liebe sehr einschmeichelnde Melodien, ich liebe sehr die Frau Musika!«

»Vielleicht«, spottete Percy, »in der Art des Markgrafen von Schwedt, der mit Vieren lang in den Concertsaal hereingefahren kam und nicht eher ruhte, bis einige Violinen zerbrochen waren.« . . .

»Majestät, dero Sphinxe schmelzen«, rief Eugenia dazwischen.

Lassen wir sie in nichts zergehen, wie den Kern jedweden Räthsels . . . völlige Auflösung und Zwecklosigkeit ist ja das Ende von Allem!«

Rasch hob der König die Tafel auf. Vor Mitternacht entließ er seine Gäste, nicht um in seine geliebte Einsamkeit zurückzukehren, sondern um ungestört und andächtig Wolfgangs Spiel zu lauschen bis Tagesanbruch.

3. Kapitel

Zersprühende Sterne

Eine Woche war vorüber . . . schon erlosch die blasse Sonne des letzten Tages im Jahre jenseits der Alpengletscher . . . Mignonette hatte sich zur Feier der Silvesternacht allerlei Scherze und Überraschungen ausgedacht, so passiv sich Percival ihr gegenüber auch verhielt. Sie war froh und zuversichtlich. Franz Wolfgang hatte zu ihrer großen Freude die Schwanenburg verlassen, da in der Residenz der Umbau des Opernhauses vollendet war, und Sänger und Orchestermitglieder des Meisters ungeduldig harrten. Mignonette athmete auf . . . wie war sie eifersüchtig auf den Komponisten und Dichter gewesen! eifersüchtig zum sterben!

Der Jahreswechsel sollte Frieden und Versöhnung bringen, die Spannung tilgen zwischen ihr und dem Geliebten, der sie so grausam vernachlässigt hatte!

»Heute um Mitternacht werden wir sagen: Ende gut, Alles gut«, dachte das Prinzeßchen, sich wiegend in einem Schaukelstuhl, der in einem Winkel der statuengeschmückten Bibliothek stand. Am liebsten weilte sie dort, wo kein allzugroßer Prunk sie gleichsam beängstigte; außerdem verging kein Tag oder vielmehr kein Abend, der nicht Percival auf einige Augenblicke zu seinen Kupferstichmappen oder Bücherregalen geführt hätte . . .

Auf einem Tabouret saß Fräulein Jocunde, scheinbar in der »Urania« lesend, in der That jedoch Luftschlösser träumend . . .

Mignonette hatte Lessings »Emilia Galotti« durchblättert, anfangs zerstreut, theilnahmslos, dann aufmerksamer; streng gefesselt hatte sie der vierte Akt.

Nun starrte sie in die Schneelandschaft hinaus und recitirte mechanisch:

»›Ich bin doch zu Dosalo? zu dem Dosalo, wo mich sonst Lieb' und Entzücken erwarteten?‹« – Mit einer humoristischen Wendung setzte sie hinzu:

»Wahrlich, Jocundchen, ich selbst komme mir, seit wir hier sind, wie die Gräfin Orsina vor: Alles verändert, Alles! Der König, seine Umgebung, seine Lebensweise wie ausgetauscht . . . und das geht bis in das kleinste Detail: sonst erwachte ich nie unter seinem Dache – gleichviel zu welcher Jahreszeit! – ohne einen Riesenstrauß meiner Lieblingsblumen, der hübschen, lustigen Fuchsien zu erhalten. *Ils sont passés, ces jours de fête!* – früher liebte Percy das goldene Tageslicht, jetzt verbirgt er sich davor, als wäre er ein Schuhu, eine Fledermaus und nicht der schönste Jüngling seiner Zeit, den das Universum vergöttert!«

»Wird schon besser werden«, tröstete gravitätisch die Vertraute, »Prinzeßchen werden die Gemahlin Seiner Majestät werden und ihm diese Grillen austreiben . . .«

»Im Gegentheil, ich würde ihm vollkommen seinen Willen lassen, wenn er nur« . . . Mignonette hielt inne und lauschte . . .

»Mich dünkt, er kommt! lassen Sie uns allein, Jocundchen.« – Letztere hüpfte dem Ausgang zu, blieb mit ihrer Jet-Garnitur am Piedestal eines Sophocles hängen, riß sich aufopfernd los und verschwand.

»Sire«, rief die Prinzessin dem eintretenden Percival entgegen, »um Prosit Neujahr zu sagen ist es noch zu früh! aber einen herzlichen Gruß, der bereits alle, alle Glückwünsche enthält, werden Sie nicht verschmähen!«

Sie schaute ihn so ehrlich an, der Ton ihrer Stimme klang so echt und überzeugend, daß Percy nicht umhin konnte, ihr lebhaft alles mögliche Gute und Schöne zu erwidern, ganz auf ihre kindliche, ungekünstelte Art und Weise eingehend.

Sie plauderten einmal wieder recht nach Herzenslust zusammen, jede Schranke schien gefallen zwischen ihnen. Vermochte sie auch nicht hinreichend dem genialen Fluge seiner echt schöpferischen Phantasie zu folgen, so berauschte sie sich nichts destoweniger an seiner Sprache, seinen Blicken, und ihr Herzchen, was tapferer war, als irgend jemand es ahnte, gelobte, ihm unterthan zu bleiben alle Zeit. –

Manch geheimes Fach öffnete der König und zeigte der lieblichen Gefährtin die hochpoetischen, eigenartigen Skizzen des Malers Arnold Böcklin für eine Anzahl Säle und Vestibüls, welche der Schwanenburg noch hinzugefügt werden sollte. Der Baseler Farbenzaub'rer, der lange unverstanden geblieben war und endlich, nach Kämpfen und Enttäuschungen bittrer Art, in der Galerie des Grafen Schack zu München einen Ehrenplatz gefunden hatte, – dieser Elitekünstler unter den Realisten und Impressionisten der Neuzeit, entsprach vollkommen den Anforderungen Percivals, wie einst der theatralische Kaulbach den Geschmack der gekrönten Vorgänger befriedigt hatte.

Gemalte Dithyramben und dazwischen Waldidyllen von unsagbarer Schwermuth, – das war's! Das brauchte der exklusive König, den die Historienmalerei langweilte, für den Genrestücke gar nicht existierten.

Und Böcklin hatte ihm grünumginsterte Nixen und mondumflossene Feen gesendet, Zauberwildnisse vor ihm entrollt, Liebesmären aus den »Luïsiades« von Camoëns, Theatervorhänge für die Opern Franz Wolfgangs, nicht aus Servilität oder Geldgier, sondern weil der Maler sich von einer wahlverwandten Seele verstanden fühlte ... Die Fülle seines überschüssigen, oft ungezügelten Talentes quoll dem entzückten Percival wie ein Regen von Sternschnuppen zu Füßen.

Auch Franz Wolfgangs Villa beabsichtigte er durch Böcklin in Wachsfarben ausschmücken zu lassen. Großartige Lünettenbilder und Medaillons waren für des Meisters Musiksaal bestimmt.

Kaum sah Mignonette diese Skizzen, so begann sie zu kritisieren. Die Eifersucht regte sich auf's Neue.

»Meister Wolfgang scheint Ihnen einen Zaubertrank eingegeben zu haben«, schmollte sie recht weiberhaft.

»O Mignonette«, entgegnete der König mit edler Wärme,

wüßten Sie, welche Offenbarungen ich diesem merkwürdigen Manne verdanke! Noch kennen Sie ihn nicht, noch theilen Sie das Vorurtheil gegen seine Schule, aber bald werden auch Sie von seiner Größe, Güte, Klarheit durchdrungen sein! Legen Sie nicht den gewöhnlichen Maßstab an diesen Riesen, lassen Sie sich nicht beeinflussen, gute, liebe Mignonette!«

Sie antwortete nicht, sie lächelte nur. Er glaubte sie gewonnen für den großen Tondichter.

Da flüsterte der Dämon der Opposition dem übrigens so fügsamen, hingebenden Wesen die Worte zu: »Aber, Sire, Sie erweisen dem Musikanten, pardon, dem Musiker wahrhaft göttliche Ehren!«

»Weil es namenlos beglückt, sich vor einem Genius zu beugen«, rief Percy flammend, – »ja, ein Gott möchte ich sein, um Franz Wolfgang unter die Sterne aufzunehmen! – Mignonette, man errichtet Würgern von Millionen Denkmäler und Siegessäulen, die blöde Menge nennt sie Helden und Eroberer, soll man für die Beglücker der Menschheit nichts thun, sie mit einem Orden 3. Klasse abspeisen, sich nicht mit ihnen verbrüdern, sich nicht selig preisen, sie gefunden zu haben? – Aber ich begreife nicht, daß ich Ihnen dies Alles erst erklären muß«, setzte er ungeduldig und verdrossen hinzu, den Deckel der Skizzenmappe mit einiger Heftigkeit schließend.

»Seien Sie nicht böse, Majestät«, erwiderte die unbesonnene Mignonette, ich will mir ja alle Mühe geben, das groteske Zerrbild anzubeten.« –

»Was sagen Sie da?« fuhr Percival auf ...

»Nun denn, ich kann nicht heucheln, kann aus meinem Herzen keine Mördergrube machen: Der Götzendienst, den Sie Ihrem Opernkomponisten weihen, verletzt mich tödlich.« –

»Welche Sprache, Mignonette!«

»Die Sprache ungeschminkter Wahrheit! Ich bin Ihnen so gut, Majestät, ich möchte ja zu Allem, was Sie sagen und befehlen, mit dem Kopfe nicken wie eine Pagode! Ihre wunderlichsten Launen und bizarrsten Einfälle sollen mir heilig sein, nur verlangen Sie nicht, daß ich Ihre Hymnen an den Eindringling und Abenteurer nachbete.«

Percy rief außer sich: »Ah, Prinzessin, dies geht zu weit!«

Sie aber, gleichfalls fortgerissen vom Augenblick, wo ein Wort das andere gab, sagte mit Kraft: »Denn er hat keinen guten Einfluß auf Sie.« –

»Lästern Sie nicht, Sie sind ein Kind!«

»Wohlan, es ist besser ein Solches zu sein, als allmählich in der Unnatur aufzugehen.«

Er maß die kleine Gestalt mit verachtendem Blick; die Zornader auf seiner blendendweißen Stirn begann zu schwellen...

»Ihnen genügt die Sonne, der Mond nicht mehr! Sie bedürfen des elektrischen Lichtes, der bengalischen Flammen und Gott weiß welcher Reizmittel! – Oh, das ist jammerschade, Cousin! Einst haben wir uns so gut verstanden! Kehren Sie um, Percy, werden Sie wieder der Sonnenfürst, der, wie Kaiser Titus, die Welt mit Gnade und Liebe erquickte!«

Sie wollte seine Hand ergreifen und sie an die Lippen führen, er aber machte eine abwehrende Bewegung, in welcher ewige Unversöhnlichkeit lag... »Wir wollen diesen unerquicklichen Wortwechsel endigen«, sagte er mit kalter Hoheit...

Eine namenlose Todesangst überkam Mignonette... Diese Angst steigerte sich zum Entsetzen, als der König höflich doch eisig hinzufügte:

»Ich glaube, es war von einer Verlobung zwischen uns die Rede ... betrachten Sie dieselbe fortan als aufgehoben, ich bitte!«

Mignonette wollte laut aufschreien, aber ihre Kehle war wie zusammengepreßt; sie vermochte nur, ihm den Weg zu vertreten und beide Hände flehend empor zu heben ...

Sein Blick war wildfremd, stahlhart ... da umklammerte sie ihn wild, in unbändiger Leidenschaft, aufgelöst in Verzweiflung ...

Er machte sich los von ihr ...

»Ich hasse Sie«, klang von seinen Lippen ihr Verdammungsurtheil.

Unter herzbrechenden Thränen jammerte sie: »Ich liebe ihn ...«

Er vernahm es nicht mehr.

4. Kapitel

Mutter und Tochter

Das weiße Flockengewirbel draußen machte alle Gemächer des Schlosses dunkel. Hell und lustig macht so ein Flockengewirre die freie Gegend, aber doppelt düster läßt es das Gemach erscheinen, und sei es das prächtigste, das vornehmste, das höchstragende!

Der graublaue Himmel grenzt sich scharf von den weißen Hügelketten in der Ferne ab, und der Schnee scheint mehr und mehr werden zu wollen. Fußhoch schon liegt er auf der Erde und hat jedes Ästlein an den Bäumen des Parkes dicht eingehüllt, daß sie aussehen, als wären sie in dichte weiße Pelze gehüllt.

Hartgefroren sind See und Bach, und nur schwarze Vögel fliegen krächzend und mit schwerem Flügelschlage durch die Luft.

Es ist noch gar nicht spät am Tage, aber schon liegt ein Halbdunkel über dem Wohnzimmer der scharfen Fürstin Eugenia von Klarenburg, die wie gewöhnlich an ihrem Schreibtische sitzt und Briefe durchliest, welche mit der Nachmittagspost gekommen, Briefe schreibt, Depeschen erbricht. Sie hat heute mehr zu thun als je. Weiß der Himmel, was am politischen Himmel vorgehen mag – gewiß ist, daß Ihre Hoheit dabei ist!

Ihre Hoheit ist überhaupt bei Allem dabei, wo es sich um Kabinettspolitik handelt. Von der großen, offenen, kräftigen, Politik versteht sie eigentlich blutwenig, und interessiert sich auch gar nicht für dieselbe.

Aber die kleine, geheime Politik, das ist ihr Ressort. Ohne die könnte sie nicht sein. Jene Politik, welche wie ein Schlänglein durch alle Kabinette kriecht, unbemerkt, bescheiden, lautlos, welche aber dennoch mit dem grünklebrigen Leibe auf allen Teppichen der Kabinette eine schleimige, unauslöschbare Spur zurückläßt, so daß an den nächsten Tagen diejenigen großen Herren, welche auf diesen Spuren ausglitschen und auf's Gesicht fallen, wehmüthig aufseufzen: »Hier ist Politik gemacht worden!« – Diese Politik ist gleichsam das »Strickzeug« Ihrer Hoheit, und man muß ihr nachsagen, sie ist ungemein fleißig dabei.

»Unterrockspolitik«, nennt man's. Aber ich halte diesen Ausdruck nicht für zutreffend. Die Frauen, welche diese Politik machen, haben stets geistige Pantalons an. Sehr thätig war sie in dieser Politik; sie hatte gar viele Schlänglein im Solde, welche ihren klebrigen Bauch durch alle Kabinette

Europas schleppten, und ihre schleimige Spur in allen Fürstenpalästen hinterließen. Sie war politisch wahrhaftig geschäftig wie ein Galopin. Nicht etwa, weil sie ehrgeizig war oder eine männliche Energie besaß, sondern sie liebte diese Beschäftigung wie eine andere Frau das Kochen, eine zweite das Flicken, eine weitere die Kaffeevisiten liebt. Und das ist sehr bezeichnend, daß sie vor jedem *coup d'état*, bei dem sie die Hand im Spiele hatte, sich die Karte legte, ob die Unternehmung gut ausgehen werde. Dergleichen Politikerinnen sind gar nützliche, unbezahlbare Werkzeuge in der Hand großer Staatsmänner und werden von denselben sehr geschätzt. Und der große Staatsmann, welchem Ihre Hoheit blind ergeben war, hütete sich wohl, derselben irgend einen Dienst, den sie von ihm verlangte, zu versagen. Und so hatte sie auch heute eine sehr befriedigte, triumphierende Miene, als sie einen Brief des großen Staatsmannes bei Seite legte, dessen Refrain lautete: »Ich würde die Anfrage des V. in günstigem Sinne beantworten.« –

Prinzessin Mignonette war ihrer Mama für gewöhnlich in den Arbeitsstunden nicht sehr willkommen, denn sie »legte sich ihr auf die Nerven«. Als aber die Prinzessin heute, an diesem schneewirbelnden Spätnachmittage in das Arbeitszimmer der hohen Dame trat wie ein unartiges Kind und sich auf die Lehne eines niedrigen Stuhles setzte wie auf ein Pferd, und mit den Füßen stampfte und erklärte, »sie halte es nicht mehr aus! Nein, nein, und hundertmal und tausendmal und zehntausendmal nein!« –

Da legte die Mutter gelassen die Feder nieder, und wandte sich mit ungewohnter Sanftmuth an ihre Tochter und sagte: »Mein armes Kind! Was ist Dir denn widerfahren? Beruhige Dich, Mignonette. Sage mir, was Du hast!« –

Im Nu saß dann Mignonette auf einem Tabouret zu den Füßen ihrer Mama und legte ihr hübsches Köpfchen in den Schooß derselben und schlang ihre Arme um die Dame, und rief zornig weinend: »Ach, Mama, ich möchte mich in die Luft sprengen ...!«

Prinzessin Mignonette liebte in allem und jedem den Superlativ.

– »Aber mein Kind!« – sagte die Fürstin, sanft ihr braunes Lockenköpfchen liebkosend.

– »Ja!« – behauptete Mignonette bestimmt. »Oder noch besser, ich möchte Ihn in die Luft sprengen – Percival, diesen Menschen ohne Herz, ohne Blut, ohne Gefühl! ... Ich halte es nicht aus, von ihm so offen verschmäht zu sein ...!«

– »Kind ... Kind ...!« sagte die Fürstin wie beruhigend, aber ein fahler Blick ihrer Augen zeigte, daß ihr dieser Zorn der kleinen Prinzessin willkommen war.

– Mignonette fuhr auf wie ein unartiges Kind. »Oh, ich bitte Dich, tröste mich nicht, beruhige mich nicht, sag' mir nicht, daß ich sanft und ergeben sein soll, Mama! Du weißt, ich bin das nicht im Stande! – Wenn ich mich nicht rächen kann, dann nehme ich dort die große japanische Blumenjardinière und werfe sie mitten in's Zimmer, daß sie in tausend Trümmer geht!« – eiferte sie mit wüthenden Thränen, denn ihr armes, liebevolles, verschmähtes Herzchen wollte schier brechen über seine Kälte gegen sie.

– »Und wer sagt Dir denn, daß Du Dich nicht rächen sollst?« sagte die Mutter ruhig.

Prinzessin Mignonette schaute erstaunt auf. Wie sonderbar die Fürstin das sagte. Sie schien plötzlich sehr abgekühlt.

– »Mich rächen, Mama? ... Aber wie kann ich denn das? Wer wird mir Gelegenheit zur Rache geben?«

– »Ich«, – sagte die Mutter ruhig, mit eisigem, fast hartem Tone.

Es war ein eisigkalter Wintertag. Mignonette fühlte das mit einem Male. Es lag plötzlich wie ein Frost im Zimmer. Und sie hüllte sich dichter in die weichen Falten ihrer holländischen Pelzjacke, wie man sie auf den Bildern der niederländischen Schule sieht.

Sie schaute auf, und fand plötzlich das ruhige, unaufhörliche Flockengewirbel draußen unheimlich.

– »Du?!« – sagte sie fröstelnd. – »Du willst mir Gelegenheit zur Rache geben, Mama? – Und wie?« –

Die Fürstin spielte mit den Depeschen und Briefschaften auf dem Schreibtische, und fuhr mit ruhiger fester Stimme fort:

– »Vor Allem mußt Du es sein, mein Kind, welche ihm entsagt – oder wenigstens zu entsagen scheint. Du mußt Dich verheirathen!« –

– »Verheirathen!« – sagte Mignonette erschreckt. »Aber wer ist denn der Bräutigam?«

– »Eine Prinzessin von Klarenburg braucht nie um einen Bräutigam verlegen zu sein« – sagte die Mutter stolz. »Jeder Prinz schätzt sich glücklich, wenn er um dieselbe freien darf. So ist auch heute wieder eine vertrauliche Anfrage an mich gekommen aus Frankreich, ob sich ein Prinz aus königlichem Blute Hoffnung machen könne auf Deine Hand! . . .«

– »Aber ich mag ihn nicht!« – rief die arme Prinzessin hastig.

– »Du weißt aber noch gar nicht, um wen es sich handelt!« –

– »Was liegt mir daran? – Er ist jedenfalls ein Ungeheuer! Für mich ist jeder Mann ein Ungeheuer, ein Popanz, ein Scheusal! . . . Oh, ich habe die Männer satt! . . .« rief die kleine unschuldige Prinzessin, indem sie die Miene einer liebeserfahrenen Phryne annahm. »Ich gehe in's Kloster!... Und wenn ihr Euch alle auf den Kopf stellt, ich gehe in's Kloster!...« Damit kreuzte sie die Arme und warf das Köpfchen in den Nacken und nahm eine entschlossene Miene an. »Ich will nicht heirathen!« –

– »Höre, Mignonette, sei kein Kind!...« rief die Mutter hart und streng. »Du bist es Deiner Ehre schuldig, daß Du deinem bisherigen Bräutigam entsagst, und ihm zeigst, daß Dir nichts an ihm gelegen sei, indem Du einem andern Prinzen Deine Hand reichst, und Dich in denselben verliebt stellst vor der Welt!« –

Mignonette erröthete. Der Stolz des Weibes war in ihr erweckt, und sie mußte dieser Logik recht geben. Sie seufzte und sagte dann: »Wer ist er denn eigentlich?« –

– »Der Prinz von Valentinois« – sagte die Fürstin ruhig, und blickte neugierig auf ihr Kind.

Mignonette schlug die Hände zusammen und rief lachend. »Wie?! Louis?! Aber was fällt denn dem ein?! Der gute Junge! Ich habe ihm ja als Kind allen möglichen Schabernack gespielt! Du weißt ja, er war mit seinem Vater an unserem Hofe, als derselbe vor der letzten Revolution flüchten mußte, und wir spielten immer mit einander. Er holte nur die Nüsse von den höchsten Bäumen, und ich zog ihm immer die Leiter weg im Herabklettern – er bekam so komische, drollige Beulen!... und der will mich heirathen?... Der arme gute Junge!...«

– »Nun, hast Du ihn nicht lieb?«

– »Aber gewiß habe ich ihn lieb!« – sagte Mignonette herzlich. Dann sann sie nach und meinte plötzlich sehr ernst: »Aber eben weil ich ihn lieb habe, Mama, scheint es mir, daß es unedel wäre, ihn zu heirathen – aus Trotz gegen einen

Andern. Denn so lieben wie – wie das Ungeheuer, kann ich ihn doch nicht! Es ist das eine ganz andere Liebe, und wenn ich auch die ganze Welt betrügen wollte, Mama, den armen guten Louis möchte ich nicht anlügen, indem ich ihm am Altare sage: »Ich heirathe Dich aus Liebe und will Dir gehören von ganzer Seele!« – während ich ihn doch nur nähme aus Trotz! ...«

Es lag eine echte Ehrenhaftigkeit in den Worten der kleinen Prinzessin. Eine Ehrenhaftigkeit, von welcher ihre Mama, die große Politikerin, keine Ahnung hatte.

Und die Fürstin fuhr fort:

– »Du redest wie ein Kind, das nicht denken kann« – sagte sie streng, fast rauh. »Und darum muß man Dich leiten, Mignonette. Einen Gatten mußt Du wählen. Ist es Dir lieber, an der Seite eines Fremden durch ein liebeleeres, vereinsamtes Leben zu gehen? oder an der Seite eines guten, braven Jugendkameraden Deine Pflichten als Weib, als Fürstin zu erfüllen? ... Glaube mir, Deine alberne Liebe für den Unwürdigen wird schwinden vor der Wirklichkeit, und Du wirst in Deinem Gatten ein Glück finden, wie Du es vielleicht sonst nie gefunden hättest, Mignonette ...«

– »Meinst Du, Mama?« – sagte Mignonette traurig und sinnend, indem sie langsam das Köpfchen sinken ließ.

– »Gewiß, mein Kind«, – sagte die Fürstin. »Und dann – bedenke noch Eines, das Höchste: Du wirst Dich rächen können an dem, der Dich zurückgestoßen hat ...!«

Mignonette erhob ihr Köpfchen und sagte: »Mich rächen?« ...

– »Gewiß ...«

– »Aber wie, Mama?« –

– »Das laß' meine Sorge sein. Wisse nur, der König ist verurtheilt. Verurtheilt von der höheren, heiligeren Politik, welche das Gedeihen eines Volkes, eines Reiches über das Wohl eines Einzelnen setzt, und wäre dieser Einzelne selbst ein König! – Man hat da oft grausam, rücksichtslos zu sein – wie der Ackersmann es ist, welcher den Pflug durch die Furche zieht, unbekümmert ob tausend schädliche Würmchen dadurch ihren Tod finden. Man hat den König als ein unnützes, ja schädliches Würmchen befunden, über das rücksichtslos hinweggegangen werden muß. Er gehört zu den Todten.«

– »Ist es möglich!« – sagte die kleine Prinzessin erschreckt und leichenblaß, und starrte ihre Mutter an.

Die jedoch sah nicht auf sie. Sie sah hinaus durch das Fenster auf das Schneegestöber, und wie Mignonette ihrem Blicke folgte, da war es ihrem jungen zagenden Herzen, als seien die stummen wirbelnden Flocken, die so rastlos und unaufhörlich herabgaukelten, eifrig bemüht, ein Leichentuch zu breiten über das Land und über einen einzelnen, hilflosen, geknebelten Mann. »Aber was soll ich dabei thun?« sagte sie fröstelnd.

– »Dich rächen!« –

– »Aber wie?« –

– »Das sollst Du sehen. Du wirst die Gattin des Prinzen Valentinois werden. Man wird es so einrichten, daß der König die Hilfe Deines Gatten braucht. Du wirst alles aufbieten, alle Liebe, alle Schmeicheleien einer Gattin, um Deinen Mann und seine Verwandten zu bestimmen, daß sie ihm diese Hilfe gewähren. Er wird, von Euch gerufen, kommen – nicht als König, nicht als Fürst, sondern als schlichter, unauffallender Reisender, der jede Spur hinter sich verwischt hat. So daß, wenn ihm ein Unfall widerfährt, wenn er verschwindet, Keiner ahnen kann, daß es ein König gewesen ist, der da verschwunden ist. Das Volk Percivals wird seinen König suchen.

Wo ist er hingerathen? – Man wird das nie erfahren. Er war ein phantastischer Mensch. Vielleicht ist er nach Amerika gegangen, und lebt dort als Schauspieler, wie es Fürst Thurn und Taxis an der Seite seiner Gemahlin Fontelive that ... Und ...«

– »Aber wenn das geschieht, wenn ich die Gattin des Prinzen von Valentinois geworden bin, wenn wir Percival in einem Inkognito zu uns gelockt haben, was dann? ...«

– »Das wirst Du sehen«, – sagte die Fürstin kalt. –

– »Mama ... Du bist entsetzlich! ...« flüsterte Mignonette.

Die Fürstin schaute Mignonette plötzlich starr, lauernd an. »Willst Du Dich denn nicht rächen?« – sagte sie.

Mignonette war blaß geworden. Sie antwortete nicht sogleich. Es war, als sei aller Groll aus ihr geschwunden gegen den Grausamen, der sie vor den Augen Aller so offenkundig verschmähet ... Aber sie errieth in ihrem echt weiblichen, gutmüthigen Sinn, daß sie das nicht gestehen dürfe vor dieser großen Politikerin ... sie errieth, daß sie sich stellen müsse als seine erbittertste Feindin, und sie war entschlossen, das kleine, tapfere, arme Herz. »Ich will thun, was Du begehrst, Mama«, – sagte sie mit entschiedener Stimme.

– »Dann bist Du mein liebes, gehorsames Kind«, sagte die Fürstin, indem sie sie lächelnd auf die Stirn küßte. Noch heute will ich an den Bevollmächtigten des Prinzen von Valentinois schreiben, daß wir dessen Antrag annehmen.« –

Mignonette neigte ihr Haupt unter dem Kusse ihrer Mutter, und sagte nichts. Aber wie ihr Blick durch das Fenster fiel, da war ihr, als sei das Leichentuch fertig, welches die wirbelnden Flocken gebildet über dem Lande und über dem stillen Leichnam des Verurtheilten.

5. Kapitel

Phantasien

Unterdessen führte Percival sein krampfhaftes, sich in die Kunst in jeder Gestalt stürzendes Leben fort. Er schwelgte in der Poesie, der Musik, dem Farbenglanze, dem Entwurfe von Prachtbauten, der Ausführung abenteuerlicher Sybaritenpläne, der Anlage zauberhafter Irrgärten, um zu vergessen, wie ein armer Teufel sich dem Schnapsgenusse hingibt, um in einem steten Taumel von Aufregungen zu leben.

Der gute Fridolin Werner, der Chevauxleger, war ihm dabei wieder ins Gedächtniß gekommen, und der riesenhafte Junge ward nun das erklärte »Ideal« des Königs. Er ließ denselben von den besten Bildhauern seines Reiches und Italiens in allen Stellungen in Stein hauen. Denn er hatte gefunden, daß Fridolin genau die Formen des antiken Kaisergünstlings Antinous besaß, und wenn der römische Imperator Antinous verewigen ließ, durch den Meißel seiner größten Artisten, war König Percival der Nachwelt dasselbe schuldig in Bezug auf den herrlichen Körper Fridolins. Er studierte diesen wirklich göttlichen Leib mit dem Blicke des Künstlers und des Schwärmers in seinem Kabinette. Der Chevauxleger lag auf einem Divan von schwarzen, zottigen Fellwerken, auf die er sich auf Befehl des Königs hingestreckt, und Percival war wie berauscht und sagte vor sich hin: »Was ist alle Kunst gegen das herrliche Leben! – Hier darf ich anbeten, ohne Gemeinheit oder Sinnlichkeit! Was wüster Genuß wäre mit dem Weibe, bei Dir, ewig-göttliche Heroenschönheit, ist es Künstlertraum, rein und sündenlos! . . . Für alle Zeiten sollen diese Linien Deines Körpers der Nachwelt sagen, daß sich die Wunder der Schöpfung wiederholen nach Jahrtausenden! Und wenn man Dein Steinbild schauen wird, mein Göttlicher, dann wird man sich sagen: Der glückliche Herrscher, den es nur einen Befehl kostete, diese vergängliche Gestalt zu erhalten in unzerstörbarem Stoffe zur Bewunderung der nachkommenden Geschlechter!« – Er hatte das nicht dem armen, verblüfften, verlegenen guten Burschen gesagt, sondern zu sich selber.

Dann ließ er denselben seine Uniform anziehen und entließ ihn in die Wohnung, welche er ihm im Militärtrakte der Burg angewiesen, nachdem er demselben Brillantringe und eine prachtvolle Uhr geschenkt und nebstbei die Taschen voller Goldstücke gesteckt.

Fridolin Werner schritt mit wuchtigen Schritten wie verrückt durch die Gänge. Er begriff nicht. Die hellblauen Augen herausgequollen, den Mund geöffnet, pustend wie ein kolossaler Delphin.

– »Was hat er denn nur?! Was hat er denn nur?!« gröhlte er vor sich hin.

Dann kam er an einem Spiegel vorüber, welcher in einer der Wände eingelassen war, stellte sich vor denselben hin und glotzte sich an.

Er nahm sich selber am Kinn mit der riesengroßen Hand und schielte auf sein Gesicht.

– »Was hat er denn nur an mir?!« – wiederholte er ganz verzagt. Dann blickte er herab auf seine Taille und wiederholte fassungslos: »Was hat er denn nur an mir?« Dann besichtigte er seine Beine, aber die waren eben Beine wie sie in engsitzenden Beinkleidern aussehen müssen, dachte er. »Was hat er denn nur an mir? – Ich begreife es nicht!« – Und er stand da wie ein versteinerter Riese und glotzte sein Spiegelbild an.

Da zirpte plötzlich eine Stimme neben ihm: »Ach, Herr Soldat, ich ... ich wüßte schon, was ich an Ihm hätte ...«

Und wie er sich umwandte, sah er ein kleines, hageres, himmelblau gekleidetes Geschöpf schlittschuhlaufen, einigemal aufhüpfen wie eine Bachstelze und dann in einer Thüre verschwinden.

Er wußte, daß das Fräulein Jocunde von Ödhausen-Kratzenstein gewesen sei. Aber was kümmerte ihn in diesem Augenblicke eine Jocunde? Der König ging ihm nicht aus dem Sinn! Und er runzelte die Stirne und schüttelte immer wieder das junge Reckenhaupt.

Endlich erhellte sich sein rosiges Antlitz, sein Auge schaute wieder freundlich, und seine Lippen lächelten. – »Er hat einen Raptus!« – sagte er getröstet, und schritt dann sporenklirrend von dannen.

* * *

König Percival hatte eigens für die »Antinousschönheit« Fridolin Werners einen großen Saal des Schlosses zum Atelier einrichten lassen. Dort mußte der gute Junge den ganzen Tag auf einer Estrade sitzen, stehen, lümmeln, lehnen, liegen, kurz, alle möglichen Stellungen einnehmen, je nachdem es die italienischen, deutschen und französischen Bildhauer, welche damit beauftragt waren, ihn zu verewigen, verlangten. Und Fridolin Werner ward »verewigt«. Verewigt wie Alles, was der arme seelenkranke König Phantasus berührte. Es war, als wolle Percival jeder seiner Launen, jedem seiner flüchtigen Gedanken die Dauer von Äonen geben, dieselben für die Nachwelt erhalten, in der krankhaften Idee, daß jede seiner Künstler-Capricen eine That des Genius sei.

Und wehe, wenn er sich dabei jemals auf einem Nichtkönnen ertappte, wenn er einen Fehler an sich merkte, wie er gewöhnlichen Menschen anzuhängen pflegt.

Er, ein Meister im Clavierspiel, und ganz in der Musik lebend, entdeckte eines Tages, daß eine Stelle aus einem Pianostücke seinem Gedächtnisse entschwunden sei, und nie berührte er mehr eine Taste – nie wieder!

Mit dieser Selbstüberhebung über alle anderen Menschen schien eine andere Schwäche nicht zu harmonieren – seine Abgötterei, welche ihn für die Bourbons Ludwig XIV. und Ludwig XV. erfüllte! – Alle Gedenktage des *roi Soleil* wurden von Percival stets als Festtage gefeiert. Er lud sie – oder vielmehr deren Büsten – dann stets zu Tische, und an solchen Tagen trug er Hemden, in welche die bourbonischen Lilien eingestickt waren. Und da er an dem Glauben Gefallen gefunden hatte, daß die Seelen sich in Bäumen ihren Aufenthaltsort suchen können, benannte er einzelne Bäume nach seinen bourbonischen Götzen, und zog vor denselben stets hochachtungsvoll den Hut.

Aber alles das waren doch Freuden – und jede derselben wurde ihm zuletzt durch irgend etwas verkümmert; es war, als ob ein böses Geschick ihm jede Blume, die er sich zog, welken lassen wolle wie Sybels Rosen durch den Hauch eines bösen Genius welkten.

Percivals Freude, ja Glück, war Jahre hindurch das Reiten – das wilde, kühne, unbändige, schrankenlose Reiten – in dem er es mit jedem *écuyer* aufnahm. Er hatte eben einmal in seiner jüngeren, glücklicheren Zeit im *circo Piniselli* einen herrlichen, kühnen Parforcereiter gesehen, Namens Joska Strakay. Er hatte denselben in einer jener glücklichen Stimmungen gesehen, wo man begeisterungshell alles Große,

Prachtvolle in sich einsaugt mit allen Fühlfäden seines Wesens – zwischen einer Jongleurkunst mit allem Schmelze Indiens und einem Ritte der jüngsten Signorina Piniselli in griechischem, weißem Partheria-Kleide mit Epheu im offenen, reichen nußbraunen Haare.

Joska Strakay glich einem gaukelnden Falter auf seinem Pferde, wie er mit wildem Lachen durch die Bahn jagte, und von diesem Augenblicke hatte sich dem Könige eine neue Welt geöffnet – die des Reitens – eine frische, schöne, beglückende, gesundmachende Welt, die ein Paradies ist.

Er machte tolle, wahnsinnige Touren auf auserlesenen Rappen oder Schimmeln, auf Styx oder Eclair. – Und wenn ihn Menschenscheu, Bangen, Leid oder all die Schatten des Menschendaseins umfangen wollten, dann war der Renner immer seine Rettung. Und wenn's stürmte oder tobte, dann verlegte er seine Ritte wenigstens in die Reitschule, steckte Distanzen aus, welche die Worte: Paris – Madrid – Moskau oder so führten, und bei jeder solchen Tafel hielt er an und nahm eine kleine Erfrischung nach so langer Reise ...! Aber wenn schönes Wetter war, dann jagte er über Feld und Thal, in die Felsen hinan, in die Öde hinein, und athmete die Luft in vollen Zügen, und war glücklich, war frei! ...

Da erhielt er eines Tages, als er sich eben sein edles Lieblingsthier Eclair satteln ließ, ein geheimnißvolles, von schwerfälliger Hand gekritzeltes Billet, welches sagte: »Möge heute der König seinen Ritt unterlassen. Der Blitz könnte sein Verderben sein.«

Der König stutzte wohl, dann lächelte er aber mit dem souveränen Lächeln der Verachtung, bestieg den »Blitz«, und raste bald verklärt hinaus in's Freie.

Aber der Blitz, welcher schon Anfangs auffallend unruhig gewesen war, wurde plötzlich während des Rittes rasend – so rasend, daß er seinen Reiter abwarf, und davontollte. – Percival fiel so unglücklich, daß man ihn bewußtlos auffand und eine schwere lebensgefährliche Verletzung an ihm entdeckte, welche ängstlich geheim gehalten wurde und eine Operation auf Tod und Leben zur Folge hatte. Von dieser Zeit an war der König unfähig, wieder ein Pferd zu besteigen, und auch diese Freude, diese Rettung waren ihm geraubt. In den Fieberphantasien dieser Krankheit schluchzte er jammervoll: »Nun kann ich nicht mehr fliegen! Das waren ja die einzigen Flügel, die mir gegönnt waren. Jetzt bin ich verurtheilt, an der Scholle zu kleben, wie der Wurm! Auch das Pferd hat sich mir treulos erzeigt, wie die Menschen! Alles, Alles, Alles ist gegen mich verschworen!«

Es wurde konstatiert, daß man dem Pferde einen rasendmachenden Trank in das Futter praktiziert hatte, denn es verendete mit giftigem Schaum auf den Nüstern.

Die Umgebung des in tiefe Schwermuth versunkenen Königs suchte ihm nun darzustellen, daß das Fahren eine ebenso große Lust gewähre, als das Reiten. Anfangs hörte der König nicht darauf. Dann aber kam es wie ein Leuchten über ihn. Er lächelte wieder, er sann, und – sagte: »Ja, Fahren. Aber anders wie die gewöhnlichen Menschen!« –

Und er ließ sich – es war in lieblicher, rosendurchblühter Sommerszeit – einen wundervollen – Schlitten bauen, eine meilenlange Straße mit Salz bestreuen, und – fuhr zwischen Rosenhecken – Schlitten ...

6. Kapitel

Don Carlos

»Mein herziges Mäuschen!«
Ich spiele heute Abend die Eboli; Mamsell Schmidt, das Ungeheuer, ist zum Glück sehr krank geworden, – Lungenentzündung, was weiß ich? Du mußt in's Theater kommen, Criquette, und applaudieren. Sorge überhaupt für eine anständige Claque, bringe Deinem Alten seine Assistenzärzte mit, hörst Du? Seine Majestät wird der Vorstellung beiwohnen! in unseren Theater-Annalen wird dieser heutige Abend glänzend verzeichnet werden. Komm, Rose zu Saron!
Diesseits und jenseits
Deine Lilie im Thale.

Dieses Billetchen las die schöne Gattin Doktor Hausens, Christophine, genannt Criquette, auf einem gelben Atlasdivan ihres kokett ausgestatteten Boudoirs.

»Sollte mir einfallen«, sagte sie verächtlich, »wegen Lilias seichter und durchweg verfehlter Eboli einen Abend zu opfern! Aber heute gastiert der junge Mensch, – wie heißt er doch?«

Criquette blickte in die Zeitung die neben dem silbernen Kaffeeservice lag... »Don Carlos – Herr Albin Lenz... richtig! soll ein noch grüner Junge, aber ein Phänomen sein!«

Und sie kritzelte auf einen Bogen Makartbriefpapier:

»Unwiderstehliche!
Ich komme! und zwar mit einen Lorbeerkranz, der nicht

von Stroh ist. Unsere jungen Quacksalber in Steifleinen mit Lederecken sollen ihre Schuldigkeit thun. Nach dem vierten Act komme ich, Dich abholen. Du soupierst bei mir: Spargel aus dem Königl. Küchengarten und Kalbsbrust *carte rose*. Es regnet, regnet, regnet – Küsse von
Criquette.«
P. S. Brauchst Du etwa seidene Strümpfe, edle Ruhmeskönigin, oder meine Brillantagraffen? Disponiere über all meine Habe.

Criquette zündete sich eine Cigarette an und schrieb die Adresse: An Frau Lilia Brünning-Fliederbach.

»Hanne, springe mal hinüber«, rief sie in ihr Schlafzimmer hinein, einem herbeieilenden Kammerkätzchen den Brief an die benachbarte Busenfreundin einhändigend.

»Der König wäre gesonnen, dem heutigen Schauspiele beizuwohnen?« machte sie ungläubig, eine dritte Tasse Kaffee schlürfend – »Unsinn! darauf beiße ich nicht mehr an . . . Percival, der Unsichtbare, wird sich hüten, die Schwanenburg zu verlassen . . . was ist ihm Hecuba? nämlich Albin Lenz.«

Vor einem Spiegel dehnte die schönste Frau der Residenz ihre Gliederpracht, ordnete die weichen Falten ihres schmucklosen, schneeweißen Hausgewandes, löste in Erwartung ihrer Friseurin das reiche, natürlich gelockte, röthlich braune Haar und streckte sich wiederum, faul wie eine Odaliske, auf die gelben Polster.

Und sie war in der That schön wie eine Circassierin, eine Haremsperle, diese wunderbare Criquette, welche doch nicht mehr jung war! Zwei Generationen hatten sie bereits angebetet; aber gleich Mademoiselle Georges, der berühmten Pariser Actrice, schien Christophine ausersehen, von Vätern, Söhnen und selbst Enkeln bewundert zu werden.

Durch Zufall oder vielmehr – wie sie selbst zu sagen pflegte – durch eine Ironie des Schicksals war Criquette zur angesehenen, gesuchten Frau geworden. Ihr gastfreies Haus galt für den Mittelpunkt aller künstlerischen Interessen und geselligen Vergnügungen. Sogar bei den tonangebenden Damen der Aristokratie war die entzückend schöne Doktorsfrau *enfant gaté*; man schwärmte für ihre Natürlichkeit, ihre Toiletten; Niemand sprach von ihrer Vergangenheit.

Diese war fragwürdig genug.

Christophine hatte zu Paris das Licht der Welt erblickt, als Tochter einer gefeierten deutschen Sängerin. Man pflegte einen sehr berühmten Komponisten ihren Vater zu nennen; böse Zungen behaupten zwar, ein unvergleichlich schöner, indischer Jongleur des Circus Franconi sei der kleinen Criquette näher verwandt als jener Maëstro. Sie verlebte eine freudlose Kindheit: Die Mutter wollte aus der knospenden Märchenschönheit gleichfalls eine Primadonna machen, scheiterte jedoch an Criquettes beispielloser Faulheit. Criquette wurde eingesperrt, unaufhörlich bestraft – sie machte keine Fortschritte. Vielleicht hätten Sanftmuth und Güte Vieles über das nicht schlechtgeartete Mädchen vermocht, darauf aber verstand sich die Primadonna der *grand opéra* nicht, sie flößte ihrer Tochter Furcht und Schrecken, kein Vertrauen, keine Liebe ein.

Criquette zählte 15 Jahre, als ein Bruder des mit Percival verwandten Prinzen Leo nach Paris kam, sie im Salon ihrer Mutter sah und sich sterblich in das Kind der Liebe vernarrte.

Criquette empfand nichts für den Fürsten, ließ sich aber willig von ihm entführen, um dem Terrorismus ihrer Mutter zu entgehen. Bald genug sah sie sich von ihrem prinzlichen Liebhaber vernachlässigt; sie war ihm zu unbedeutend, zu apathisch, glich sie auch äußerlich einer Hebe, einer Psyche ... gab es kein Mittel sich von Criquette zu befreien? war Niemand gefällig genug, sie zu heirathen? – Doktor Hausen erschien, stellte sich wahnsinnig verliebt, erhielt Criquette zur Gattin und machte eine rapide Carrière. Das Vaterland allerdings mußte er meiden; als deutscher Arzt in Rom etablierte er sich, behandelte alle durchreisenden Potentaten, ließ seine Frau, die *bella tedesca*, von Riedel malen, von Tenerani modellieren, und kehrte nach 20 Jahren erst in die Heimath zurück, grade zur Thronbesteigung Percivals.

Criquette war schöner denn je, ihre Formen hatten an Plastik gewonnen, sie hatte Welt und Menschen kennen gelernt, sie war gesprächig, mittheilend geworden, etwas burschikos und geradezu, dies aber verlieh ihr einen pikanten Reiz.

Die größte Reklame in der Residenz hatte Maler Steinbach für die »Geheime Obermedicinalräthin« gemacht: er, der sich so selten herab ließ, ein Portrait zu malen, er hatte das neueste Wunder der Hauptstadt in allen Größen, von allen Seiten abconterfeit und diese Bilder während eines halben Jahres im Künstlerhause ausgestellt. »Das ist ja eine deliziöse Person«, hatte die Fürstin Olengo gesagt, »die muß ich kennen lernen, lieber Professor Steinbach.«

Und Steinbach hatte die Damen mit einander bekannt gemacht und Criquette dadurch lanciert.

Aber Criquette vernachlässigte über die vornehmen Gönnerinnen keineswegs ihre alten Freundinnen; Lilia Fliederbach, seit Kurzem an den alten Journalisten Brünning verheirathet, war Criquette in den verschiedensten Lebensphasen begegnet und gehörte in die intimsten Kreise der »Geheimräthin«.

Was Criquette zur mittelmäßigen Schauspielerin zog und diese wiederum an Christophine fesselte, das fragt alle jene Frauen, die sich eigentlich hassen, sich gegenseitig die Ehre abschneiden und sich gleich darauf freudekreischend in die Arme stürzen, sich herzen, küssen und närrischer geberden wie Liebesleute ...

* * *

Als König Percival dem Doktor Hausen die schöne Dienstwohnung zwischen Hof und Garten anwies, stellte er ihm gleichzeitig eine Loge im Opern- und Schauspielhause zur Verfügung. Madame Criquette, welcher in Paris das Theater verleidet worden, nahm selten nur auf den rothen Lehnsesseln Platz, zur Freude ihrer Bekannten, denen sie meist das Schauen und Anhören überließ.

Noch vor Beginn der Carlos-Vorstellung bereute sie es schon, im Theater anwesend zu sein ... Es wird gewiß entsetzlich werden«, meinte sie ... »diese Hitze! nicht zum Aushalten!«

»Wissen Sie schon das Neueste, gnädige Frau?« fragte Steinbach, der in die Loge trat, »Franz Wolfgang, der gestern Nacht zum König befohlen war, ist nach London abgereist, ohne Seiner Majestät vorher zu avertieren. Er war zwar vollständig Herr seines Kommens und Gehens, dennoch zürnt unser allergnädigster Gebieter und hat sich gegen Alles, was Oper und Musik ist, verschworen. Ich wette, aus Trotz schaut er sich heute den Don Carlos an, von dem der Herzog von Meiningen so viel Wesens macht.«

Im selben Moment ging eine Bewegung durch das Publikum ...

Percival hatte in seiner Prosceniumsloge Platz genommen ... o Wunder über Wunder! ... und ganz pünktlich, um halb 7 Uhr ...

Freilich verbarg ihn der purpurne Sammetvorhang vor allen profanen Blicken ...

Aus der Orchestervertiefung tönt die Ouvertüre ... Domingo und Prinz Carlos wandeln durch die Gärten von Aranjuez, durch südliche, überschüssige Rosenpracht ...

Wie unerwartet, aber wie anziehend erscheint dieser spanische Infant! Sein Äußeres ist zart, fast schmächtig, nicht sinnlich bestechend ... keine Schminke auf dem noch bartlosen Jünglingsantlitz, was ganz Auge, ganz Seele ist ... Das ist leibhaftig Philipps des Zweiten Sohn, kein traditioneller, geschniegelter Coeurbube, wie er sich seit einem halben Jahrhundert auf Deutschlands Bühnen erhielt ... Weder in weißen, noch in lichtblauen Atlas kleidete er sich, sondern nach einem Bilde des Velasquez in *vieil-or*-Seide, in ein kostbares, doch fast bequemes Gewand; das kunstlos gelockte, nußbraune Haar verdarb kein Brenneisen ...

Und wie er spricht! Ohne Emphase, wozu der Pomp der Schiller'schen Verse alle Anfänger verleitet ... Es befremdet fast, einen Don Carlos so vollendet natürlich sprechen zu hören ... Oh Gott! was muß dieser nervöse, gedrückte, nach innen verblutende Königssohn leiden! Sagen seine Blicke nicht: »helft mir doch, ich bin so grenzenlos elend!«

Noch ging die erste Scene mit Posa nicht zu Ende und schon ist das ganze dichtbesetzte Haus im Bann des blutjungen, begnadeten Künstlers.

Königin Elisabeth erscheint mit ihren Damen ... Eboli starrt nur hinauf in die königliche Loge oder hinüber zu Criquette ...

»Recht passiert, die gute Brünning«, flüstern Christophinens Trabanten.

»Still, Kinder«, befiehlt Frau Venus, »jetzt kommt der kleine Lenz wieder ... Dämon von einem Jungen!«

Ja, das ist Leidenschaft, was ihn niederwirft vor der jungen Stiefmutter, das ist nicht auswendig gelerntes Declamieren, wonne-irre Accente sind es, auf das Geradewohl gestammelt ...

»Ein Augenblick gelebt im Paradiese
Ist nicht zu theuer mit dem Tod erkauft!«

In diesen Worten athmet der Himmel, die Erde ... so möchte jedes Weib geliebt werden! –

Und doch ist der erste Aufzug nur ein Präludium; das eigentliche Drama, die eigentliche Aufgabe des Protagonisten beginnt in der großen, aufregenden Scene mit Don Philipp und der darauf folgenden mit dem Herzog von Alba, welche eine Klippe für den jugendlichen Liebhaber ist ...

Albin Lenz wuchs mit der sich steigernden Tragödie; jedes Wort, jede Nüance schlug ein wie zündend Pulver; man vernahm laute Rufe der Bewunderung; solch' ein Erfolg war überhaupt seit Dezennien in keinem deutschen Theater mehr dagewesen ...

»Nur in Italien sah ich Ähnliches«, betheuerte Criquette, »dieser Lenz besitzt den Götterfunken Salvinis!« –

Jetzt hatte Lilia ihren Trumpf auszuspielen: hieß es gewöhnlich von ihr »sie verdirbt nichts«, so war sie neben diesem Carlos wirklich inspiriert; sie sah freilich aus wie seine sehr viel ältere Schwester, allein ihre Erscheinung war stets graziös, wenn auch weder bedeutend noch eigentlich tragisch. Die Agraffen der gefälligen Freundin hoben den »einfachen, aber idealen Anzug«.

Trotz der Anwesenheit des Königs donnerte der Beifall nach dem Aktschluß orkanartig durch das weite Residenztheater.

Erschöpft von seinem Sieg, fiel Albin im Versammlungszimmer auf einen Stuhl. Lilia, duftend nach *triple extrait d'heliotrope blanc*, umarmte ihn vehement, trug ihm das kameradschaftliche »Du« an, nöthigte ihm Lakritzenbonbons auf und rief dazwischen hinüber zum brummigen Domingo: »Na, wie hab' ich meine Scene gespielt?«

»Unter der Kanone«, entgegnete lakonisch der Dominikanermönch.

»Frecher Judenbub«, rief Eboli wuthheiser zurück, »dem ich Geld geborgt, als man ihn pfänden wollte! Oho, – hat er die drei eingepökelten Ochsenzungen, die ich ihm vorgestern sendete, vielleicht schon verzehrt und das Fäßchen Affenthaler ausges—.«

Der Eintritt des Intendanten machte Lilia verstummen.

»Herr Lenz«, sagte der Freiherr von Walden, »Seine Majestät wünscht Sie zu sprechen. Bitte, mir zu folgen.«

Percival, durch und durch erschüttert, seinen Lieblingsdichter durch eine so hinreißende Wiedergabe gleichsam neu belebt zu sehen, Percival ließ den verlegenen Debütanten nicht zu Worte kommen, überhäufte ihn mit Lob, legte wie segnend seine weiße Hand auf Albins Scheitel und sagte mit unendlicher Rührung: »Dich hat der Genius geküßt.«

Darauf wies er auf einen Tisch in der Mitte des prächtigen Zimmers, das an seine Loge grenzte; dieser Tisch trug ein ganzes Goldschmiedinventar: Garnituren von Edelsteinen in farbigen Sammetetuis, diamantenbesetzte Uhren, silberne Becher, Vasen und Tassen, ja sogar weiblichen Schmuck, Perlen jeder Form und Schattierungen ...

Mitten im 2. Aufzuge hatte der königliche Schwärmer zu seinem Kronjuwelier gesendet und von diesem das Kostbarste eilends nach dem Theater schaffen lassen ...

»Herr Lenz, dies zum Angedenken des heutigen Abends«, sagte Percival.

Albin sah fast ängstlich auf diese Aladinschätze ... Majestät, das ist zu viel für einen dunklen Sterblichen!« –

»Ich wollte, ich könnte die Sterne vom Himmel rauben und Ihnen in den Schooß werfen, Carlos!«

»Halten zu Gnaden, Majestät! aber diese Armspangen, diese Monstreperlen gebühren schönen Damen, Prinzessinnen von Geblüt ... mein Auge erblindet vor dem Glanz dieser Rubinen und Diamanten ...«

»Schreite darüber hinweg«, sagte Percival mit olympischem Lächeln, die Decke vom Tische reißend und alle Pretiosen, Blumen gleich, Albin vor die Füße streuend.

7. Kapitel

Verlorene Liebesmüh'

Das fabelhafte Glück des kleinen, schmächtigen Schauspielers, der einen Meleagerbrand im Busen trug, ließ keinen Hofschauspieler mehr schlafen. Am unruhvollsten verbrachte Lilia ihre Nächte und Tage; sie beneidete den Blitzjungen, der außerhalb der Bühne »wie ein Schneidergesell erschien« und sich dennoch im Nu zum Königsgünstling emporgeschwungen hatte, aber gleichzeitig sagte sie sich zum Troste: »Auch mich wird der großmüthigste und schönste Fürst Europas mit Edelsteinen überrieseln.«

Hatten sich nicht wie durch Zauberschlag ihre kühnsten Wünsche erfüllt?

Gleich nach dem Schlusse der Carlos-Vorstellung hatte der König glühend begehrt, seinen neuen Schützling als Romeo zu sehen.

»Laßt mich morgen Abend wieder glücklich sein, mich flüchten in Traumregionen aus der Misère des Lebens!«

Dies war sein Ausspruch gewesen.

Schüchtern wendete der Regisseur ein, es mangle augenblicklich an einer zweiten, jugendlichen Liebhaberin, Frl. Schmidt sei ernstlich erkrankt u. s. w. Darauf hatte der König gebieterisch ausgerufen: »Ist nicht Frau Brünning-Fliederbach da! Sie besitzt weit mehr Distinction, als die kleine Schmidt.«

Und Lilia, schwindelnd vor Wonne, hatte von Criquette drei noch ganz frische Balltoiletten, weißseidene Unterkleider, französische Kunstblumen erhalten und die Vorstellung nicht allein ermöglicht, sondern ihr – wie sie sich ausdrückte – die echte, heilige Shakespeare-Weihe verliehen.

Dem König war in der Scene, wo Julia den Schlaftrunk nimmt, ihr eigenthümlich starrer, leerer Blick aufgefallen. Lilia hatte ursprünglich hübsche, grünschillernde Augen, mit denen sie nixenhaft zu zwinkern verstand; wollte sie jedoch tragisch sein, so gab sie ihnen einen verglasten Ausdruck. Darauf hin äußerte Percival, sie müsse keine üble Ophelia sein; genug, er ließ ihr durch den Intendanten sagen, daß er sie am nächsten Samstag Abends auf der Schwanenburg erwarte, sie möchte ihm Scenen aus »Hamlet« vortragen.

Schon sah sich Lilia im Besitz eines Riesendiamanten, der den »Berg des Lichtes« und alle Schätze des Perser-Schahs in Schatten stellte. Binnen 2 Tagen war »Ophelia« gelernt worden ...

Noch wenige Stunden trennten sie vom romantischen *tête-à-tête* mit Ihm!

Lilia stand in ihrem Schlafzimmer, dessen Wände von oben bis unten mit beschleiften Lorbeerkränzen tapeziert waren, und declamierte im hellsten Silberton, dann in den Tönen der »Mittellage« bis zum tiefsten Gutturalbaß hinab:

»Dem edleren Gemüthe
Verarmt die Gabe mit des Gebers Güte . . .«

»Souffliere doch, Friedrich«, herrschte sie den hagebüchnen, duldsamen, ein für alle Male resignierten Gatten, den Journalisten Brünning an, welcher im Schlafrock neben dem rosabeschleiften Putztisch saß . . .

»Kind, echauffiere Dich nicht«, rieth er mit dünner Stimme, welche wie leises Blechgerassel klang, »Seine Majestät will sich doch nur vorlesen lassen!«

»Das verstehst Du nicht«, rief Lilia, welche über fleischfarbenem Tricot ein weißes Unschuldsgewand mit offnen, fliegenden Ärmeln trug und malerische Attitüden einnahm, »wurde die Rolle nicht Fleisch und Blut mit dem Vorleser, so verspricht, so blamiert man sich. Und dann, Adieu, *charmant pays de France*, adieu Armbänder, Diademe und Rivièren! Darum noch einmal die ganze Scene, Friedrich!«

Brünning trocknete sich den Schweiß von der Stirne, brachte rechtzeitig die Stichwörter, rührte seiner Frau ein Brausepulver ein und wiederholte von Zeit zu Zeit sein salbungsvolles:

»Echauffiere Dich nur nicht.«

»War's schön?« fragte während einer Ruhepause die Künstlerin.

»Sehr schön«, machte Friedrich, der immer nur in das Buch geschaut hatte.

»So küsse meinen Pantoffel«, befahl sie, den zierlichen Fuß in allerliebsten schwarzen, goldgestickten Morgenschuhen bis an die Lippen des wohlerzogenen Mannes hebend ...

»Aber Kind, das viele Küssen nützt Deine Pantoffeln ab«, wagte er zu bemerken ...

»Ich kaufe mir ein paar neue, perlengestickte Babuschen ... Er wird mir noch heute die Taschen mit Perlen und Brillanten füllen.«

»Taschen? In Deinen Tricots oder Mousselinschleiern?«

»O, darüber werfe ich meinen Gummimantel. Aber«, unterbrach sie sich ärgerlich, »wo bleibt wieder die Landstreicherin, die Gustel, mit meinen Zuckerzwiebacken? Ich will meinen Thee trinken, aber bei dieser entsetzlichen Bedienung« –

»Echauffiere Dich nicht. Da kommt schon die Gustel.« –

»Halte ihr nicht immer die Stange, Du alter Libertin«, drohte Lilia, nahm aber gleich darauf vor dem Stehspiegel eine naiv-anmutige Opheliastellung ein.

Bescheiden legte die Magd das sauber eingewickelte, süße Gebäck in der gestrengen Herrin Hände ... Die »Gnädige« rechnete sehr scharf mit ihren Dienstboten.

Lilia verzehrte stehend ihren leichten Vesperimbiß und las dabei ein Fragment des »Extrablattes« vom vorhergehenden Tage, worin die Bäckersfrau die Zwiebacksreihen gesendet hatte ... »Immer der Name Lenz, nichts als Lenz«, murmelte sie ...

Das Theaterfeuilleton war zerrissen und überzuckert, von der einen Spalte waren nur die Worte: »Lilien- und Rosenduft« sichtbar ...

»Das geht auf mich«, lächelte Julia Capulet.

Sie wendete das Blatt, sein Druck war fleckenlos geblieben. Lilias Augen überflogen folgende Stelle: »Wenn uns das

Tempo der Balconscene durch seine Schnelligkeit zuerst befremdete, so entzückte durchweg die Frische, die Gluth, die echte Jugend seines Spiels. Geradezu reizend ist's – Romeo darf ja knabenhaft sein, – wie er den herabwehenden Schleier Julias zu erhaschen sucht und auf den Pfeiler des hochgelegenen Altans springt, ohne daß er festen Fuß darauf zu fassen vermag. – Selige Erinnerungen erwachten in unseres Herzens Tiefen, Erinnerungen an selige Frühlingsnächte, an verwehte Träume.«

Plötzlich zitterte das Blatt in Lilias Händen ... da stand breit und groß: »In Frau Brünning-Fliederbach bewunderten wir – die Vergangenheit einer feinen, liebenswürdigen Künstlerin.«

»Welcher Schuft hat das geschrieben?« tobte sie furienartig, ... »Friedrich, mit dem mußt Du Dich schlagen!«

Sie ergriff die Theekanne und schleuderte sie gegen den Toilettenspiegel, dessen glattpolierte Fläche entzwei borst.

Erschrocken eilten aus der Küche zwei Mägde herbei ... »Was gafft Ihr, was untersteht Ihr Euch?« rief in barschestem Tone die zartgebaute, blonde, in Mousselin Gehüllte. Nicht zufrieden, den Spiegel geopfert zu haben, zertrümmerte sie eine Stehuhr aus Alabaster mit emailliertem Zifferblatt. Kaum war dies geschehen, so beruhigte sich die Tobende und sagte, sich und den Andern zum Troste: »Dem Glücklichen schlägt keine Stunde!« – – –

Abends acht Uhr stieg Ophelia, ganz von Blumengewinden umrankt, in den Wagen, um nach der Schwanenburg hinauszufahren. Siegesbewußt nickte sie zu Criquette hinauf, die auf dem Balkon ihres Wohnzimmers stand und voller Sehnsucht und Neid dem davonrollenden Wagen nachschaute.

In Christophine war seit der Carlos-Vorstellung ein

seltsames Gefühl entglommen: nicht für den jungen Schauspieler, so gewaltig seine Darstellungskraft sie ergriffen hatte, sondern für seinen mächtigen Schirmherrn, den König! Percival ging nach dem Schlusse der Schiller'schen Tragödie über die Bühne, erblickte Doktor Hausen, redete ihn leutselig an und begrüßte zum ersten Male Criquette, welche auf Lilia wartete ... Percivals Blick, der Nimbus, der von ihm ausging, drang in das leere Herz des schönen, kinderlosen Weibes, brannte sich tief, unauslöschlich hinein.

»Was haben Sie, gnädige Freundin? warum sind Sie so auffallend verändert?« forschte Maler Steinbach, der auf dem Balkon neben Criquette stand, während Lilia in die Berge hinausfuhr ... »Giebt es kein Zauberwort, Ihre plötzliche Nervosität, Ihre sehr gereizte Stimmung zu bannen?«

»Ja, bester Steinbach, Sie könnten mir einen Gefallen thun: verschaffen Sie mir solchen tscherkessischen Gürtel in getriebenem Silber, wie ihn die Fürstin Olenda auf Ihrem Bilde trägt, hören Sie?«

Steinbach trat einen Schritt zurück ... »Aber holdseligste aller Frauen, kann ich schnurstracks nach dem Kaukasus reisen?«

»So lassen Sie ihn meinetwegen imitieren, aber schnell, schnell«, verlangte weinerlich Steinbachs schönstes Modell.

»Hat es solche Eile? aber weshalb denn? zu welchem Zweck? mitten im Sommer ein Maskenfest?«

»Wie dreist Sie fragen, *Monsieur le Professeur!*«

»Nun, aufrichtig gesagt«, bekannte der Maler, »bei mir ist starke Baisse eingetreten ... wir haben immer kameradschaftlich mit einander geredet, nicht? Sie wissen ja Bescheid mit Künstlers Erdenwallen ... binnen Kurzem tritt wieder Hausse ein.« –

»Wie?« unterbrach ihn Criquette, in welcher das Zigeunerblut aufwallte, »erwies ich Ihnen nicht die Gefälligkeit, zu allen diesen Bildern wochen-, monatelang zu sitzen und zu stehen?« sie deutete in das Zimmer hinein, wo Steinbachs Meisterwerke, Gaben unschätzbarer Art, die Wände schmückten ... »und Sie knausern um einen Gürtel – ?!«

Er preßte die Lippen fest aufeinander und schluckte die Worte »das nenn' ich *toupet* haben« herunter. Von dem Augenblick an war Criquette in seinen Augen keine Dame mehr.

* * *

Nach zweistündiger Fahrt erreichte Lilia das Felsenschloß. Ein naßkalter Abend war dem warmen Sommertage gefolgt. Die eitle Schauspielerin begann in ihrem malerischen, doch fast durchsichtigen Costüm zu frösteln; besonders kalt wurden ihr die Füße in spinnwebdünnen Seidenstrümpfen und weißseidenen Sandalen ... »Thut nichts«, seufzte sie vor sich hin, »die Sache ist wohl des Opfers werth.«

Ein einziger Page öffnete den Wagenschlag und geleitete die Ankommende in einen Saal, von dessen Pracht Lilia nicht viel zu sehen vermochte, da der ganze Raum mit spanischen Wänden verstellt war. »Seltsam«, dachte Ophelia, welche zu niesen begann, seit sie den Gummimantel abgestreift. Einige Fragen an den Pagen zu richten, war nicht möglich, da derselbe lautlos verschwunden war.

Zähneklappernd, vom Schnupfen bedroht, stand Lilia inmitten der seidenen Schirmwände. Sie lechzte nach einem Glase Punsch, einem Cognac ... nichts von alle dem! ...

Welche Situation! – von oben strahlte elektrisches Licht, allein dies blendete nur, ohne zu erwärmen. Draußen war es längst pechfinster geworden, obenein regnete es heftig.

Welche Situation! ...

»Beginnen Sie, Madame«, sagte eine sonore und dabei sanfte Stimme hinter einer spanischen Wand.

Lilia fuhr heftig zusammen ...

»Majestät?« fragte sie mit halber Stimme ...

»Ich bin ganz Ohr«, sagte der Unsichtbare, Unnahbare.

Ihr sank das Herz ... sie las schlecht, weinerlich, verwirrte die Scenen, übersprang die wirksamsten Stellen, mußte sich jeden Augenblick räuspern, um nicht laut zu husten oder zu niesen, – oh Pein, oh Marter ohne Ende! – Oft unterbrach sich die Enttäuschte mitten in einer Strophe und erwartete, Percival hervortreten zu sehen, aber seine Stimme sagte nur kurzweg: »Weiter.«

Nachdem mit Mühe und Noth Lilias Aufgabe absolviert war, fragte der spröde Monarch: »Haben Sie ein Exemplar des ›Carlos‹ mitgebracht?«

»Zu Befehl, Majestät«, antwortete kleinlaut das Opfer.

»Lesen Sie mir die Scene zwischen Prinzessin von Eboli und dem Infanten ...«

»Aha«, dachte Lilia, sich zusammenraffend, »nun kommt's! – Hab' ich denn auch den Gummimantel mit den Taschen zur Hand?« –

Aber so sehr sie sich abmühte, der spanischen Fürstin das nöthige Feuer zu verleihen, so wenig gelang es, Lilias physische Kräfte waren zu Ende. Mit fast übermenschlicher Anstrengung las sie bis zur Strophe:

»Der Schäferstunde schwelgerische Freuden,
   der Schönheit hohe, himmlische Magie –«

Da war's geschehen um jegliche Spannkraft ... Lilia gab ein Jammergestöhn von sich. »Was ist Ihnen?« hörte sie den König fragen ...

»Ich friere so sehr, Majestät.«

»Warum haben Sie sich nicht wärmer angezogen?«
»Als Ophelia!«
»Ich wollte sie ja nur lesen hören. – Es wird schon noch gehen, – bitte, weiter.«
Unter Todesqualen muß die Unglückliche declamieren . . .
»Prinz, hören Sie, Prinz, noch ein Wort«, gellt wie ein Hilferuf durch den acustisch trefflich gebauten Saal . . .
Wo bleibt der Beifall? wo bleiben die Juwelen?
»Er geht! Auch das noch! Er verachtet mich«, beginnt sie wieder . . . Nichts regt sich in dem geheimnißvollen Raum.
Lilia, den Gummimantel über dem Unschuldsgewande, das Taschentüchlein um den Kopf geknüpft, stürzt verzweifelnd dem Ausgange zu . . . Jetzt gäbe sie alle Diamanten der Welt für eine Tasse Bouillon, selbst für Fliederthee . . .
Ein Labyrinth von Korridoren verursacht neue Verlegenheiten . . .
Wo sind Lakaien, Läufer, Wachen?
»Wie soll ich denn nach der Stadt zurück?« weint händeringend die »abgeblitzte« Versucherin.
Endlich tappt sie in das Freie hinaus, immer laut um Hilfe rufend . . . Die Sandalen sind durchnäßt, beschmutzt die Säume des duftigen Kleides . . .
Sturm und Regen und Eulengeschrei! –
Lilia bricht in die Knie und befiehlt ihre Seele Gott . . . . . .
Ohne einen des Weges kundigen Förster, der die Verirrte anfangs für eine Wahnsinnige hielt, wäre die Gattin Friedrich Brünnings elend im Hochgebirge umgekommen. –
»Hast Du Dich aber echauffiert«, rief der Gute, den Criquette »Friedrich den Weisen« nannte, am nächsten Morgen, als Lilia ganz abgerissen, halb sterbend von ihrer fruchtlosen Expedition heimkehrte, – »nun, in der Röhre steht Dein Kaffee.«

Wuthzitternd ging Lilia auf den Ofen zu . . . »Im Sommer einheizen! welch' ein Blödsinn!«

»Aber man erfriert ja!« – Der Stoiker Brünning hatte kaum Zeit, einem heißen Sturzbade durch eine rasche Wendung zu entgehen.

8. Kapitel

Frau Venus

Ganze Wälder von Jasmin und weißen Rosen blühten auf den Terrassen und »schwebenden Gärten« der Schwanenburg. Täglich ließ der König sein Buen Retiro verschönern; aber Niemand, außer Percivals intimster Umgebung, hatte Erlaubniß, dies Stückchen Paradies zu betreten. Wie Alles in dieser Welt übertrieben wird, so hieß es in der ganzen Gegend: es stände Todesstrafe auf fürwitzige Überschreitung des königlichen Befehls; ja, steif und fest behauptete man in den Wirthshäusern und Spinnstuben, ein hübscher, junger Offizier der Residenz habe sich, in Folge einer vermessenen Wette, in den Rosenhag hineinbegeben und sei nicht mehr lebend daraus herfürgegangen.

Der König, maßlos in seiner Güte, sei noch maßloser im Zorn, raunte man einander in die Ohren, und allmählich ward Percival, der Vielgeliebte, Percival, der Gefürchtete.

Allgemein warf man es ihm vor, daß er seinen Bruder, den kranken Prinzen Egon nie mehr besuchte, nie mehr empfing, ihn gleichsam aus seiner Existenz hinweggetilgt hatte. Jener Beklagenswerthe hatte nämlich einmal zu Percival gesagt: »Du bist ein Narr, ein Theaterkönig!« Dadurch erschreckt und empört, schnitt der Beleidigte jede fernere Beziehung ab zwischen sich und dem Blödsinnigen, der fortvegetierte auf einem weltvergessenen Jagdschloß. –

Und wieder war es Frohnleichnamstag. Lange hatte sich der König vor diesem Feste gefürchtet; erwachte doch der Schmerz um seine »Beatrice«, wie er Thea in seinen wachen Träumen nannte, mit doppelter Stärke in ihm! Prinz Leo, sein älterer Vetter, hatte ihn bei der Prozession vertreten müssen, und in die tiefste Einsamkeit, in eine Epheu-umwilderte Felsennische, wo Ampeln aus Milchglas eine milde Helle verbreiteten, war er entwichen.

Draußen färbten Sonnenuntergangsgluthen die schneeweißen Jasminblüthen, die zarten Rosen tief purpurroth. Die Statuen aus fleckenlosem, carrarischem Marmor schienen Leben zu gewinnen, wie Danneckers Ariadne durch den Widerschein des rosigen Vorhangs im Bethmann'schen Pavillon zu Frankfurt am Main.

Felsenstufen, mit moosgrünem Sammet belegt, führten in den tieferen Theil des Gartens hinab bis an den See, den der König bei Mondenschein jede Nacht befuhr. Von den senkrecht abfallenden Ufern neigten sich Tannen, Thränenweiden und tief herabhängende Laubzweige in das Wasser hinab. Cascatellen ergossen sich aus der Höhe in den See. Hier dachte der junge, blühend schöne Einsiedler oft an das schwermüthige Lied aus Tieck's »Genoveva«:

> Dicht von Felsen eingeschlossen,
> Wo die stillen Bächlein gehn,
> Wo die dunklen Weiden sprossen,
> Wünsch' ich einst mein Grab zu sehn!

Mutterseelenallein, verborgen vor jedem irdischen Blick, saß er unter den Epheugewinden, – allein mit einem Buche, wie es seine Gewohnheit war.

Der unkleidsamen Civiltracht des neunzehnten Jahrhunderts mehr und mehr gram werdend, legte er in seiner Zurückgezogenheit phantastische Gewänder an, am liebsten das weiße Hochzeits- und Freierkleid Lohengrins, gürtete sich mit kostbaren Waffen und schlang einen elastischen Goldreifen durch sein schöngelocktes Haupthaar.

Wenigen Bevorzugten, unter Letzteren seit Kurzem Albin Lenz, gab er Audienz in diesen idealen Costümen.

Heute trug er Trauer um Thea, die Trauer der Könige, nämlich Violett. Eine breite, schwere Kette aus ungewöhnlich großen, goldgefaßten, sehr dunklen Amethysten hing auf die breite, gewölbte Brust herab. Er war geheimnißvoll schön wie ein Sommernachtstraum ... Ach, daß sie noch gelebt hätte, an sein großes, einsames, dürstendes Herz zu sinken!

Er las in Robert Hamerlings »Aspasia«, ein Buch, wovon ihn zumeist Alcibiades als Kind und Jüngling interessierte. Seine Aufmerksamkeit war jedoch getheilt zwischen der Lectüre und einem fernen Gesang, der aus dem Gebirge in sein Versteck herübertönte.

Da fesselte folgende Stelle seine ganze Aufmerksamkeit:

»Die Liebe hängt so sehr mit dem Leben zusammen, daß eine Liebe und eine Treue über das Grab hinaus, ein Leben, das sich mit einem Leichnam zusammenkoppeln läßt, ein Unding ist. Die blutlosen Schatten des Hades dürfen sich nicht vom Blute der Lebendigen nähren.«

Sinnend, das Kinn in die Hand gestützt, dachte Percival über diese Worte nach. Sie erfüllten ihn mit Mißbilligung, mit Zorn, – er warf das Buch von sich.

»Treue bis über das Grab hinaus, ein Unding? – Das ist oberflächlich, ist profan gedacht! Ein Gesalbter, ein Auserwählter, fühlt anders, o Sänger des ›Ahasverus‹! –«

Er nahm Racines Trauerspiele zur Hand, Grabbes Ausspruch eingedenk, der sie »blitzende Perlen am dunklen Gewande der französischen Melpomene« nennt. Obschon er ganze Scenen der »Phädra« auswendig wußte, kehrte er immer zu diesem herrlichen Gedicht zurück, vergegenwärtigte sich die Situation der unseligen Tochter des Minos und sprach laut vor sich hin:

Oui, Sire, je brûle, je languis pour Thésée!

Aber was war das? wer unterfing sich, mit Gesang seine geheiligte Einsamkeit zu stören? –

Die Töne, glockenrein und hell, entquollen einer weiblichen Kehle. Deutlich vernahm der König den Text:

Ich habe Dich mir errungen,
Der Weg war lang und steil,
Ich halte Dich umschlungen,
Mein Abgott und mein Heil.

Mich hat ein Regenbogen
Der Erdenwelt entrafft,
Zum Stern empor geflogen
Bin ich voll Muth und Kraft!

So angenehm, so frisch die Stimme klang, so aufgebracht war Percival über die unerklärliche Kühnheit, ohne seine Erlaubniß zu singen.

Er stürzte einige Schritte vorwärts und blieb wie angewurzelt stehn ...

Im Sonnensinken glaubte er die Frau Venus des Tannhäuser zu erblicken, wie Steinbach sie ihm gemalt hatte auf einem Lünettenbilde im Residenzschlosse:

Ein verführerisch schönes Weib mit gelösten Haaren, eine seltsam geformte Laute im Arm, stand ihm gegenüber. Ihr griechisches Gewand hatte die weiche Farbe der Theerose, –

ein ungemein zartes Gemisch von Gelb und Blaßrosa, – und wurde um die Hüften durch einen gegliederten Gürtel aus mattem Silber zusammen gehalten. Kein Mieder beengte die prachtvolle Büste, um welche sich eine Guirlande thaufunkelnder Centifolien und Narzissen wand; keine Spange umschloß den blendend weißen Oberarm, das feine Handgelenk, – diese siegreiche Schönheit verschmähte mit Recht jeden Edelstein.

Noch strahlte der ganze Himmel in blendendem Goldglanz ... konnte es Nacht werden in Gegenwart solcher Huldin?

Warum zauderte der von Amethysten Bedeckte, Ringellockige, mit Lenaus Faust auszurufen:

Ich werde rasend, ich verschmachte,
Wenn länger ich dies Weib betrachte.

Floß denn kein Blut in seinen Adern? War er nichts als eine berückende Chimäre, kein Sterblicher, vom Weibe geboren?

Dies Alles schien der feuchte, liebeschmachtende Blick der verbannten Göttin zu fragen ... hatte sie nicht gesungen:

Mein Abgott und mein Heil?

Langsam ließ sie die Laute auf den blumigen Rasen fallen und breitete dem König beide Arme entgegen ......

Wo hatte er dieses Gesicht schon gesehen? Auf Tizians Courtisanenbildern, in aufregenden Fieberträumen?

Nein, diese Venus, diese Höllenrose, entstammte der Prosa, nährte sich statt von Nectar und Ambrosia von Austern und Champagner ... nicht aus dem Hörselberge kam sie, aus der Klinik des Doktor Hausen! Und Percival lachte verächtlich: »Kehren Sie zurück in Ihren Carbolpalast, Madame, – unter Blumen ist Ihres Bleibens nicht!« –

Hatte sich die Erde geöffnet und ihn verschlungen? Criquette stand allein unter den Jasminsträuchern.

* * *

Die herbeieilende Wache, ein Kürassier, welcher Ordre hatte, den unbefugten Besuch an den Ausgang des schwebenden Gartens zu geleiten, glaubte anfangs, ein zu Tode getroffenes Wild verröcheln zu hören.

Es klang so schauerlich, so jammervoll in der duftigen Einöde, daß es dem Soldaten durch Mark und Bein ging.

»Jesus, Maria, Joseph!« ...

Er hatte das Wimmern verwundeter Kameraden auf dem Schlachtfelde vernommen, den letzten Stoßseufzer Verurtheilter, aber so thierische Laute nie gehört ... »das kann doch das Weibsbild nicht sein?« –

Criquette lag mit zerwühlten Haaren in einem Beete sammetdunkler Sinnviolen und zerriß ihre Blumenguirlanden mit den Fingern und den scharfen, kleinen Zähnen. Sie schluchzte und schrie dabei so vehement, daß Gärten und Mauern davon widerhallten.

Als der Leibgardist sich ihr näherte und sie trocknen Tons ersuchte, ihm schleunigst zu folgen, schnellte sie in die Höhe ... »Aber ich liebe ihn, liebe Ihren König«, rief sie wie sinnlos, »ich kam ja nicht aus Habsucht wie gewisse, käufliche Frauen! ich habe ein Recht auf ihn, ich liebe ihn!«

»Bei der hilft nur die Zwangsjacke«, murmelte der Kürassier in seinen gelben Bart, – »zwar ist sie verteufelt hübsch ... Donnerwetter!«

Es gelang ihm nicht, Criquette, welche heimlich ihrem Gatten den *passe-partout* zu den königlichen Schlössern entwendet hatte, von der Stelle zu bewegen. –

Mittlerweile begann es dunkel zu werden.

Der Gardist machte Miene, die Widerspenstige bei der Hand zu ergreifen, aber ihre Nägel fuhren ihm katzenartig über die Faust, blutige Spuren zurücklassend. Darauf umschlang sie den Stamm einer jungen Rothbuche mit solcher Heftigkeit, daß selbst ein Herkules ihre weißen Arme nicht zurückgebogen hätte. Und der Kürassier, halb ärgerlich, halb bezaubert, stieß ein halbvernehmliches »Donnerwetter« nach dem andern hervor ... »Na, die ist 'mal schön böse!« –

Mehrere Chevauxlegers eilten herbei ... Criquette sah sich umzingelt ...

Sie ergriff die Flucht, behend wie sie war, und lief quer über Blumenbeete und niedrige Hecken ... patsch! da lag sie der Länge nach in einem Bassin ...

Die jungen Soldaten, entzückt, daß es endlich auf der weiberfeindlichen Schwanenburg eine Frauenzimmergeschichte gab, fischten die Zappelnde aus dem »Aquarium«, wie sie sich ausdrückten ...

Die triefende Christophine wollte von Neuem kratzen und beißen ...

»Aber, Madamchen«, lachten die munteren Trabanten des Königs, »wir thun Ihnen ja nichts zu Leide! Verschlafen Sie zu Hause Ihren Raptus« (dies Wort hatten sie von Fridolin Werner gelernt), und trinken Sie Camillenthee mit Sternanis. Wir wünschen glückliche Reise!« – – –

Percival wußte nicht, daß er diesmal auf eine Viper getreten hatte.

9. Kapitel

Tantalus

Der Künstlerrausch, in welchen sich der König stürzte mit dem verzweifelten Vergessenwollen eines Branntweinsäufers, war aber mit den Antinous-Statuen des braven Fridolin und den Künstlerschwärmereien für Heldenliebhaber nicht abgethan.

Er klammerte sich an die Kunst in Farben, Tönen oder Marmorpracht nicht mehr wie einst in heiliger, tiefer, seligschauender Andacht, sondern sie sollte ihn jetzt bloß hinweglügen über die Zerstörung des Daseins, die Leere der Existenz, da er eine Thea nie und nimmer finden konnte.

Und eben was die Welt ihm vorwarf als sündvolle, schmutzige Verkehrtheit und Unnatur, war bei ihm ein fieberhaftes sich Rettenwollen in die Höhen des Künstlerrausches und der Schönheit; nicht das Weib durfte ihm aber die Formenherrlichkeit der Phidiasträume verwirklichen oder die Sinnigkeiten der Cimabue-Bilder, das wäre ihm wie eine lästerliche Untreue an dem Andenken seines Ideals Thea erschienen. Der Mann, der Freund, der ungefährliche, sollte ihn leiten auf den Pfaden durch die Kunstgenüsse.

Einst erblickte er in einer Apotheke (welche er auf einem Inkognitogange betrat, um ein erfrischendes Getränk zu nehmen) einen jungen Pharmazeuten, welcher ihm das Gewünschte reichte.

Es war ein junger Mann von diabolischer Hübschheit. Bauer hieß derselbe, wie der König bald erfuhr. Und er erinnerte ihn an einen Typus der Poesie mit zwingender Ähnlichkeit. Der anmuthige und dabei mannhafte junge

Mensch hatte ein Gesicht von der Farbe der goldgelben Rosen der Alhambra, wie durchglüht von der Liebe der Sonne im Süden. Schwarzes Haar umrahmte das bronzefarbige Gesicht und beschattete Augen, welche so kohlschwarz waren, als ob sie aus der Hölle heraussähen. Und eine dämonische Gluth lag auch in denselben.

Bald hatte der König gefunden, welchen Typus der junge Pharmazeut ihm verkörpere: Don Juan! Das war der Held von Sevilla, der Frauenverderber, der so zu sagen Höllenflammen aus den Kohlenaugen loderte! Dem kein Weib widerstehen konnte, der das strikte Gegentheil von Himmel, Buße oder Reinheit war. Bei seinem Anblick erst ging dem König das ganze Geheimniß der höllendumpfen Musik Mozarts auf! –

Der König suchte nun im schlichten, bürgerlichen Inkognito, sich ihm zu nähern. Aber dem Don Juan kam diese ungeforderte Sympathie eines Fremden »sonderbar« vor, wie jeder nordische viereckige Mensch hinter fröhlicher Unbefangenheit stets irgend eine selbstsüchtige Absicht vermuthet, Don Juan verstand das blaue Auge nicht, welches ein Ideal suchte, und stets nur engherzige Menschen fand, und wies ihn fast unartig ab, als der König ihm auf einem Spaziergange durch eine sonnenschattige Allee sagte in seiner weichen kindlichen Künstlerschwärmerei: »Weißt Du, was Du mir bist, lieber Bauer? (Er hatte sich ihm als irgend ein Künstler vorgestellt.) Du bist mir Dein Gesicht. In Italien unten, da hängen viele Bilder vom alten Giotto. Der hat zwischen seinen Heiligen oft dämonisch schauende, junge ritterliche Gestalten, welche die Sünde, den Bösen, bedeuten. Sie sind in goldziselierte Rüstungen gehüllt und heißen Hoffahrt oder Verführungen. Die haben die Farbe Deiner goldigen Wangen, den siegessicheren Blick aus Deinen höllendunkeln Augen! . . . Du bist mir hernieder gestiegen aus einem solchen Bilde, mein Freund, und wenn ich Dir in's Antlitz sehe, weile ich in stillen Klostergängen Toscanas, und aus weichem Goldgrunde sieht mich die Kunst der alten Meister an . . .«

Und Bauer hatte darauf den vermeintlichen Künstler von sich abgeschüttelt, weil das so unnatürlich und unheimlich war, daß Männeraugen auf Mannerzügen bewundernd ruhen!

Dann wollte sein Herz sich an einen Offizier seiner Garden anranken, müde und enttäuscht, welcher seine Seele gefesselt hatte durch die Gewalten seines virtuosen Pianospiels. Der junge Fürst Latour (so hieß er) verband die imposante Charakterisierung Liszts mit der einzig dastehenden Durchgeistung des Grafen Contin aus Venedig. Stundenlang mußte er ihm die Klassiker auf den Tasten verlebendigen, und es war dem armen König, als klinge aus diesen Tönen die Seele des jungen Mannes, und er schmückte dieselbe mit allem poetischen Glanze, welchen die Musikgenies in ihre Werke gelegt hatten. Leider aber war der junge Gardeoffizier neben seiner Pianovirtuosität nichts weiter als eben ein Gardeoffizier, frohlebig, lebenslustig, witzig und sinnlich.

Der König ergriff einst seine schönen weißen Hände, nachdem er die As-Dur-Sonate Beethovens zu Ende gespielt hatte, drückte einen glühenden Kuß auf diese Hände, und schaute dem Fürsten Latour begeistert, dürstend, wie flehend in die Augen. »Ja, Du bist die Seele, die mich retten wird!« – sagte er. »Die Töne, welche Du dem Flügel entlockst, sind ja aus Deiner Seele gedrungen, wenn auch mit den Worten der alten Meister. Du hast ein großes und sonniges Herz, und wirst das bettelarme Herz Deines vereinsamten Königs an das Deinige

nehmen wie ein hilfloses Kind! – Die Natur hat mir einen Bruder gegeben, und das entsetzliche feindliche Schicksal hat mir denselben geraubt. Willst Du mein Bruder sein, Latour?«
– Der junge schmucke Krieger dachte nicht viel über die Worte nach und begriff nur Eines: daß Seine Majestät ihn mit seiner Freundschaft beehre, und sagte in seiner frischen Weise »Ja«, und dabei blitzten seine hübschen Augen und das elegante Schnurrbärtchen verzog sich zu dem Bruderkusse, den der König heischte.

Percival fühlte sich für diese Stunde beseligt, wie noch nie. Er stand nicht mehr allein, so jammervoll allein mit seiner Seele, die eines Seelenheims, eines Nestes bedurfte, wie ein junger, kaum flügger Vogel, der zu früh aus dem schützenden Neste gefallen. –

Er ließ sein Haupt ruhen an der jungen Brust des neugefundenen Bruders und klagte demselben in unzusammenhängenden Worten ein Leid, das der brillante Offizier nicht im Mindesten verstand, aber doch mit einem frischen Lächeln zu verstehen heuchelte. –

Noch an demselben Abende aber gestand er dem Könige, daß er nun auch von ihm einen Freundesdienst heische. Er liebe – er liebe längst ein Mädchen, eine Sängerin zwölften Ranges, die noch dazu einen schlechten Ruf habe – Fräulein Kreischer – aber sie sei ein so lieber Kerl ... und sein Bruder solle ihm dazu helfen, daß er sie zu seiner Gattin machen könne. »Denn ich kann nicht leben ohne sie!« – sagte der junge Offizier treuherzig. »Wenn ich Piano spiele, denke ich stets an sie, und jede Note ist gleichsam ein Liebesbrief an sie! Und wenn ich hierher zu Eurer Majestät befohlen bin, zähle ich schon die Augenblicke, wenn ich wieder bei ihr sein kann! – Aber meine Familie schreit Zeter und Mordio, weil man ihr schon unzählige Liaisons nachsagt. Aber was liegt mir daran? Sie ist ein so nettes Geschöpf und wenn sie mich einmal hat, dann soll sie sich sicher keinen Andern verlangen ...«

Der König kannte die stimmlose Sängerin, die nicht besser als eine ausgelassene Choristin war, gar wohl. Er hörte den schwärmenden jungen Offizier bis zu Ende an und sagte zuletzt nur: »Sie leben also nur in ihr, Latour? Jeder Gedanke ist nur auf sie gerichtet? ... Und ich soll Ihnen dazu helfen, diese fast unmögliche Ehe einzugehen? Und was werde ich dann von Ihnen dafür zum Lohne haben?« –

– »Ich will Eurer Majestät Piano vorspielen, so oft – so oft ich von meiner Frau abkommen kann!« – rief der Fürst naiv ...

Der König machte die Ehe, welche die ganze ehrenhafte, adelsbewußte hohe Familie in tiefe Betrübniß stürzte, möglich.

Aber er ließ sich von Latour niemals wieder sein Leid aus dem Herzen bannen durch sein göttliches Spiel.

* * *

Er warf sich nun auf die Schwärmerei für Gemälde. So oft er durch die Kunstausstellungen seiner Residenz ging und in einem neuen Bilde einen frischen, genialen Zug ahnte und fühlte, ließ er den betreffenden Künstler zu sich befehlen – sei es in sein Residenzschloß oder auf eines seiner Schlösser, und gab ihm Aufträge.

Er fand, daß die Maler ein viel bequemeres Völkchen seien, als andere Menschenkasten. Es war merkwürdig, wie ihre Kunst sich zu Allem hergab, was die Laune des Königs ersann, sobald sie dadurch nur Reichthum, Orden, Stellen oder wenigstens Renommee erhalten konnten.

Und das fiel dem Könige kältend aufs Herz.

Eben der Maler sollte, seiner Meinung nach, ein Rayon haben, das er nicht lassen könne oder wolle, und wenn alle Reiche der Welt ihm dafür geboten würden. Eben der Maler sollte eine Keuschheit haben in seiner Kunst, wie die Jungfrau, der Maler sollte die Sinnpflanze unter den Künstlern sein! – Er konnte sich nicht vorstellen, daß Rafael, wenn ihm selbst der Papst den Auftrag gegeben hätte, drei Schweine neben einander zu malen, diesen Auftrag vollzogen hätte! – Nein, das war undenkbar. Er hatte einmal gelesen, daß irgend ein verrückter Herzog von Gotha oder von sonst irgendwo, der sich als Griechin kleidete und alle Verrücktheiten trieb, sich von den ersten Malern seiner Zeit Menschen mit grünen Leibern und rosenrothe Bäume malen ließ – und er hatte diese Anekdote immer für absurde Erfindungen gehalten. Aber bei den meisten (zum Glück nicht bei allen!) Künstlern, die er zu sich rufen ließ und mit Aufträgen beehrte, glaubte er nach und nach diese entsetzliche Prostitution ihrer heiligen Kunst zu erkennen, welche Alles malte, sobald es bestellt und gut bezahlt wurde – mit Gold, Ehren, Ruhm oder – Genuß. Der Eine malte ihm ein Dutzend Lohengrins von allen Seiten, der Zweite zwanzig verschiedene Ansichten der Venusgrotte. Einen sehr talentierten Kunstjünger ertappte er darüber, daß er für eine alternde, lächerliche Prinzessin, welche ihm Kundschaften verschaffte, Fächer malte – Dutzende von Fächern, mit den Rosen, die ihr andere Verehrer gegeben hatten.

Die geringsten Buben und Dirnen wurden nachdenklich, wenn es sich darum handelt, ihr Ich zu prostituieren, und die gottbegnadeten Künstler prostituierten ihre Muse auf Bestellung des ersten besten Weibes für eine Liebesstunde, und malten die Portraits des ersten besten Affen, wenn sie »Ruf« bekamen. Und in einem Anfalle grimmer Laune bestellte er bei den begabtesten Kunstpriestern »ballettanzende Häringe«, eine Venus mit einer Violine in der Hand, oder Allongenperrücken, welche auf Bäumen wuchsen.

Und Alles ward gemalt!

Da erfaßte ihn ein Ekel vor dem Nachwuchse in der Kunst, und auch dieser Traum war ausgeträumt.

Die Künstler wurden ihm zu den grotesken Priestern der römischen Götzen, welche ihre Heiligenstatuen durch ein Schallrohr sprechen ließen, und die die heiligen Opfer – selber fraßen.

* * *

Und die Welt sagte von all diesen jammervollen Versuchen des armen Königs, Ein Herz, ach nur Eines zu finden, das ihn verstand, das ihn lieb haben wollte, schrankenlos, wie zwei körperlose Seelen sich lieben, das sich ihm geben wollte für alle kindischen Träume einer hilflosen, schutzbedürftigen Seele: »Er ist ein überspannter Mensch!« –

Ach, die Welt sah ihn nicht, wie er in der Einsamkeit seiner Gemächer umherirrte, rastlos, Nacht für Nacht, und sagte: »Das Weib ist mir gestorben, und Männer sind kalt oder selbstsüchtig. Die Kunst selber ist mir eine Wüstenei, wenn nicht ein freundlicher, selbstlos liebender Blick dieselbe erhellte, welcher mir sagt: ›Ich habe Dich gern um Deinetwillen! Nimm mich an dein Herz zu Allem, denn ich weiß, daß Du nichts Niedriges oder Gemeines von mir wollen wirst! Ich gehöre Dir!‹ – Sobald ich als König auftrete, neigt man sich allen meinen Launen – sobald mein Ich um eine Gabe der Milde fleht, stößt man mich zurück. – Niemand hat mich lieb! . . .«

Niemand hat mich lieb! Diese Wahrheit brach ihm das Herz.

Und wie er die Sonne gehaßt, so erfaßte ihn auch ein bitterer, schmerzlicher Abscheu vor den Menschen.

Die Welt ward ihm, dem Mächtigen, dem Herrscher, zur Hölle. Zur Hölle des Tantalus, welcher alle Genüsse der Welt um sich sieht, und dem kein einziger Tropfen dieser Seligkeiten auf die verschmachtende Seele fallen will. Er stand allein. Allein mit seiner Verzweiflung, seiner Menschenverachtung, seinem Hasse gegen die Erde und gegen den Himmel.

In seiner Jugend hatte er Trost gefunden in jedem Leide, wenn er in der stillen Größe einer Kirche verweilte.

Aber jetzt haßte er selbst diese letzte Heimath jeder elenden Seele – denn er hatte einmal eine lange, lange Nacht in der stummen Majestät der Kirche verbracht –, hingestreckt auf das Steinpflaster und lauschend auf ein Wort des Himmels. Aber als die Sonne aufging, lag er noch immer da, wartend und lauschend, der einsamste und elendeste der Menschen.

Dann ließ er sich sinken.

10. Kapitel

Spurlos

Der Haß und die Verachtung, welche den armen jungen König gegen Welt und Menschen erfüllte, war um so entsetzlicher und um so trauriger, als sie ihn am meisten und am bittersten gegen das eigene Reich, gegen das eigene Land erfüllten. Er haßte die wunderbar schönen Ebenen, aus denen ihn die blauen Augen seiner Heimathsblumen ansahen, und er haßte die erhabenen Höhenzüge der Berge, welche als treue Wächter sein Land umstanden.

Die Linden vor den Höfen und in den Schloßzwingern seiner Heimath dufteten ihm nicht mehr traute Erinnerungen an seine Kindheit in seine Brust, und rauschten ihm nicht halbvergessene Wiegenlieder in den Sinn, in welchem nun ein verbitterter Geist waltete.

Er fand keine Freude mehr an seinem Lande und seine Unterthanen waren ihm verleidet!

Der arme, arme Herrscher!

Und er war noch so jung! –

Er ließ sich Schlösser bauen nach tollen Plänen, hoch oben auf Felsengipfeln oder in unauffindbaren Bergwildnissen, zu welchen Niemand Zutritt hatte, in welchen Niemand weilen durfte, als er allein.

Und das Volk, welches ihn bisher den Geliebten genannt hatte, es fing an, ihn jetzt den König »Phantasus« zu nennen: den König, der nur Phantasie an der Stelle der Vernunft trug. Ach, und nur wenige ahnten, wie nah dieser Name »Phantasus« einen zweiten, entsetzlichen streifte!

König Phantasus hatte in der Zeit, von der wir sprechen, in der That phantastische Ideen – die sich immer nur aus seinem Groll gegen das Land oder aus seiner Selbstüberschätzung ergaben.

Er faßte so die Idee in seinem Zorne und seiner Verbitterung, sein eigenes Land zu verkaufen, zu verschachern oder zu verschenken.

Aber an wen?

Ei nun, einem jahrtausendealten Erbfeinde seiner Nation.

Und er führte ernstlich eine Korrespondenz darüber mit einigen Fürsten, welche selber abhängig von gewaltigerer Macht, und dabei mit glänzenden Familienrevenüen ausgerüstet, diesen Haß nicht nur schürten, sondern auch den Feuerkreis um den königlichen Skorpion immer enger zogen.

Und der Fürst, dem sich Percival am meisten näherte, mit dem er in allernächste Fühlung trat, war der Gatte seiner einstigen Braut Prinzessin Mignon, war der Herzog von Valentinois und seine Verwandten.

* * *

Eines Tages saß König Phantasus vor seinem Schreibtische, vor sich die Privatkorrespondenz dieses Tages, welche soeben ein Kurier aus der Residenz gebracht hatte.

Es waren nicht allzuviel Briefe. Aber sämmtliche trugen den französischen Poststempel.

Da las er wieder Vorschläge des Monsieur von Valentinois, welche ihn nach Paris beriefen, damit er dort entrierte Geldgeschäfte flüssig mache. Dann war ein zweiter Unterhändler-Brief da von einem Cousin des Valentinois, in welchem derselbe mit ihm Fühlung suchte über seine Stellung bei einer allenfallsigen Aktion.

Aber König Phantasus war heute nicht politisch gelaunt. Die Sonne schien draußen so hell und freundlich über die

Welt, daß es selbst diesem verkehrten und verfinsterten, grollerfüllten Herzen widerstand, an einem solchen Tage Politik zu betreiben.

Und all die Verheißungen dieser Schreiben, welche ihn seltsamerweise nach und an Frankreich locken wollten um jeden Preis, wurden in dieser sonnigen Stunde von ihm achtlos bei Seite geworfen. Plötzlich aber erbrach er ein Couvert, und besichtigte den Inhalt desselben, welcher nur aus einer bedruckten Karte bestand.

Da veränderte sich plötzlich der Ausdruck seines Gesichtes. Leben und Seele kam in dasselbe. Seine Augen hatten einen erfrischten Blick.

Er schaute die Karte lange an, als ob er jeden Buchstaben derselben studieren wolle, dabei jedoch träumte er wohl weit über dieselbe hinaus. Dann erhob er sich mit frischem Leben, ein fast veränderter Mensch. Er hatte ein Ziel vor sich.

Was mochte das für eine Karte sein, die dem Gelangweilten gleichsam neue Horizonte öffnete?

Die Nymphen, welche aus den Tapetenbildern auf den Schreibtisch neugierig herablächelten, wußten es wohl, aber sie hatten keine Stimme, um es zu verkünden.

* * *

Zwei Tage darauf war der König verschwunden.

Verschwunden? wird man fragen. Wie so? ...

Und dennoch war es so.

Man war zwar schon daran gewöhnt, momentan seine offizielle Spur zu verlieren, aber seine betreffende Umgebung wußte doch beiläufig um seinen Aufenthalt.

Wenn er plötzlich aus seiner Residenz verschwunden war, suchte man ihn in Schwanenburg, in Eichenheim, in Walheim, und wie alle seine Wunderschlösser hießen, und in Einem derselben entdeckte man ihn sicher.

Diesmal aber war König Percival wie vom Erdboden weggeweht.

Wichtige politische Entscheidungen und ebensolche administrative Fragen, deren Entscheidung nur von dem Könige selber ausgehen konnte, harrten seiner, und – er war verschwunden.

Er war nicht in seiner Residenz, er war nicht auf Schwanenburg, er war auch auf keinem anderen seiner vielen Asyle.

Eine unsägliche Aufregung bemächtigte sich der zunächst davon in Kenntniß gesetzten Kreise. Außerhalb derselben hatte freilich noch Niemand eine Ahnung von diesem Verschwinden – am allerwenigsten das Landvolk und die Bürger.

Was war mit Ihm geschehen?

War er auf einem Spaziergange verunglückt?

Es wurden alle Wege durchforscht, die er oft einsam zu gehen pflegte, aber nirgends fand man die Spur eines Unglücksfalles.

Es wurde die Dienerschaft vernommen, welche die letzten Tage in seiner Nähe geweilt, aber Niemand aus derselben wußte auch nur die geringste Andeutung zu geben oder die mindeste Vermuthung zu äußern über das Verbleiben des Königs. Vielleicht lag sein stummer Leichnam in der Tiefe eines blauen Sees oder vielleicht moderte er unter dem Gestrüppe eines einsamen Waldes.

Es war eine entsetzliche Situation. Vor Allem mußte man dafür sorgen, daß es dem Volke verborgen bleibe, daß sein König verschwunden sei.

Zu diesem Zwecke wurde den Bediensteten des einen königlichen Schlosses gesagt, daß Seine Majestät sich auf dem anderen befände.

Zuletzt war er auf Schloß Schwanenburg gewesen. Und von dort aus war er verschwunden. Wie vom Erdboden verschlungen. Niemand hatte ihn das Schloß verlassen sehen, kein Diener oder Adjutant war mit ihm gegangen.

Der ältere Vetter des Königs, Prinz Leo, wurde zu Rathe gezogen und leitete die Suche nach dem verschwundenen Herrscher.

Derselbe machte den Vorschlag, in der Residenz vor Allem das Gerücht zu verbreiten, Seine Majestät befinden sich, an einer unbedeutenden Erkältung laborirend, auf diesem oder jenem Schlosse.

Dann befahl er auch, daß man die beiden Leibärzte des Königs, Doktor Hausen und Doktor Cornelius, nach dem designirten Schlosse berufe, damit sie das Gerücht bestätigten.

Merkwürdigerweise waren aber beide Hofärzte verreist.

Dies war um so auffallender, als sich dieselben sonst ohne vorhergegangene Urlaubsertheilung von ihrem Posten nicht entfernen durften.

Hatten also dieselben Kenntniß von der Abwesenheit des Königs, weil sie dieselbe benutzten?

Von Doktor Cornelius hieß es, daß er sich nach Neuburg begeben habe, wo er einen Sohn in der Schule hatte.

Man brachte auch in Erfahrung, daß Doktor Cornelius sich mündlich bei Seiner Majestät um einen kurzen Urlaub beworben habe.

Und Doktor Hausen? Wo befand sich der?

Doktor Hausen war nach Salzburg gereist, wie es in seinem Hause hieß. Und zwar ohne Urlaub.

Diese Abwesenheit erschien um so seltsamer, als man daraus schließen konnte, Doktor Hausen müsse nothwendig von der Abwesenheit des Königs gewußt haben, um zu wagen, sich selber zu absentieren.

Man frug in Salzburg an.

Aber dort erfuhr man, daß Doktor Hausen daselbst wohl vor einigen Tagen angekommen sei, aber nur um mit dem nächsten Zuge – nach fast direkt entgegengesetzter Seite abzureisen. Seine Reise nach Salzburg schien also nur den Zweck gehabt zu haben, allenfallsige Nachforschungen auf falsche Fährte zu leiten.

Prinz Leo, welcher die ganze hochwichtige Sache in die Hand genommen hatte, entschied sich nun kurzweg dafür, einen französischen Detektiv, den er schon früher einmal in einer Angelegenheit benützt hatte, in diesem Falle zu verwenden.

Er telegraphierte demnach nach Paris an das Sicherheitsbureau, und hatte nur die eine Furcht, daß der betreffende Mann eben mit einer anderen »Geschichte« beschäftigt sei.

Zum Glück aber war Monsieur Martin eben frei, und kam schon mit dem nächsten Kurierzuge in der Residenz an, wo er unverzüglich in das Palais Seiner Königlichen Hoheit des Prinzen Leo geführt und von dem Prinzen sogleich in besonderer Audienz empfangen wurde.

Monsieur Martin war ein Muster von einem Detektiv.

Er war ein echter Franzose. Schmiegsam, glatt und ein geborener Schauspieler.

Er konnte jedes Alter nachmachen, hatte die Eigenheiten eines jeden Standes inne, und konnte seine Stimme verändern in allen Nüancen der Möglichkeit.

Noch ein ziemlich junger Mann in den besten Jahren, verstand er es ganz gut, sich ein ältliches, gesetztes, viereckiges Aussehen zu geben.

Und einen Kopf verstand er sich zu machen, gerade wie Einer unserer ersten Künstler.

Er führte auf Reisen stets einen unscheinbaren Koffer mit sich, der nicht allzu groß war. Aber was enthielt dieser Koffer Alles! Wenigstens zwanzig verschiedene Personen! ... Das heißt, deren Masken. Es gab da Perrücken in allen Farben, und von jedem Alter. Falsche Nasen; Kravatten jeder Sorte, und Anzüge vom feinsten Salonfrack bis zum zerrissenen Arbeiterkittel.

Auch auf seiner Reise hierher hatte Monsieur Martin diesen Koffer bei sich.

Er hatte eine lange, lange Berathung mit Seiner Königlichen Hoheit und als er sich aus dem Palais desselben entfernte, trug er Vollmachten mit sich, welche ihm unumschränktes Recht verliehen, überall einzudringen und die Hilfe eines jeden Menschen zu fordern.

Er hatte sich vor Allem ausbedungen, in Schloß Schwanenburg, wo König Percival zuletzt geweilt hatte, Nachforschung zu halten und hatte sich dabei die Gegenwart des ersten Kammerdieners des Königs, Herrn Bandmann, und die seines Liebeschevauxlegers, Fridolin Werner, ausbedungen.

Als Prinz Leo ihn entließ, hatte ihm derselbe gesagt: »Glauben Sie, Seine Majestät, welche ohne eine Spur hinter sich zu lassen, gleichsam vom Erdboden verschwunden ist, ausfindig machen zu können?« –

Monsieur Martin strich sich sein glattrasiertes Kinn und fuhr über seine kurzgeschorenen schwarzen Haare, und sagte: »Königliche Hoheit! Ich habe reiche Erben gefunden, die man in der Kindheit schon an fahrende Leute verschachert hatte, und habe Mörder gefunden, die sich sogar in – Gefängnisse geflüchtet hatten. Und ich sollte einen König nicht finden können? – Königliche Hoheit, ein König ist wie ein Stern, – wo er vorüber kommt, läßt er auf seinem Pfade eine lichte Spur hinter sich! – Ich stehe für den Erfolg.« –

* * *

Auf Schloß Schwanenburg angekommen, setzte sich Monsieur Martin sogleich mit dem Kammerdiener Herrn Bandmann und mit Fridolin Werner in Verkehr, denen er die schriftliche Ordre übergab, ihm in Allem und Jedem zu gehorchen und Vorschub zu leisten.

Ebenso hatte der Gouverneur des Schlosses von Seiner Königlichen Hoheit Prinz Leo den Auftrag erhalten, Monsieur Martin aus Paris in den Gemächern des Königs Inspektion halten und ihn dabei »unbehelligt« zu lassen.

Monsieur Martin war in einen bescheidenen braunen Oberrock gekleidet, hatte einen niedrigen schwarzen Hut auf und große braune Handschuhe an. Mit seinem glattrasierten Kinn sah er aus wie ein Geistlicher oder Schauspieler. Er war ein Schweizer und sprach vollkommen gut deutsch, da er eben auf der Grenze des Vierwaldstädter Gebietes geboren war und erst als junger Mann nach Paris gekommen war.

Ehe er die Gemächer Seiner Majestät betrat, wandte er sich an den Kammerdiener und fragte ihn, was König Percival in den letzten Stunden seines Hierseins gethan und getrieben habe.

– »Briefe gelesen und zerrissen?« – sagte der Detektiv, nachdem er von dem Kammerdiener diese Auskunft erhalten. »Gut. Dann sich in sein Schlafzimmer zurückgezogen, um zu schlummern? . . . Sein Diner für 11 Uhr Nachts bestellt, und wollte bis dahin nicht gestört sein? . . . Und um 11 Uhr

Nachts verschwunden gewesen, ohne daß Jemand ihn hätte aus dem Schlosse gehen sehen? Gut.« –

– »Nun komme ich zu Ihnen!« – wandte er sich an Fridolin Werner, den er schon eine Weile hindurch beobachtet hatte, so rasch, daß der arme Junge zusammenfuhr von dieser sprunghaften Anrede.

– »Zu . . . mir?« sagte er ganz bestürzt.

– »Nun will ich Ihnen was sagen, Herr Werner . . .«, sagte der Detektiv in seinem breiten gemüthlichen Schweizer Jargon, indem er den Soldaten beim Rockknopfe ergriff. »Ich habe mich über Sie erkundigt. Ich weiß Alles von Ihnen. Es nützt Ihnen also nichts, wenn Sie thun, als ob Sie von nichts wüßten. Ich weiß, daß Seine Majestät Sie besonders bevorzugt hat, und daß Sie also von mehr Dingen Kenntniß haben könnten als andere Leute, wenn Sie die Gabe hätten, zu beobachten. Nach meiner Kenntniß von den Menschen aber scheinen Sie nun diese Gabe nicht zu besitzen. Und wissen also auch trotz Ihrer bevorzugten Stellung, und trotzdem Seine Majestät sich vor Ihnen jedenfalls wahrer gegeben hat als vor anderen Leuten, noch viel weniger als alle Anderen. Trotzdem können Sie mir nützlich sein, wenn Sie aufrichtig und ohne Hinterhalt auf alle Fragen antworten, die ich Ihnen im Laufe des Gespräches eventuell zu stellen habe. – Und bedenken Sie dabei vor Allem Eins: Seine Majestät hat Sie, den armen Soldaten, wie ich genau erfahren habe, vor allen Anderen bevorzugt. Sie sind ihm also Dankbarkeit schuldig. Und so viel ich zu erkennen vermag, sind Sie auch ein dankbares, braves Gemüth. Bedenken Sie also, daß Alles, was hier geschieht, zum Besten des gnädigsten Herrn geschieht, welchen Sie so lieb haben, und der Ihnen so viel Gutes gethan hat; daß nichts in feindlicher Absicht gegen Seine Majestät unternommen wird, sondern daß Seinen allerhöchsten Verwandten, die Ihn lieben und verehren, Alles daran liegt, Ihn ausfindig zu machen, um ihn vor jedem Schaden zu bewahren. – Und wenn Sie je eine dankbare Liebe für Ihren Wohlthäter hegten, so ist es jetzt Zeit, dieselbe zu bethätigen, indem Sie mir in Allem offen antworten, mich überall hinführen, und Alles thun, um den armen Herrn, der vielleicht verunglückt oder – seinen Feinden anheimgefallen ist – denn Er hat Feinde! gefährliche und unerbittliche Feinde! – zu retten. Wollen Sie mir also ganz vertrauen?« Der gute Fridolin Werner war so erschrocken über die Möglichkeit, daß seinem gütigen Könige etwas Böses widerfahren sein könne, daß seine blauen Augen sich mit Thränen füllten. Und er sagte aus vollem Herzen:

– »Ich will.« –

– »Gut. Sie sind ein braver Mensch, und Sie haben ein Herz, was Ihnen Ehre macht, Herr Werner« – sagte der Detektiv und reichte dem Soldaten die Hand.

– »Und jetzt«, – fuhr er fort – »wo wir einig sind, lassen Sie uns keine Zeit verlieren, denn jede Stunde ist 1000 Gulden werth.« –

Der Kammerdiener hatte ohne zu sprechen zugehorcht, und fing an, eine gewaltige Achtung vor diesem fremden Herrn zu fühlen, der hier allmächtig geworden zu sein schien.

Damit begann nun der Detektiv, geleitet von den Beiden, seine Runde durch die königlichen Gemächer.

Der Abend war hereingebrochen, und es dunkelte schon. Er ließ sich also von den Kammerdienern eine Doppel-Kerze anzünden und schritt voran.

Sie gingen von Gemach zu Gemach.

Überall warf der Detektiv einen raschen Blick um sich, und schäfterte hier und da herum, fragte auch dies und das, schien aber im Ganzen Eile zu haben, bis man zu dem eigentlichen Sanktissimum gelangte, wo König Percival seinen Schreibtisch hatte.

Auf diesen Schreibtisch nun stellte der Detektiv seine Kerze, welche, da es fast ganz dunkel geworden war, einen seltsamen trüben Schimmer auf die nächsten Dinge warf, während das übrige Zimmer im Halbdunkel blieb.

Der Schatten der drei Männer legte sich lang und riesig über die mit Weiß und Gold tapezierten Wände, und es war so still, daß man eine Fliege hätte surren hören können; nur das Rascheln der Papiere und das Öffnen und Schließen von Schubladen wurde dann und wann hörbar.

Und dem armen Fridolin fiel es wie ein unabweisliches Gefühl aufs Herz in dieser Todtenstille, als ob der Leichnam seines guten Königs irgendwo in einer Ecke eingescharrt sei – – – – – –

* * *

Das Erste, was dem Detektiv in die Hände fiel, war ein Bild.

Ein Bild, welches halbaufgerollt auf den übrigen Schriften lag.

Es stellte einen Gondolier vor, gemalt von der Meisterhand Passinis.

– »Hm!« – brummte der Detektiv und schaute das hübsche, braune, freche Gesicht dieses Gondoliers genau an, als wolle er ihm auf den Grund der Seele schauen: »Was hast Du zu erzählen . . . ?«

11. Kapitel

Auf der Spur

Dann wandte er sich in seiner hastigen, raschen, vehementen Weise, welche aussah wie der Sprung eines Tigers auf seine Beute, zum Kammerdiener.

– »Wissen Sie etwa, ob Seine Majestät eine besondere Vorliebe für irgend einen Italiener, möge es nun ein Tourist oder ein Facchino gewesen sein, gehabt habe?« –

Der Kammerdiener dachte nach und sagte: »Nicht, daß ich wüßte.« –

– »Hat er von irgend einem Gondolier gesprochen?« –

– »Und wenn er davon gesprochen hätte, würde er dann zu mir gesprochen haben?« – sagte der Kammerdiener.

Nun hatte plötzlich Monsieur Martin den Kammerdiener an einem Knopfe erwischt und sagte ihm eindringlich: »Hören Sie mich, lieber Herr ... wie heißen Sie doch? Ah! Bandmann. Also, lieber Herr Bandmann – ich weiß so gut wie Sie, daß hohe Herren, und vor Allem Majestäten, nicht gewöhnt sind, ihre geheimen Herzensgedanken den Domestiken mitzutheilen, und wären dieselben auch in der höheren Würdenstellung eines Herrn Kammerdieners. Aber ebensogut weiß ich, daß sogar die Herren Kammerdiener die Gewohnheit haben, hinter den Portièren, wo sie auf die Klingel ihres Herrn warten, zu – horchen. Ich mache denselben keinen Vorwurf daraus. Was sollen sie sonst thun, Du lieber Himmel, wenn sie sich nicht zu Tode langweilen wollen? – Ich muß Ihnen im Vertrauen sagen, wenn ich heute das Glück haben sollte, der Kammerdiener einer Majestät zu sein, was mir leider nie gelingen wollte, ich würde es auch nicht anders machen. Nun also, – sprechen wir nicht davon zu einander, was Seine Majestät zu Ihnen gesagt habe oder nicht, ... sondern davon, was Sie wissen könnten ...!«

Herr Bandmann war sehr roth geworden und sagte fast schüchtern: »Ich weiß in der That gar nichts von einem Gondolier, Monsieur.«

– »Gut. Abgemacht. Ich glaube, wir verstehen einander jetzt« – sagte Monsieur Martin. »Also, dieser Gondolier ist nur ein zufälliges Bild. Aber« – warf er sich plötzlich mit seinem scharfen Auge und mit seiner jähen Weise auf Fridolin: »Er liebte die Schönheit der Menschen, wo er sie fand. Auch die der Männer?« –

Fridolin war wieder zusammengefahren vor der jähen Weise des Detektivs, und stotterte: »Ich ... weiß ... nicht.«

– »Wie! Sie wissen es nicht?« – rief Monsieur Martin tadelnd. »Sehen Sie, ich hätte gedacht, daß Sie aufrichtig sein würden. Er hat Sie doch bewundert?« –

– »Ja ... ja ... ich meine wenigstens« – stotterte Fridolin. »Aber warum, das weiß ich nicht!« – Fridolin hatte dabei einen aufrichtigen, unschuldigen Blick, daß der Detektiv fast gerührt wurde. »So, Sie wissen das nicht? ... Aber sagen Sie mir dann – was hat er denn eigentlich mit Ihnen ... gemacht?« –

Fridolin schaute den Detektiv mit seinen großen himmelblauen Augen verwundert an und sagte: – »Gar nichts!« –

Es lag so viel Offenheit in der Miene des jungen Menschen, daß der Detektiv fast verlegen wurde über seine eigene Frage.

– »So, so. Sie sind ein braver Bursche ...«

Fridolin stieß jetzt einen tiefen Seufzer aus und sagte ängstlich:

– »Aber, Herr Monsieur, ich glaube, wir sollten Seine Majestät suchen!« – Dabei traten ihm Thränen in die Augen. »Wenn ihm was passiert wäre!« –

- »Freilich! freilich!« – sagte der Detektiv – »müssen wir ihn suchen. Beruhigen Sie sich aber, ich suche in einem fort.« –

Und wirklich schien es, als ob er während all seiner Fragen mit seinem scharfen Auge dem Verlornen folge, und dabei hatte er alle Schriften des Schreibtisches durchflogen.

Aber Keine derselben schien ihm Etwas zu sagen.

Jetzt kam er an eine Schublade, in welcher sich eine kleine Kassette befand.

Monsieur Martin machte diese Kassette auf und kramte darin mit seinen emsigen Fingern. Er zog ein Band aus derselben. Ein weißes Band, das einen süßen Duft ausströmte, wie von Lilienblüthen. »Was erzählst Du?« – fragte der Detektiv, als sei das Band ein lebendiges Wesen.

Wem konnte das Band gehört haben?

– »Meine lieben Herren, kann mir Keiner von Ihnen Beiden sagen, wer dieses Band getragen?« – fragte er seine Begleiter.

Der Soldat und der Kammerdiener verneinten.

– »Gut« – sagte er. »Wenn es auch jetzt nicht redet, wird es doch später reden.« – Und damit steckte er es in seine Tasche.

Dann suchte er weiter. Er fand einen Brief, welcher in einer besonderen Lade aufbewahrt worden war. Dieser Brief war in französischer Sprache, und Monsieur Martin las ihn aufmerksam durch. So aufmerksam, daß der Kammerdiener dachte, dieser Herr müsse gar nicht französisch können.

Aber plötzlich ward der Kammerdiener durch die jähe Frage erschreckt:

– »Sagen Sie mir, lieber Herr Bandmann: angenommen, daß Seine Majestät inkognito – im strengsten Inkognito – von der Residenz aus, mit der Bahn fortgefahren wäre – würde ihn da Jemand dennoch haben erkennen müssen?«

– »Gewiß« – sagte Herr Bandmann fest. »Seine Majestät hatte gar kein Talent dazu, sich zu verkleiden oder zu verstellen. Er hatte stets dieselbe Haltung, dieselben Geberden, und mußte immer erkannt werden, in jeder Verkleidung. Er war in diesem Punkte – nicht – nicht – geschickt. Und man würde ihn in jeder Verkleidung erkennen. Oder vielmehr, unsereins müßte ihn erkennen.«

– »Woran?« –

– »Nun, an einer gewissen Bewegung, welche er hat, wenn er sich unbemerkt glaubt, indem er sich dann rasch, blitzschnell die Unterlippe berührt, als wolle er sich den Finger befeuchten« – sagte der Kammerdiener. »Und dann hat er noch Etwas . . .«

– »Was denn?« – fragte der Detektiv Martin, und seine schwarzen, blitzenden Augen schauten gleichsam schon in die Ferne und schienen im Geiste alle Wege zu sehen, welche der Verschwundene eingeschlagen haben könne. –

– »Wenn er rasch dahingeht«, – sagte der Kammerdiener – »dann bleibt er oft jählings stehen und wirft einen raschen Blick hinter sich, als fühle er Jemanden auf der Ferse. Das kann er nicht ablegen . . . nie . . .«

– »Gut« – sagte der Detektiv. »Aber das hilft uns erst dann, wenn wir Seine Majestät haben – d. h. wenn wir ihn finden . . . Aber wie weit ist es bis dahin! . . . Die Frage, um die es sich handelt, ist die: Wohin soll man sich wenden? Welche Route hat er eingeschlagen?« – Dabei wandte er sich vertraulich an Fridolin: »Wenn ich früher sagte, Herr Werner, daß jede Stunde 1000 Gulden werth sei, um wie viel mehr sage ich das jetzt!«

Damit wühlte er mit einer Art Verzweiflung in den Schriften, welche sich auf dem Schreibtische des Königs befanden, und dabei fiel ihm eine gedruckte Karte in die Hände.

Eine gedruckte Karte, welche er aufnahm, und dabei wiederholte: »Was erzählst wohl Du?« –

Und er las.

Die Karte schien ihm wirklich Etwas zu sagen.

Bei jedem Worte erhellten sich seine Züge.

Er wurde roth wie vor Erregung. Dann steckte er die Karte ein, knüpfte den Rock zu und sagte mit festem Tone, indem er trotz des vornehmen Ortes ganz geschäftsmäßig den Hut aufsetzte und die Handschuhe anzog, als stehe er bereit, in einen Eisenbahnzug einzusteigen, indem er sich an Fridolin wandte:

– »Mein sehr geehrter Freund« – sagte er eilig, geschäftsmäßig, aber sehr höflich – »Ich danke Ihnen für Ihre Bereitwilligkeit. So. Und Sie, Herr ... wie nennt man Sie doch gleich ... nein! nein! Warten Sie! Es wäre schlecht, wenn ich einen Namen nicht wiederfinden sollte ... Ach ja! Bandmann! So ist es! Bandmann! ... Also, mein werthester Herr Bandmann: »In welcher Zeit können Sie bereit sein, mit mir fortzufahren?« –

– »Fortzufahren? – Wohin?« –

– »Das ist alles Eins. Nehmen Sie an, wir führen an's Ende der Welt. Also, mein vortrefflichster Herr Bandmann, wann können Sie bereit sein, mit mir an's Ende der Welt zu fahren?« ...

– »Aber ... Ich weiß wirklich nicht ... in 24 Stunden etwa ...«

– »Gut. Und wenn es sich nun um das Wohl und, ach, vielleicht um das Leben Seiner Majestät des Königs handelt, doch sogleich?« –

– »Ja« – sagte Herr Bandmann nach kurzem Zögern.

– »Gut. Dann kommen Sie mit mir. Denn jetzt ist jede Stunde dreimal so viel werth.« Damit knöpfte er seinen Rock vollends zu, schlug den Rockkragen hinauf und schritt aus dem Zimmer, gefolgt von Herrn Bandmann und Fridolin.

* * *

Noch an demselben Abende befand sich Monsieur Martin in Begleitung des Herrn Bandmann in einem Coupé erster Klasse des direkten Zuges nach Paris.

Der Detektiv hatte Anstalten getroffen, daß sie allein im Coupé saßen.

Es war eine stürmische Nacht, der Regen schüttete nur so vom Himmel.

Aber der Detektiv stieg auf jeder der Hauptstationen aus, ging durch den Regen auf das Stationsgebäude zu, verhandelte dort irgend etwas mit dem betreffenden Stationsvorstand, und kehrte stets mürrischer, aber immer unermüdlicher in's Coupé zurück.

Und während der ganzen Fahrt bemerkte Herr Bandmann, der manchmal aus Müdigkeit in Schlummer fiel, in den Augenblicken, wo er aus diesem Schlummer aufstarrte, und wo er meinte, daß auch Monsieur Martin schlafen müsse, daß derselbe hellmunter dasaß (freilich den Rockkragen hinaufgeschlagen und die Reisemütze tief in's Gesicht gedrückt) und die Augen starr in's Leere vor sich gerichtet hatte.

Was sah er mit den Augen seines Geistes? – Er sah einsame Wege, welche sich von der Bahn abzweigten, und wo in dieser stürmischen, feindlichen Regennacht einsame Wanderer hinschritten und sich vielleicht mitten im Stürmen und Tosen zum Sterben niederließen.

Er sah einsame Seen, in deren Mitte vielleicht die Leiche eines Selbstmörders dahintrieb. Er sah wohl auch einen gespenstigen Eisenbahnzug, welcher vor ihm, immer vor ihnen hinfuhr, nie einzuholen, der immer und immer dieselbe Distanz einhielt, und in welchem ein stiller Reisender saß – schlafend, brütend oder etwas Schlimmeres.

Am andern Tage hatte der Regen aufgehört. Aber die Wege an der Bahn waren Alle voller Pfützen und die Leute auf den Stationen kothbeschmutzt und mißmuthig schauend.

Aber trotzdem stieg der Detektiv auf den größeren Stationen aus und trat in die Bahnhöfe und hielt seine geheimnißvollen Konferenzen mit den Bahnvorständen.

Und am längsten währte dieser Aufenthalt an den Grenzorten.

Als er an einem solchen Orte wieder in das Coupé stieg, schien er merkwürdig zufrieden und ganz vergnügt. Sie hatten nur hier und da bei längern Aufenthalten irgend ein Glas Punsch oder eine Flasche Wein genommen, oder kaltes Geflügel gekauft. Diesmal indeß brachte der Detektiv einen ganzen Vorrath von kalten Eßwaaren in's Coupé und zwei Flaschen des besten Rheinweines, und machte sich zum allererstenmal mit aller Ruhe daran, wirklich Etwas mit Herrn Bandmann zu genießen.

Die Veränderung, die plötzliche Sicherheit des Detektivs war so auffallend, daß Herr Bandmann, während er sich ein Stück kaltes Huhn zurechtlegte, schüchtern fragte, ob er etwas Neues erfahren habe.

– »Ja« – entgegnete der Detektiv kurz, aber nicht unfreundlich.

Der Zug ging weiter, und der Detektiv verzehrte sein Huhn in aller Behaglichkeit.

Dann fragte er den Kammerdiener plötzlich:
- »Wissen Sie, wohin wir reisen, Herr Bandmann?« -
- »Ich denke, den Stationen nach, nach Paris?« sagte dieser.
- »Da irren Sie sich. Wir fahren nach Versailles.« -
- »Oh!« - machte Herr Bandmann verblüfft.
- »Ja. Und wissen Sie, wem wir nachfahren?« -
- »Nun, ich denke, Seiner Majestät, dem König?« -
- »Nein« - sagte Monsieur Martin wie mitleidig und zuckte die Achseln. »Einem ehrsamen Parapluiemacher aus Nürnberg, Namens Sebastian Knoll, welcher seinen Paß auf der letzten Grenze visieren ließ.« - Dann nahm er einen tiefen Schluck Wein, schlug den Rockkragen hinauf, lehnte sich in die Ecke des Coupés, kümmerte sich weder um große noch kleine Stationen mehr, und fiel zum erstenmal auf der Reise in einen tiefen Schlaf. So tief, daß er schnarchte.

12. Kapitel

»Möcht' sterben für Dich!«

(Gounods Faust)

In Versailles an einem Spätnachmittage angekommen, verließ Monsieur Martin das Coupé, gefolgt von Herrn Bandmann, und begab sich direkt in das Bureau des Bahnhofs, während Herr Bandmann auf dem Perron draußen wartete. Dann fuhren sie in einem Fiaker in die Stadt, aber nicht in ein Hotel, wie Herr Bandmann erwartete.

Monsieur Martin hatte dem Kutscher die Ordre gegeben:
- »Zum Herrn Bürgermeister.« -

Herr Bandmann seufzte. Er und sein Begleiter waren ermüdet und wie gerädert von der Reise, und dabei schwarz von Kohlenstaub, schmutzig und herabgekommen.

Es wäre doch das Wenigste gewesen, wenn man sich vor Allem ein Zimmer genommen und daselbst gewaschen und Wäsche gewechselt hätte. Von einer kräftigen Mahlzeit gar nicht zu reden!

Dieser Monsieur Martin nahm aber auch seine Mission zu ernst, wie Herr Bandmann dachte, während er im Wagen auf die Rückkunft des Monsieur Martin wartete. Dieser erschien sehr bald wieder, und während er in den Wagen stieg, steckte er ein Papier, welches wie ein Meldezettel eines Gasthofes aussah, in die Tasche. Der Detektiv war seltsam steif und ruhig geworden. Weder Freude noch Bangen war auf seinem hübschen, männlichen, braunen Antlitze zu lesen.

Er war so räthselhaft wie eine Sphinx.

– »Nun, jetzt fahren wir doch sicher in einen Gasthof!« – seufzte der arme zu Tode gehetzte, schmutzige, klebrige und nach einem guten, ruhigen Imbiß schmachtende Herr Bandmann.

Aber seine Hoffnungen sollten nicht erfüllt werden. Der Detektiv hatte die gedruckte Karte – jene gewisse Karte, die er auf dem Schreibtische des Königs gefunden, aus der Brusttasche gezogen und dieselbe dem Kutscher vorgelesen, ohne daß Herr Bandmann das Gelesene verstanden hätte.

Der Kammerdiener hätte in seiner Verzweiflung sein Seelenheil darum gegeben, zu erfahren, was denn eigentlich auf dieser Karte stand. Und er nahm sich ein Herz und fragte den Detektiv zagend: »Was steht denn eigentlich auf dieser Karte, Monsieur? Es ist gewiß ein Staatsgeheimniß?« ...

Zu seiner Verwunderung aber reichte ihm jetzt der Detektiv die Karte gleichgültig hin und sagte: »Ein Staatsgeheimniß? Nicht im Mindesten. Lesen Sie selbst.« –
Und Herr Bandmann las:
»Monsieur Louis Duverger«
»carossier«
»Versailles«
Ganz verblüfft starrte Herr Bandmann den Detektiv an, indem er ihm die Karte zurückreichte, und Monsieur Martin schaute ihn etwas spöttisch an, indem er sich an seinem Erstaunen weidete.

Dann steckte er die Karte wieder ein und schaute aus dem Wagenfenster. Dabei sagte er: »Sehen Sie sich dieses Palais an, Herr Bandmann.« –

Herr Bandmann schaute hinaus, und sah ein Palais, wie eben hundert andere aristokratische Paläste auch aussehen, und machte ein fragendes Gesicht.

– »Es ist das Palais des Prinzen von Valentinois« – sagte der Detektiv anscheinend gleichgültig, faßte aber dabei das Palais scharf in's Auge. »Sie wissen? des Prinzen von Valentinois, welcher – glaube ich – Prinzessin Mignonette von Klarenburg, die ehemalige Braut Seiner Majestät des Königs Percival geheirathet hat.« –

Dann schwieg er wieder.

Bald hielt der Wagen vor einem großen, stattlichen Gebäude, welches einer Fabrik glich. Und Monsieur Martin sagte sein Gewöhnliches: »Ich werde gleich wieder da sein«, stieg aus und ging in das stattliche Gebäude.

Da Herr Bandmann nichts Anderes zu thun hatte, schaute er auf eine große schwarze Tafel mit massiven vergoldeten Buchstaben, welche über dem großen Einfahrtsthore angebracht war, und dort las er, was er auf der Karte gelesen hatte:

»Monsieur Louis Duverger«
»carossier«

Monsieur Martin hielt diesmal sein Wort nicht.

Er kam nicht allsogleich zurück, sondern blieb lange, unerträglich lange in der Wagenfabrik des Herrn Louis Duverger.

Als er endlich wieder an den Wagen trat und einstieg, war eine so deutliche Befriedigung auf seinem Antlitze sichtbar, daß Herr Bandmann gern gefragt hätte.

Aber er wagte es nicht.

Er fürchtete abermals eine Antwort, die ihn um nichts klüger gemacht hätte.

Aber er athmete selig auf, als er den Detektiv zum Kutscher sagen hörte:

»Fahren Sie in den Gasthof *à la Tricolore*.« –

An dem Gasthofe (welcher einer der Bescheideneren von Versailles ist und der in einer ganz abgelegenen Straße liegt, und wo meist Handelsleute und Kleinbürger abzusteigen pflegen) sprangen der Portier und ein fetter Zimmerkellner, gefolgt von einem freundlichen älteren Stubenmädchen, an den Wagen, um die Reisenden zu empfangen.

Monsieur Martin bestellte sogleich ein Zimmer für die Nacht.

Ein Zimmer! Und nicht zwei!, wie Herr Bandmann mit Erstaunen hörte.

Es war doch seltsam, daß Monsieur Martin mit ihm in einem Zimmer schlafen wollte, wie Herr Bandmann dachte. Aber was lag daran? Wenn er nur überhaupt schlafen konnte! . . .

In dem Zimmer angekommen, bestellte Monsieur Martin bei dem Stubenmädchen, welche die Lichter anzündete, ein gutes, ausgiebiges Diner für zwei Personen, aber aus lauter Speisen bestehend, »welche bereits fertig seien«, und Wasser zum Waschen.

Während das letztere gebracht wurde, trat Monsieur Martin an den Tisch, zog einen Reisekurier hervor und schlug in demselben nach.

Dann trat er zu Herrn Bandmann und sagte gutherzig und liebenswürdig, aber mit jenem entschiedenen, festen Tone, welcher keine Widerrede zuließ:

– »Lieber Herr Bandmann. Ich kann Ihnen das Zeugniß geben, daß Sie sich in dieser Sache als ein guter, treuer Diener Ihres gnädigsten Herrn bewährt haben. Und Sie hätten mir nöthigenfalls beim Agnoszieren Seiner Majestät die besten Dienste geleistet, wenn ich derselben bedurft hätte. Das war nun zufällig nicht der Fall. – Sie werden sich nun waschen – was wir Beide sehr nöthig haben; und Sie werden sich nach Herzenslust kräftigen und stärken. Dann werden Sie sich aber unverzüglich ... ich habe den Wagen in einer Stunde wieder herbestellt ... auf den Bahnhof begeben, und mit dem Expreßzuge, welcher um 11 Uhr 50 abfährt, direkt wieder nach Hause, d. h. nach Ihrer Residenz fahren, damit Sie dort sind, sobald Seine Majestät dahin zurückkehrt – was etwa in zwei Tagen erfolgen dürfte, oder – gar nicht. – So, und nun machen Sie sich's bequem. Sie sind ein braver Mann.« –

* * *

Nachdem alles das Erwähnte geschehen und Herr Bandmann von unbefriedigter Wißbegierde fast toll gemacht, wieder abgereist war, ließ der Detektiv sich das Fremdenbuch vorlegen und schrieb seinen Namen ein. Dabei durchlief er, wie man gewöhnlich zu thun pflegt, die Liste der seit zwei Tagen angekommenen Parteien, und sagte dann zu der ältlichen Zimmerkellnerin, welche wartete: – »Sebastian Knoll...? Parapluiemacher aus Nürnberg? ... Ei, das ist ja ein Nachbar meiner Muhme Gudula Kirchenmaus, die ich einmal beerben soll! ... Ein lieber Mann, ein feiner Mann. Und ein hübscher Mann, der Herr Knoll!« – Welche Eigenschaften alle das Stubenmädchen mit einem Kopfnicken bestätigte. Dabei hatte aber ihre Miene einen schnippischen Ausdruck.

– »Ist er nicht ein sehr lieber Mensch?« – frug der Detektiv, diesen Ausdruck bemerkend, sehr lauernd.

– »Bah!« – rief das ältliche Stubenmädchen (eine heftige Südländerin, ihrem scharfen Wesen nach). »Lieb? O ja. – Aber ein Narr! – Wollen Sie's glauben, Monsieur, daß er den Befehl gegeben hat, Niemanden, aber auch gar Niemanden zu ihm zu lassen, wenn Jemand ihn besuchen wollte? – Nun, wir übersahen das gestern, und ein Monsieur drang bis in sein Zimmer. Herr des Himmels, den Spektakel hätten Sie hören sollen! Er wollte gleich auf und davon, und würgte den Jean! ...«

– »Ah?! ...«

– »Es ist genau so, Monsieur. Merkwürdigerweise aber hat er heute früh gesagt, es bleibe wohl bei dem Verbote für alle anderen Leute, den Herrn von gestern jedoch (wegen dem er doch einen solchen Heidenlärm gemacht!) dürften wir einlassen. Es sei ein Arzt.« –

– »So, so, ein Arzt!« – sagte Monsieur Martin und fügte auf's gerathewohl hinzu: »Logiert wohl auch hier?« –

– »Ja. Hat sich seit gestern hier einlogiert.« –

Der Detektiv zog seine Brieftasche hervor, blätterte dort zwischen einigen Photographien, welche er sich bei Seiner Königlichen Hoheit dem Prinzen Leo ausgebeten hatte, schaute Eine derselben scharf an und fragte dann:

– »Ist er nicht ein kleines, gelbes, hageres Männchen, dieser Arzt?« –

– »Jawohl, ein kleines, gelbes, hageres Männchen mit einem schiefen Blicke« – sagte das Stubenmädchen.

– »Wenn das nicht Doktor Hausen ist, von dem mir Seine Königliche Hoheit sprach, dann will ich ein Kater sein« – brummte Monsieur Martin.

– »Er ist gerade jetzt bei Herrn Knoll!« – sagte das Stubenmädchen.

– »Ach, wie schade das ist, daß ich mit dem lieben, guten Herrn Knoll nicht reden soll!« rief Monsieur Martin bedauernd. »Und ich hätte ihm so viel von meiner Muhme Gudula zu erzählen, die ich einmal beerben soll! . . . Könnten Sie es wirklich gar nicht möglich machen, daß ich zu Herrn Sebastian Knoll hineinkäme?« –

– »Nicht um eine Million!« sagte das Stubenmädchen mit tragischem Ton. »Denn der ist zu jähzornig, so hübsch und jung er auch ist. Er brächte uns Alle um's Leben, wenn ich Sie hineinließe . . .«

– »Und herausgehen thut er gar nicht?« –

– »Gar nicht. Er war nur einmal aus, gleich nach seiner Ankunft. Er sagte, er wolle noch bis morgen bleiben, bis er den fertigen Entwurf eines Wagens oder Schlittens bei einem Lieferanten gesehen. Dann wolle er wieder abreisen. Und bis dahin dürfe ihn Niemand stören. Hat auch den ganzen Tag die Rouleaux herunter gemacht und Kerzen angezündet. Wis-

sen Sie, was wir Alle im Hotel hier sagen?« fügte das Stubenmädchen leiser hinzu: »Wir sagen, daß er verrückt ist!« –
– »Kann schon sein, kann schon sein!« – sagte Monsieur Martin seufzend. »Ach, wenn das meine Muhme Gudula wüßte, von der ich einmal Alles erben soll! ... Und sehen Sie, ich meine es so gut mit ihm. Herzlich. – Wenn ich Ihnen« – fügte er lächelnd und einige Goldstücke aus der Tasche ziehend hinzu – »ein anständiges Douceur gäbe, wäre es dann nicht möglich, daß Sie ...«
– »Was denken Sie von mir!« – rief das Stubenmädchen mit Pose, aber verliebt auf die Goldstücke schielend. »Nein, es geht nicht. Übrigens, wissen Sie was?« ... setzte sie dann hinzu – »diese Thüre da, welche mit dem Kasten verstellt ist, führt direkt in sein Zimmer, in No. 8. – Und der Schlüssel zu Ihrer äußeren Thüre sperrt auch diese Thüre auf. Und was Sie machen, sobald ich draußen bin, kümmert mich nichts!« – Damit lächelte sie verschmitzt, nahm die Goldstücke des Detektivs mit einem Knix in Empfang, und eilte auf die Korridorthüre zu. »Herr des Himmels!« – rief sie daselbst – »da ist schon wieder Lärm draußen! Ich sagte es ja! Gerade wenn ein Passagier Niemanden sehen will, überlaufen ihn die Leute! ... Und diesmal –« sagte sie, indem sie hinausblickte, »ist es gar eine Dame! Na, die kommt schön an! ...«

In der That unterhandelte draußen mit dringender Stimme ein Frauenzimmer mit dem fetten Zimmerkellner. Sie wollte augenscheinlich auf No. 8 zu Herrn Knoll aus Nürnberg. Und der Zimmerkellner machte ihr klar, daß derselbe um keinen Preis Besuche empfangen wolle.

Monsieur Martin war dem Stubenmädchen nachgegangen und schaute hinaus. Plötzlich fuhr er fast bestürzt zurück, als die Dame draußen zufällig im Eifer der Debatte den Schleier hob – nur für einen Augenblick – und der Schein der Korridorlampe voll auf ihr Antlitz fiel.

Monsieur Martin hatte in Sachen des Sicherheitsbureaus oft in Versailles zu thun, und kannte da »jede Katze.« Und so kannte er auch die Dame, und murmelte: – »Sie ist es!« ...

Und indem er rasch das Stubenmädchen zur Thüre hinausdrängte, eilte er selber in den Korridor, auf die junge Dame zu, bot ihr den Arm, und flüsterte leise:

– »Kein Wort weiter zu diesem Menschen, Königliche Hoheit. Zum Glück scheint er hier neu und hat Sie nicht erkannt. Es ist um Sie geschehen, wenn man Sie entdeckt . . .«

Da die Dame ihn durch den Schleier erschreckt anstarrte, und sich von ihm losmachen wollte, fügte er hastig, leise in englischer Sprache hinzu:

»Königliche Hoheit, ich heiße Etienne Martin und Herr Knoll ist Seine Majestät der König. Sie sehen, ich weiß Alles. Ich habe denselben Zweck, zu ihm zu dringen, wie Sie. Wollen Sie mir vertrauen und auf mein Zimmer kommen?« –

Sie zögerte, heftig zitternd, noch einen Augenblick, dann folgte sie Monsieur Martin auf sein Zimmer, zum großen Erstaunen des Stubenmädchens und des Zimmerkellners, welche ihnen verblüfft nachstarrten. Dort angekommen, verschloß er die Thüre von innen.

– »Mein Herr . . .« sagte die Dame, mitten im Zimmer stehend, mit leise bebender Stimme: – »Ich . . .«

Der Detektiv trat auf sie zu, bot ihr einen Platz auf dem Divan an, und sagte ernst und eindringlich:

– »Verzeihen Sie mein Vorgehen, Königliche Hoheit, meine Dreistigkeit. Es handelt sich aber um Herrn Knoll aus Nürnberg. Ich kenne Sie wohl. Geruhen Sie allergnädigst mich anzuhören. Ich bin ein Detektiv aus Paris. Hierher gekommen, um Seine Majestät ausfindig zu machen, den man hierher gelockt hat in eine Falle. Wer die Falle gestellt hat, und was dieselbe zum Zweck hat, kann ich nur vermuthen. Es liegt mir Alles daran, daß ich zu Ihm dringe. Ich sehe, daß auch Ihnen Alles daran liegt. Vertrauen Sie mir! – Es ist Gefahr im Verzuge.« –

Die Dame war zitternd auf den Divan gesunken. Sie schlug jetzt den Schleier zurück und sagte ihm in abgebrochenen Sätzen, daß sie ihm trauen wolle, daß er ihr helfen möge. Sie habe zufällig daheim gehört, habe es belauscht, wie die Feinde des Königs ihren Anschlag gegen denselben besprochen hätten. Ihr Gatte, ihr herzlichguter Gatte sei nicht dabei gewesen, sondern andere, fremde Leute, Politiker, die sich oft in Palästen sammeln ... Kurz, das Verderben des Königs sei beschlossen worden. Doktor Hausen, welcher den König hasse, sei zum Werkzeug erwählt worden. Er hasse den König, weil ihn derselbe auf die Stunde entlassen, nachdem die Gattin des Arztes den König durch freche Avancen verletzt. Doktor Hausen, der nun mit einmal alle seine ehrgeizigen Pläne zerstört gesehen, habe sich nun rasch den ihm wohlbekannten Feinden des Königs als Werkzeug angeboten, noch ehe seine Entlassung und Ungnade offiziell geworden sei. Und ferner war besprochen worden, daß man den König hergelockt habe, und daß er hier spurlos verschwinden solle, da Niemand seine Anwesenheit hier ahnte. Und Doktor Hausen sei in der That fast mit Gewalt am Vortage zum König gedrungen, und habe ihm gesagt, er sei ihm aus Ergebenheit und Pflichteifer gefolgt, denn – er, der König sei, ohne daß er selber es ahne – im Begriffe, vom Gehirnschlage getroffen zu werden, wenn er nicht rasch vorbeuge. Der König sei darauf fast starr vor Entsetzen geworden und habe sich ganz wieder in die Macht des tückischen Doktors gegeben. Und der sei jetzt bei ihm! . . . –

Dies Alles erzählte die Prinzessin Mignonette von Valentinois in athemloser Angst. Monsieur Martin hörte sie an, während er an den Nägeln kaute, aller Etikette zum Trotz. »So habe ich mir's gedacht!« – sagte er dann. »Ich habe die Briefe gelesen, welche ihn fortlocken sollten. Und als Alles nichts half, hat ihn der berühmte Wagenbauer Duverger herlocken müssen. Eine gedruckte Adreßkarte des Wagenbauers trug auf der Rückseite die geschriebenen Worte: ›Das Modell ist fertig. Wenn aber der betreffende allerhöchste Herr dasselbe nicht binnen 8 Tagen persönlich besichtigt und acceptirt, kann ich das Risiko der enorm kostspieligen Ausführung nicht übernehmen.‹ Daraufhin bin ich hergeeilet. Und jetzt stehen wir vor der Thüre des Bedrohten . . .«

– »Und können nicht hinein! . . .«

– »Im Gegentheil!« – sagte der Detektiv aufgeregt. Dann schritt er auf den Schrank zu, der vor der Zwischenthüre stand, schob denselben mit einer Riesenkraft bei Seite, die man ihm nicht zugesprochen haben würde, zog den Schlüssel der Korridorthüre ab, steckte denselben in die freigewordene Verbindungsthüre des Zimmers No. 8, drehte um, und riß dieselbe auf, indem er der Prinzessin einen Wink gab.

Prinzessin Mignonette von Valentinois stürzte auf die offene Thüre zu, und – stand im Zimmer des Herrn Knoll.

Der König lag bleich und mit schlaffen Zügen zu Bette. Neben demselben stand Doktor Hausen und mischte mit süßlächelnder Miene einen Trank, den er dem König reichte.

Als die Thüre aufgerissen wurde, starrte der Arzt auf dieselbe, und der König richtete sich jäh im Bette auf.

Was nun vorfiel, geschah blitzschnell.

Mignonette, in der höchsten Angst ihres Herzens, nur getrieben von dem Drange, den noch immer unvergessenen Mann ihrer Jugendliebe zu retten, sank am Bette desselben auf die Knie und rief heiser: »Percy, Percy, trink' nicht, es ist Dein Tod! . . . Sie wollen Dich vergiften!« –

Der Arzt wurde fahl wie eine Leiche. Aber ein gräßliches Lächeln blieb auf seinem Gesichte. Er fühlte, daß er Alles auf's Spiel setzen müsse, und sagte: »Was soll das heißen?« –

Der König starrte fieberkrank, voll Abneigung, entrüstet auf Mignonette, indem er rief: »Mignonette, Sie hier? . . . Was wollen Sie hier? . . .«

– »Dich retten, Percy!« – schluchzte die Prinzessin, indem sie versuchte, seine Hände zu fassen.

– »Glauben Eure Majestät an diese Fabel?« – sagte der Arzt tollkühn.

– »Sie phantasieren, Mignonette!« – rief der König mit kindischem Trotze. »Ich will Ruhe haben!« –

Und damit hob er das Glas an die Lippen.

– »Du glaubst mir nicht?! . . .« rief Mignonette zitternd, außer sich, und riß ihm das Glas aus der Hand. »Du glaubst nicht, daß sie Dich tödten wollen?! Und wenn Du es Ihnen heute nicht glaubst, wirst Du ihnen morgen verfallen! . . . Du mußt überzeugt werden! . . . Und ich will Dich überzeugen, und koste es mir das Leben!« . . .

Damit entriß sie ihm das Glas, stürzte dessen Inhalt hinab und schaute dann wirr, wie verzagend um sich, und schrie: »Jetzt kommt der Tod . . . ! Helft mir . . . ! Percy, ich habe Dich so lieb gehabt!«

Und sie stürzte mit einem dumpfen Stöhnen zu Boden, wie vom Blitze getroffen, und streckte sich aus . . .

Der König starrte sie einen Augenblick an, wie sinnlos. Dann warf er einen fürchterlichen, stieren Blick auf den Arzt, stieß einen gellenden Schrei aus und rief: »Überall Feinde! Überall Feinde! Sie wollen mich umbringen!....« und sank in entsetzlichen Konvulsionen auf das Lager zurück.

* * *

Zwei Tage später fuhr der König in demselben strengen Inkognito, in dem er gekommen war, nach Deutschland zurück.

Aber als gebrochener, elender Mann. Er war um Jahre gealtert. Monsieur Martin begleitete ihn, in Gesellschaft eines Arztes, den man engagiert, und zweier Diener.

Und als Monsieur Martin gleich nach seiner Zurückkunft bei Seiner Königlichen Hoheit, dem Prinzen Leo, Audienz nahm, sagte er ernst:

– »Königliche Hoheit, ich that, was ich thun konnte. Aber ich konnte nur wenig.« –

– »Was sagen Sie? Haben Sie nicht Seine Majestät aufgefunden und lebendig und wohlbehalten zurückgebracht?« –

– »Lebendig?« – sagte Monsieur Martin ernst. »Ja. Aber – ich fürchte, zerstört im Geiste.« –

Dritter Theil

Nebukadnezar

1. Kapitel

Ein frommer Knecht

Den guten Fridolin Werner, den »schönsten Menschen auf der Welt«, wie ihn König Percival taxierte, und den ehrlichsten und bravsten Jungen, der je in strammer Haltung unter einer Uniform geathmet, drückte seit Langem schon eine Last.

Es war eine Last, halb süß, halb bitter, wie eine wohlzubereitete *insalata*; halb eine Seligkeit und halb eine stete Angst.

Er hatte vor seinem geliebten Herrn und König ein Geheimniß!

Ach, und keine Falschheit lag dabei in Fridolins schlichtem, ehrlichem Gemüthe, und es mußte in der That etwas Großes, Zwingendes sein, was ihn vermochte, seinen Wohlthäter zu belügen.

Und in der That war es das Allergrößte und Allermächtigste, was es auf Erden giebt – eine Gewalt, welcher sich das stolzeste Fürstengemüth zu beugen hat, um wie viel mehr das Gemüth eines schlichten, zum Götterliebling und Fürstengünstling emporgehißten Bauernburschen!

Es war die Liebe!

Ja, die Liebe, der Gottheit und des Menschen Gebieterin und Tyrannin.

Sie hatte mit Macht sein Herz bewegt seit dem ersten Augenblick, wo er in Leni Blaumeiers liebe, freundliche

Augen gesehen, und der stattliche schöne Chevauxleger hatte ihr ebenfalls die herzlichste Sympathie eingeflößt – nicht so sehr durch seine vergängliche Muskulatur, als durch den treuherzigen Blick seiner Augen und – durch seine innige, dankbare Anhänglichkeit an den König, – an den König, den sie ja seit jeher so schwärmerisch-keusch geliebt hatte mit aller Reinheit und aller Naivetät eines unverdorbenen Bürgerkindes mit einem romantischen Herzchen.

Immer und immer wieder hatten sich Leni und Fridolin getroffen, nicht um sich verliebte Sachen zu sagen, sondern um mit einander von ihrem beiderseitigen Abgotte, dem guten König Percival zu sprechen.

Mit Niemandem konnte Leni so gut davon reden, wie groß, herrlich und edel er ihr erschienen, ganz wie der Königssohn in den Kindermärchen; und unermüdlich konnte sie den Erzählungen des Chevauxlegers lauschen, der ihr die kleinsten Züge aus seinem Alltagsleben erzählen mußte, und der sich glücklich fühlte, immer und immer wieder so dankbar von all den Wohlthaten zu berichten, welche König Phantasus über sein schönstes Meisterwerk der Schöpfung ausströmte.

Gerade um diese Zeit siedelte Papa Blaumeier aus der Residenz nach dem lieblichen Dorfe Örtling am Schwanensee über; daselbst war sein hochbetagter Vater, ein Gasthausbesitzer, gestorben; nun übernahm der Erbe das ledige Geschäft und richtete sich mit Leni gar nett und behaglich im hübschen Hause »zu den drei Rindern« ein und erfreute sich bald stärksten Zulaufs, denn sein Bier war das kühlste und beste.

So war es gekommen, daß Fridolin und Leni einander unentbehrlich wurden, und so war das in seiner Art Originellste zu Stande gekommen, daß zwei Menschenherzen einander innig, echt, unzerstörbar lieben lernten, durch – ihre Liebe zu einem dritten Wesen. Freilich vertrugen sich alle diese Gefühle gar wohl mit einander, denn Lenis Liebe für den König war die heilige, überschwängliche Schwärmerei eines jungen Mädchenherzens für das erste Ideal, welches in ihr Leben getreten war, und Fridolins Liebe für denselben war herzliche, unausrottbare Dankbarkeit für den so hoch über ihm stehenden Herrn, der aus dem armen Bauernjungen seinen gefeierten Günstling gemacht.

Und so geschah es unmerklich, aber sicher, daß die beiden unverdorbenen, gemüthsvollen jungen Leute sich in unbewußter Liebe zu einander fanden, und daß Fridolin täglich Ausflüchte suchte, um mehr als einmal in Herrn Blaumeiers Gasthaus zu verkehren, dann auf Herrn Blaumeiers Gassenbank zu sitzen, und endlich in Herrn Blaumeiers Privatzimmer hinter der Gaststube seine Pfeife zu rauchen und dabei der hübschen Leni am Nähtische zuzusehen.

Aber man mag einander noch so viel von einem Dritten zu erzählen haben, und mag noch so naiven Gemüthes sein, es kommt immer die Stunde, wo in ihm und in ihr sich die Wahrheit regt und wo die Herzen sich bange fühlen und wo zentnerschwere Liebesseufzer so alltäglich werden wie die Sperlinge zur Herbstzeit.

Und es kam die Zeit, wo Fridolin und Leni nicht mehr von ihrem Ideale sprachen, sondern nur seufzten.

Die Liebe regte sich. Bei Fridolin regte sie sich so gewaltig, daß ihm jedes Kleidungsstück zu eng wurde und er manchmal zu platzen meinte.

Bei Leni äußerte sie sich dagegen in bleichen Wängelein, blauen Rändern um die Äuglein und in dem Drange, beim Nähtische und Kochherde, Emanuel Geibels Gedichte zu lesen und über denselben Thränen zu vergießen.

Und noch immer sprach Fridolin nichts von Liebe! Sie sah, wie er förmlich anschwoll, wenn er sie streifte, wie er, sobald er sie berührte, zu zittern begann, wie er bald roth und bald bleich wurde, aber kein Wort von Liebe kam über seine vollen, kußfrischen Lippen.

Endlich aber, eines Tages, wo's draußen regnete und wo's so still und behaglich war in dem Stübchen hinter dem Laden und Gastzimmer, und die Kuckucksuhr in der Ecke so angenehm tickte, als wolle sie sagen: »Kinder, versäumt die Zeit nicht gar so dumm! Ich werde gleich wieder zu schnarren anfangen und eine Stunde schlagen, die Ihr wieder mit dummem Seufzen verloren habt!« ... an einem solchen Tage nun trat die Natur in ihre Rechte, und der gute Fridolin wurde von der lieben Leni angezogen, wie das Eisen von einem Magnetberge, und nachdem der riesige Chevauxleger ein paar Seufzer im tiefsten Baß ausgestoßen hatte, welche von Leni durch ein paar helle, langgezogene Seufzerlein im Diskant beantwortet worden waren, glotzte er sie so liebesberückt an, daß sie die Äuglein erschreckt nieder- und dann wieder schmachtend aufschlug. Da konnte er sich nicht mehr halten. Er rückte ihr näher, ergriff ihren hübschen Kopf mit seinen zwei kräftigen Händen, zog denselben zu sich und gab ihr einen Kuß. –

Einen Kuß, wie man ihn nur gibt, wenn sich die ganze liebesdurstende Menschennatur eines jungen Herzens Luft machen muß, einen Kuß, der ihr ganzes Blut in Wallung brachte, einen Kuß, der sie ihm zu eigen gab für immer. –

Und dabei stöhnte er vor Liebe, Rausch, Verschmachten: – »Leni, ich – ich hab' Dich so gern!«

Sie zitterte wie Espenlaub vor Durst nach ihm, und flüsterte scheu, athemlos, leise: – »Aber ich Dich ja auch, Du mein Friedl!« –

– »Und das ist so schrecklich!« – jammerte er, indem er sie von sich drängte in heller Verzweiflung und sein hübsches Haupt in die Hände sinken ließ, und bitterlich zu weinen begann.

– »Schrecklich? Warum denn?« – fragte sie fast verletzt.

– »Aber weil ich Dich nie, nie, aber auch gar niemals nie, nie, nie, nie heirathen kann!« – blökte er wie ein armes, junges, verzweifeltes Kalb in seine großen Hände hinein. »O du lieber, lieber Himmel!« –

– »Und warum denn nicht, Friedl?« – sagte sie, indem sie ebenfalls in lautes Weinen ausbrach.

– »Aber weil ich überhaupt niemals nicht heirathen darf!« – meinte er.

– »Das ist ja schrecklich!« – schluchzte sie. »Bist Du denn krank, Friedl?« –

– »Ach, warum nicht gar!« – stöhnte er, und seine Thränen perlten ihm zwischen den Fingern durch, als sei er eine zersprungene Wasserleitung. »Ich bin nur zu gesund!« ...

– »Das denk' ich mir auch!« – sagte sie jämmerlich. »Also, warum kannst Du denn niemals heirathen, Friedl? Bist Du etwa ein ›Deutscher Herr‹? Ich weiß zwar nicht recht, was das ist, da ja alle anständigen Deutschen heirathen, aber ich habe einmal den Vater sagen hören, die ganze Welt kann heirathen, nur deutsche Herren und türkische Bediente nicht! Bist Du also so ein deutscher Herr?« –

– »Leni, Du bist eine Gans! Ich bin kein solcher deutscher Musje!« –

– »Also bist Du am End' gar ein katholischer heimlicher Pfarrer, Friedl?« –

– »Ach nein!« blökte der schöne Chevauxleger.

– »Oder ...« rief Leni zitternd, und starrte ihn groß an.

– »Oder bist Du am End' schon ein verheiratheter Mensch?« –

– »Ach Leni, red' doch nicht gar so dämlich. Wie könnt' ich mich denn so in Dich verlieben, wenn ich schon verheirathet wär'?« – sagte er naiv.

– »Na also?!« sagte sie mit einem Seufzer der Erleichterung.

– »Na also! ... Seine Majestät hat mir streng verboten, jemals zu heirathen ... Am wenigsten aber ein Frauenzimmer! ... Bei seinem Hasse ...! Ist das nicht, um sich auf den Kopf zu stellen?!« Und er fing an von neuem zu stöhnen wie ein Kälblein. Und so seufzten und klagten denn die beiden jungen Herzen Tag für Tag um die Wette, und wußten sich keinen Rath und verzehrten sich in Gram.

Da befand sich eines Tages der arme Fridolin in einem der Gemächer Percivals, angethan wie ein orientalischer Märchenprinz, glitzernd von Gold und Edelsteinen, die weißen, großen, aber wohlgeformten, fast klassisch schönen nackten Füße in steifen, mit schweren Goldarabesken gestickten Pantoffeln, ein leichtes, feines gelbgrünes Seidengewebe um den vollendet schönen Riesenkörper, in der Mitte von einem blumenbunten, spinnwebenfeinen Gürtel zusammengehalten, die weißen entblößten Arme, welche aus den weiten weichen gelbgrünen Seidenfalten herausglänzten, von reichen, schlangengrünen emaillierten Spangen umgeben. So wartete Fridolin auf den König, der noch ruhte. Auf einem kleinen Marmorsockel lagen einige Bücher. Aus Langeweile schlug Fridolin, der das Lesen sonst perhorreszierte, ein solches auf, und las den Titel:

»Fridolins heimliche Ehe«
Roman von Adolf Wilbrandt

Wie ein Blitz traf dieser Titel den Chevauxleger.

– »Ach, da legst Dich nieder!« – sagte er im gemüthlichen südbairischen Jargon, und fing an, auf der Stelle in dem Buche zu lesen, zu blättern, zu lesen, als sei dasselbe ein kostbares Rezeptbuch und müsse ihm Aufschluß geben und ein Mittel gegen ein veraltetes Übel.

Um aufrichtig zu sein: je länger Fridolin darin las, desto weniger verstand er den feingesponnenen Roman, der gleich den Werken Platens als »Caviar« für's Volk gemeint ist.

Da er das Buch so gar nicht verstand, tröstete er sich wie so oft mit seinem Spruche: »Der Herr von Wilbrandt hat 'nen Raptus!« – Aber eine fulminante Idee, einen Ausweg aus seinem Mißgeschicke, hatte ihm der Titel doch gegeben: »Fridolins heimliche Ehe!« –

Und noch an demselben Abende schlich er zu Papa Blaumeier hinüber, schloß sich mit Leni im Hinterstübchen ein, und theilte ihr die Rettungsidee mit: »Fridolins heimliche Ehe!« –

Und Beide waren so entzückt davon, und blieben so lange im Hinterstübchen –

Gewiß ist, daß sie das Stück in aller Heimlichkeit in Szene setzten, nur mit Vorwissen Papa Blaumeiers, einer tauben Tante Fridolins, einer dicken Firmpathin Lenis und eines treuen Schlaf- und Kasernenkameraden Fridolins, Namens Raimund Rainfels. Äußerlich blieb Alles beim Alten, nur daß Fridolin jetzt auch manchmal des Nachts aus dem königlichen Dienste schlich, um sein heimliches Weibchen über das lange Liebesleid und Liebesfasten nach Möglichkeit zu trösten. Und die jetzige Frau Leni Werner ließ sich so gut trösten, daß Papa Blaumeier bald eine große Fertigkeit im Schnullerdrehen erlangte.

In den königlichen Residenzen aber galt der schöne Günstling nach wie vor für unverheirathet und lilienhaft rein. Niemand hatte eine Ahnung von »Fridolins heimlicher Ehe«.

Nur eine Person hatte eine solche. Denn was entginge dem Späherblick verschmähter Liebe? Fräulein Jocunde von Ödhausen-Kratzenstein war ihrer einstigen Herrin von Klarenburg nicht nach Hause gefolgt, sondern im Reiche des Königs Phantasus zurückgeblieben. Sie hatte wohl damals schon keine rechte Hoffnung mehr, ihren schönen Chevauxleger zu umstricken und sein steinern Herz ihrem Liebesgirren weicher und milder zu stimmen. Aber sie konnte sich nicht trennen von der Stätte, wo er weilte, sie wollte wenigstens manchmal das bittersüße Glück genießen, seines holden Anblicks theilhaftig zu werden.

Und so hatte sie denn den Dienst der Hoheiten von Klarenburg verlassen und hatte es durch wahrhaft machiavellische Katzenzärtlichkeit dahin gebracht, daß die alte Prinzessin Ranuncula von Öttenberg-Freyland, eine Base des Königs, sie ihrem Haushalte attachierte, so daß sie stets in unmittelbarer Nähe des Hofes, also auch s e i n e r berückenden Nähe verweilen konnte.

Fräulein Jocunde nun war es, welche die erste Ahnung von der heimlichen Ehe des schönen Chevauxlegers im eifersuchtsgequälten negativen Busen hegte.

Sie schlittschuhte, hoppste Tag und Nacht treppauf, treppab, schlich durch heimliche Gänge, versteckte sich in kleine, finstere abseits gelegene Orte, schnupperte, schnüffelte, eilte im Abendsinken und im Morgendämmern die Gäßchen um das Schloß herum hin und her, versteckte sich hinter Thüren und guckte mit verlängertem Halse über Gartenmauern, bis sie endlich das Haarsträubende entdeckt hatte, daß Fridolin, ihr Fridolin, der grausame Verächter all ihrer Reize, der Ehescheue, und Leni heimlich verheirathet seien.

Fräulein Jocunde von Ödhausen-Kratzenstein schnaufte Rache.

Sie schwur Verderben Ihm und Ihr! . . .

Und wie eine Bombe stürzte sie eines Abends, in einen dunklen Mantel mit Kapuze gehüllt wie »*la femme de Claude*« von Dumas in der Auffassung des Fräuleins Charlotte von Frohn, in das traute Ehestübchen im Blaumeier'schen Hintertrakte, wo eben Leni mit einer Strickerei am Fenster saß und Fridolin, der junge Ehemann, gekleidet wie ein Christenmensch im Bettgehneglige und gar nichts Türkisches an sich, neben einer Wiege saß und – einen Schnuller drehte.

Wie eine Bombe, wie gesagt, fiel Fräulein Jocunde in dieses idyllische Bild, und nun begann ein Wüthen, Drohen, Höhnen, Verwünschen, Krämpfe kriegen, wie es in Deutschland wenigstens noch zu den Seltenheiten gehört. Bis in's siebente Glied schwur sie dem jungen Ehepaar Verderben, augenblicklich wollte sie zum Könige gehen und ihm die Verrätherei, die Falschheit, die Fahnenflüchtigkeit, den Betrug, die Undankbarkeit, die – die – die Sittenlosigkeit (wie sie es nannte) seines Günstlings anzeigen! . . . Die arme Leni rang die Hände, und Fridolin suchte, selber ganz blaß vor Angst, die Rasende zu beruhigen. In seiner Verzweiflung (denn er fühlte sich sammt seiner Familie verloren, wenn König Percival von seiner Verheirathung erfuhr) fiel dem armen jungen Papa rein gar nichts ein, was er zu seiner Vertheidigung vorbringen konnte. In seiner Verlegenheit sagte er das Unpassendste und Albernste, aber was in diesem Falle das Beste war: er schob die Wiege mit dem kleinen Sprossen zwischen sich und der Belfernden, und stotterte: »Ich . . . ich habe die Ehre, gnädigste Baronesse, Ihnen den kleinen Herrn Werner vorzustellen ... Wollen Sie nicht die Güte haben, Pathenstelle bei ihm zu vertreten?!«

– »Pathenstelle bei ihm vertreten!« – Diese Idee berührte das arme Fräulein Jocunde von Ödhausen-Kratzenstein gar seltsamlich. Sie hatte ja von Natur aus ein gutes, zärtliches Herz. Sie schielte nach dem kleinen Weltbürger, und ach –! es war der ganze Papa! Das waren Fridolins helle Augen, das waren seine dicken Backen, das war sein ganzes unschuldiges Antlitz im unzähligemal verjüngten Maßstabe.

All' ihr Groll schien sie verlassen zu haben. Sie ließ den schwarzen Kapuzenmantel von den Schultern fallen, näherte sich der Wiege, machte einen langen Hals, betippte das Kindchen, kniete dann an der Wiege nieder, nahm das winzige Händchen des Kleinen in ihre Hand, und – das Büblein lächelte! Lächelte sie an mit seinem zahnlosen Mündchen, sie, das Fräulein Jocunde von Ödhausen-Kratzenstein! ...

Jocunde schnüffelte, lächelte, kicherte, schnüffelte abermals, schnaubte, küßte das kleine Händchen, und brach plötzlich in Thränen aus. In herzliche, gute Thränen, welche ihrem armen, verschmähten Herzen wohl thaten, welche Alles gut machten. Es war ja sein Kind! ... Und ein so herziges Kind! Jocunde hatte noch nie ein Kind so in der Nähe gesehen! ... Und wenn der Vater auch ein Ungeheuer war, was konnte denn das arme Würmchen dafür? ... Und die arme junge Frau! Es war eigentlich niederträchtig, daß sie ihr den schönsten Menschen der Welt weggeheirathet hatte – aber Jocunde verstand es so wohl, wie man sich in Fridolin verlieben müsse – wer verstand das besser als sie selber? ... Ach, sie schielte hinüber zu dem Ungetreuen, und – nie sah er so reizend aus wie in der Bequemlichkeit seiner Häuslichkeit ... in dem blüthenweißen Hemde, der offenen Brust, in der ein so braves Herz schlug ...

Nachdem Jocunde nach Herzenslust geschluchzt hatte, küßte sie dem Kindlein (das sie gar nicht loslassen wollte) beide Händchen, stand resolut auf, trat auf die beiden Eheleute zu, bat dieselben – besonders Leni – in vernünftigen, schlichten Worten um Verzeihung, fiel dann Leni um den Hals, weinte wieder ein wenig, putzte sich die Nase, erklärte, daß sie allen Kindern des Hauses Werner der Reihe nach Pathin sein wolle – und sollten selbst »Drillinge« darunter sein, wie sie heroisch behauptete – und erbat sich dafür blos, daß man sie als eine gute Freundin des Hauses betrachte, daß man ihr dann und wann erlaube, herzukommen und mit dem Kleinen zu spielen und in der Hauswirthschaft zu kramen und sich ein wenig auszuweinen, wenn sie Etwas auf dem Herzen habe.

Ach, wie gerne gestatteten ihr das die guten jungen Eheleute! Und besonders Leni faßte eine herzliche, aus Mitleid entsprossene Neigung für die arme, vereinsamte alte Jungfer. Und so wurde denn Jocunde die Hausfreundin der »heimlichen Ehe«, hob im Laufe der Zeit, welche weit über den Schluß unserer Erzählung hinausreicht, eine Unmasse von Kindern aus der Taufe, die sämmtlich der Reihe nach die »Tante Kunde« als »Schlittenpferd« benutzten.

2. Kapitel

Zwei Größen wider Willen

In seiner äußern Erscheinung war König Percival nicht mehr der bartlose Jüngling, der dem Pompejanischen Gemälde aus der *casa d'Adonide* glich, – er war jetzt eine stolze, bleiche Männerschönheit mit düsteren Brauen, um Lippen und Kinn tiefdunkles Barthaar. Seit jenem verhängnißvollen Auftritt zu Versailles schien er das Lächeln verlernt zu haben; es lag wie ein Schatten von Wehmuth und verhaltenem Groll über ihm. Noch übte er auf Alle, die ihm nahen durften, den alten Zauber aus, doch ein unversöhnlicher Stolz, kalt abweisende Hoheit drückten ihm das Gepräge der Unnahbarkeit auf und entfernten jeden vertraulichen Zuspruch.

Man fühlte sich magnetisch angezogen und gleichzeitig eingeschüchtert. Der Blick, der einst gefesselt hatte, unterjochte nunmehr.

Nach wie vor erging sich der König in malerischen Trachten, – kaum daß er ab und zu bequeme Gebirgstracht anlegte, – aber die kindlich phantastische Lust an diesen »Passionen« war dahin.

Was untergrub diesen herrlichen Organismus? Weltleid, Langeweile – oder zehrende Krankheit?

Doktor Cornelius schwieg wie das Grab, Percival verschwand mehr und mehr in unerreichbare Sphären, als umgäbe ihn wabernde Feuerlohe oder mauerdickes Dorngestrüpp. Und es waren nur Laub- und Blumenwände, die ihn trennten von der Alltagswelt, nur Marotten und Hirngespinste.

Ein altes Sprüchwort sagt: »Es ist nicht gut, daß der Mensch allein sei« . . . am wenigsten heilsam ist für einen König solche Ödeinsamkeit; sie nährt den Egoismus, sie tödtet die Menschenliebe, fälscht das Urtheil, indem sie es einseitig macht, erzeugt Selbstüberhebung und führt langsam, aber unfehlbar zum Cäsarenwahnsinn.

Wohl beneidete man aus der Ferne Percivals Umgebung, wegen den excentrischen Gunstbezeigungen, den Pfründen und Rangerhöhungen, – ach! man wußte nicht, wie sauer den auf Sammet und Blumen gebetteten Satrapen der Frohndienst wurde! wie sie seufzten nach Freiheit und einfachen, ehrlichen Verhältnissen, wo es keine falschen Stellungen gab, wo Niemand seine Menschenwürde verkaufte.

Und man sah überhaupt keine fröhlichen Gesichter mehr auf der Schwanenburg, wo Einer den Andern verachtete.

Eine der bizarrsten Sultanslaunen hatte der König – in seinen Mauern der absoluteste, der jemals athmete – wohl an Albin Lenz documentiert.

Nach einer Separatvorstellung des »Struensee« von Michael Beer war der junge Hofschauspieler am darauf folgenden Morgen ganz wohlgemuth erwacht. Das unangenehme Bewußtsein, mit der Rolle des »medizinischen Ministers« Fiasco gemacht zu haben, ihr nicht gewachsen zu sein, hatte Lenz glücklich verschlafen.

Schließlich hatte er den Struensee nicht aus eigner Wahl, nicht öffentlich, sondern »draußen« auf der Privatbühne des Königs gespielt ... »Sonst wäre es eine Blamage gewesen«, sagte sich Albin, der genau wußte, wie weit seine Mittel reichten ... »Zum heroischen Liebhaber bin ich noch zu jung, zu wild, zu hager«, rief er seinem Spiegelbilde zu, mit dem Kamm seine wirren Locken glättend.

Daß seine Kunst keine ehrliche mehr sei, war der geheime Schmerz, der an ihm nagte ... wie sollte er Fortschritte machen, da Percival seine ganze Zeit in Anspruch nahm, ihm keine Muße gönnte, neue Rollen zu studieren, Rollen im

Bereich seiner Kräfte? – »Ach, es ist ein Kreuz«, seufzte Albin, sein nußbraunes Haar mehr zerraufend als kämmend ... »wie wär's wenn ich ihm durchginge? Aber dann verdirbt er mich und meine Familie, wie er immer droht, selbst wenn ich nach Amerika flüchtete. Aber soll ich denn ewig verurtheilt sein, mit ihm Scenen aus Schiller, Calderon, Racine durchzunehmen, seinen Kammerdienern Deklamationsunterricht geben und den Unterschied zwischen Jamben und Trochäen vergebens klar machen?!«

Albin trank seinen Kaffee ohne Behagen ... »Ich wollt'«, fuhr er wehmüthig fort, »ich wäre wie ehedem ein wanderlustiger, staubschillernder Komödiant, der gläubig und froh in die Stephanskirche lief und den lieben Gott um ein paar Gröschel bat als Zehrpfennig! – Wie grün war damals die Welt, wie genügsam ich selber! auf Wegen und Stegen umklang mich Eichendorfs Lied:

> Es redet trunken die Ferne
> Von großem, künftigem Glück! –

Fortan kann es nur bergab mit mir gehen.«

Diese Betrachtungen unterbrach der eintretende Hoffourier, der ein Privatschreiben des Königs abgab ...

»Mein lieber Albin«, hieß es in dem Briefe, »empfange aus meiner Hand das Portefeuille eines Handelsministers. Ein anderes ist leider augenblicklich nicht zu vergeben. Carl August, Großherzog zu Weimar-Sachsen-Eisenach, erhob Goethe, den Sänger und Freund, zum Staatsminister. Gestern Nacht im ›Struensee‹ offenbarte sich mir Dein wahrer Beruf, Albin!

Dein wohlgeneigter König
Percival.«

Albin Lenz nahm dies für einen Scherz, höchstens für eine Versuchung ... er, der nie eine Universität besucht, irgend ein Examen bestanden hatte, er Handelsminister!! Vergebens bat er den König um Gnade ... Percival sagte: »Du mußt mein Volk beglücken, wie Du mir Erlösung warst.« Und er setzte hinzu: »Da Antonius einem Koch seine schönste Stadt in Asien schenkte, Gambetta einen jüdischen Bierbrauer zum Präfekten ernannte, mußt Du doch mindestens Minister werden.« –

Vermuthlich war Albin nur in der Einbildung des eigensinnigen Königs so hoch gestiegen; die Stände, der Reichsrath, die Unterthanen hätten sich schwerlich eine solche Farce gefallen lassen. Zwar mußte der Günstling sich der Beeidigung auf der Schwanenburg unterziehen, indessen weder die Abtheilungs-Vorstände, noch die höheren Beamten wurden ihm vorgestellt. In so weit hätte Albin nicht zu klagen gehabt, wäre nur die strenge Etikette nicht gewesen, die ihm gestickte Uniform und so viele Unbequemlichkeiten aufzwang! Verließ er zu Wagen oder zu Fuß die schwebenden Gärten, so fielen meuteartig die Landleute über ihn her mit einem Hagelregen von Bittschriften. Ging er innerhalb der Blumenhecken spazieren, so flogen ihm Pamphlete und Carricaturen zu Füßen. Brünning, aufgehetzt durch die alternde, bereits pensionierte Lilia, gab ein Witzblatt heraus, was im ganzen Lande verboten ward und dennoch regelmäßig Eingang fand in das Buen Retiro auf steiler Höhe. Alles, was dem König lieb und theuer war, – nicht nur Personen, sondern ebenso sein feines Kunstverständniß, der vornehme Sinn seiner Richtung – wurde in jenem Blatte mit unbeschreiblicher Bosheit und Frechheit angegriffen, zerrissen, besudelt. Es war ein absichtliches Entstellen, ein Niederziehen in den Staub der Alltäglichkeit, Prosa und Gemeinheit. Anfangs hatte sich die

Lesewelt dagegen empört, zuletzt – traurig, es zu sagen! – die Scandalosa »amüsant« gefunden. Als es vollends hieß: heimliche Mitarbeiterin des Journals sei Criquette, da riß man sich um die Exemplare der Wochenschrift, welche trotz fortwährender Beschlagnahme »berühmt« wurde, und überall glaubte man seinen Absurditäten und sog sein Gift voller Behagen ein.

Es war einem Vipernneste gelungen, auf die Stimmungen und Strömungen eines ganzen Volkes einzuwirken.

Leider gab König Phantasus immer neuen Stoff zu übertriebenem Klatsch durch seine Eigenmächtigkeit, Verschwendungssucht und Excentricitäten und eine sich steigernde Mißachtung der öffentlichen Meinung. Erschien das Treiben in den Gebirgsschlössern dem Eingeweihten wunderlich, wie erst den Fernstehenden!

* * *

Unleugbar grotesk sahen Beide aus, Fridolin als Haupt-Seide, und Albin-Romeo als Minister von – Wolkenkuckucksheim, wie sie mitsammen »antichambrierten« im Pfauensaal, der zu des Königs Gemächern führte.

»O wär' ich nie geboren!« seufzte Albin, dem der Ordensstern auf der Herzensseite entsetzlich unbequem war . . . »hinaus getrau' ich mich gar nicht mehr: Da stürzen mir Lawinen von Petitionen entgegen! und in den Gärten ist's noch schlimmer . . . vergiftete Pfeile dringen durch's Dickicht und verfehlen niemals ihr Ziel. Nun sitz' ich hier wie angeleimt und versäume die Rosenzeit!«

»Na«, sagte Fridolin, »ich trüg' auch lieber meinen weißblauen Federbusch auf dem Kopfe als eine grüne Schlange – sei sie immerhin aus Edelsteinen! – um die Schläfen. Und lieber säß' ich, weiß Gott! zu Hause bei meiner appetitlichen« –

Fridolin wollte sagen »Frau«, denn er verschnappte sich gar zu gern, besann sich aber noch bei Zeiten und sagte: »Wurst!« – »Übrigens«, fuhr er fort, »denke ich es mir viel leichter, Minister zu sein, als auf Schönheit dressiert zu werden« ...

»Oho«, fuhr Lenz dazwischen, »versuchen Sie's doch mal: tauschen wir die Rollen.«

»Nu«, meinte jetzt der Chevauxleger, »das wär' Ihnen doch nicht möglich: dazu haben Sie viel zu spitze Knie und – mit Achtung zu melden – gar zu sehr eine Mopsnase!«

»Was?« rief Albin, ernstlich entrüstet, »ich eine Mopsnase?! Die habe ich nur auf den Photographien, aber schauen Sie sich mein Profil an, Werner, ist das nicht vollkommen regelmäßig?«

»So lala«, versetzte der Unbestechliche ...

»Mein Gott, nicht jeder kann ein Hüne, ein Koloß von Rhodos sein«, sagte geringschätzig der Schauspieler, »ah, guten Abend, Peter«, wendete sich Lenz an einen jungen Menschen in Phantasielivree, der soeben eintrat, »haben Sie den ersten Monolog der Iphigenia brav auswendig gelernt, um ihn Seiner Majestät würdig vorzutragen?«

»Ja, Herr Excellenz.«

»Machen Sie mich doch nicht lächerlich, Peter, sagen Sie kurzweg: Herr Lenz.«

»Herr Excel – Lenz, Majestät haben befohlen.«

»Also, der Monolog?«

Der Kammerdiener Peter stellte sich in Positur und begann:

»Heraus!! in eure Schatten, rege Wipfel
Des alten, heil'gen, dichtbelaubten Haines«

»Sind Sie rasend?« unterbrach sein Lehrmeister, »Sie rufen doch mit dem ersten Worte ›heraus‹ nicht eine Legion Soldaten herbei? - Peter, Peter, zur griechischen Königstochter sind Sie ein für allemal verdorben.«

»Fühle auch keinen Beruf dafür«, bekannte Peter naiv.

»Versuchen wir's mit Bürgers ›Lenore‹« ...

Peter declamierte mit Stentorstimme:

> »Lenore fuhr um's Morgenroth
> Empor aus schweren« -

»Halt, halt«, gebot Albin, »Sie müssen den Accent auf's Morgenroth legen und nicht das »fuhr« betonen. Sitzen Sie denn auf dem Kutscherbock? Noch einmal, Peter: ›Lenore fuhr um's Morgenroth‹ ... aber nehmen Sie sich zusammen, machen Sie mir keine Schande.«

Bevor Peter den Mund öffnete, ertönte der Ruf: »Nun ist Alles aus!« hinter dem Vorhang, der die Mittelthüre des Saals verschleierte.

Ein feingekleideter Mann, der Hofgärtner, erschien blaß und verstört ... »Denken Sie, meine Herren«, klagte er, »welche Schmach! ich bin aus dem Dienst entlassen, nein, fortgejagt bin ich! Seine Majestät verlangen von mir das Unmögliche: ich soll eine Blume, genannt Fraxinella, herbeischaffen, eine Blume, die nur in Feenmärchen, nicht aber auf Erden gedeiht: sie leuchtet bei Nacht wie ein Flämmchen und blüht bei Tage wie eine Anemone« ...

»Trinken Sie ein Krügel Bier«, tröstete Fridolin, »nehmen Sie sich die Sache nicht so zu Herzen.«

Aber der Hofgärtner war in Verzweiflung und hatte helle Thränen im Auge: »Und dabei tobte der König sich in einen furchtbaren Zorn hinein und deutete immer auf den Boden, wo er die Fraxinella zu sehen behauptete ... ›So heben Sie die Blume doch nur auf‹, befahl er, ›weiter verlange ich ja nichts von Ihnen. Sind Sie denn blind oder verstellen Sie sich, um mich todt zu ärgern?‹ . . Gott schütze uns Alle!«

Damit entfernte sich der gebeugte Mann.

Albin, Peter und Fridolin schwiegen betroffen . . . Auch ihnen hatte Percival öfters von Gegenständen gesprochen, die seiner Meinung nach auf der Erde herumlagen, in Wirklichkeit aber gar nicht existierten . . .

»Wie soll das enden?« fragte Jeder leise für sich.

3. Kapitel

Tragi-komisch

Während dieser Vorzimmer-Lamentationen, welche ein blasses Abendroth elegisch beleuchtete, stieg Percival ohne Begleitung in den Wildpark hinab und an das Gestade des Sees.

Den Auftritt mit dem Gärtner hatte er bereits vergessen; eine andere fixe Idee war an die Stelle der Fraxinella, oder – wie alte Kräuterbücher sie nennen – der Aglaphotis getreten: plötzlich hatte er sich aus seiner Kinderzeit einer verwitterten, aber poesievollen Statue erinnert, die auf einer kleinen Landzunge des Sees noch vorhanden sein mußte . . . ein Hylas, zwischen Venushaar und Binsen hingesunken . . .

Percival ruderte sich selbst nach der Richtung, wo er das so lang vergessene Kunstwerk vermuthete. Ganz seltsam fühlte er sich angemuthet durch den Anblick des Wassers, der Bäume, der dunkelblauen Hochalpen; gewohnt, nur noch des Nachts bei künstlicher, übertriebener Beleuchtung zu leben, schien ihm Alles neu und gleichzeitig anheimelnd. Längst

entbehrtes Wohlbehagen überkam ihn ... träumerisch
summte er das Liedchen aus dem »Armando« des Prati:

> In den Häusern aus Crystallen
> Wogt der Nixen tolle Schaar;
> Algen, Kränze und Korallen,
> Zarte Brust und weiches Haar ...

Und er fand unter Pfeilkraut und Rohr die liegende Statue
des todten Knaben, den die bösen Wasserfeen verlockt hatten;
über den Kopf und Oberkörper gingen die leichtgekräuselten
Seewellen. Percival beschloß, das beschädigte Kunstwerk
restaurieren zu lassen; er beugte sich aus dem Nachen über
den regungslosen Liebling des Heracles, um das Antlitz unter
dem Wasser zu sehen ... Da faßte ein Schauer den König:
an der Stelle, wo seine Augen den Kopf des Hylas suchten,
erblickte er nicht ohne Entsetzen sein eignes Gesicht! –

Durch eine Spiegelung war dies entstanden, ja, es konnte
gar nicht anders sein; aber Percival war blaß geworden und
eiskalt hatte es ihn überrieselt ...

Hoch über ihm auf den Felsklippen schien die Schwanenburg mit allen Nebengebäuden in höllischem Feuer aufzu-
lodern ...

Percival schrie auf ... hatten Feinde, Hochverräther
Pechkränze in sein Asyl geworfen? oder war dies der Welt-
untergang? –

Bald darauf lächelte er: »Wiederum optische Täuschung!
Die letzten Sonnenstrahlen spiegeln sich in den Fenster-
scheiben der Burg ... nichts weiter.«

Er lachte sich aus, zitterte aber dabei an allen Gliedern ...
ach, jetzt ein Lieblingsthier streicheln können, eine sanfte
Musik hören! –

Es begann zu dämmern, als er in einer romantischen Waldschlucht ausstieg, um auf sanftgewundenen Pfaden in seine Gärten zurückzukehren.

Da ging ein seltsamer Ausdruck über seine Züge ... nicht mehr Angst und Schrecken malten sich in ihnen, es war einfach, als ob sie jählings versteinerten ... Percivals scharfer Blick sah in weiter Entfernung Fridolin; dieser und kein Anderer war es, gekleidet in weichem, goldüberrieselten Lichtgrün, – keine Täuschung war möglich ... und dieser treue, vielerprobte Diener seines Herrn ging neben einer weiblichen Gestalt, die er vertraulich mit dem Arme umfaßt hielt.

Dem König drang alles Blut zum Herzen ... es flimmerte roth vor seinen Augen ... Fridolin abtrünnig! – War es denkbar?!

Der Mensch mit den unschuldigen Augen, die so blau waren wie die Veronicablümchen auf den Wiesen, der hatte seinen König betrogen, lachte wohl gar auf seine Kosten am Busen des Liebchens, – welche Feigheit, welche Schurkerei!

Percival wollte in Thränen ausbrechen, aber der empörte Stolz half ihm, die unmännlichen Zähren um einen Unwürdigen hinabzukämpfen ... Er knickte mit der Hand einen Zweig, der ihm die Schulter berührte, holte tief Athem und sagte laut: »Das sollst du büßen, Elender!«

* * *

Am Nachmittage des folgenden Tages saß Fräulein Jocunde höchst gemüthlich bei ihren »lieben Werners« am Kaffeetisch und erzählte ausführlich, wie ihre »süße Mignonette, die Herzogin von Valentinois, nunmehr nach Jahre langem Kränkeln wieder blühend wie eine Rose geworden wäre. Das Leiden habe sich die edle, kleine Prinzeß durch das Gift, was dem König gemischt war, zugezogen, allein eine Jodkur sei ihre Rettung gewesen ...

Jocunde zeigte neue Photographien ihrer ehemaligen Gebieterin, aß mit Appetit den unübertrefflichen Streuselkuchen, den Leni ihr gebacken, und wiegte zwischen allem Schwatzen, Naschen und Kaffeeschlürfen das Bübchen des jungen Gatten.

Um diese Stunde war der gute Fridolin von allem Zwange befreit; erst mit Sonnenuntergang begann sein Dienst beim König. Da Percival den Tag verschlief, hatten es überhaupt Leni und Friedel bequem, dergestalt, daß sie der Vorsicht mehr und mehr vergaßen. Fridolin begnügte sich nicht länger, Weib und Kind unter des Schwiegervaters Dach zu haben, sondern er beredete Leni, eins der kleinen, im Grün versteckten Nebengebäude des Schlosses zu beziehen, ein Nestchen, worin er – Fridolin – unumschränkter Herr der Räumlichkeiten war.

Leni wäre ihrem Gatten ohne Widerrede nach dem Nordpol gefolgt, und so sah sie sich eines schönen Tages in einem allerliebsten Heim oben »bei Königs« etabliert.

»Gott Lob«, sagte Jocunde, »daß Ihr mir näher wohnt. So brauch' ich nicht mehr wie eine Ziege hinabzuklettern in die Niederung, um Euch und mein Pathchen aufzusuchen.«

Daß ein Damoclesschwert über ihren Häuptern hing, fiel den gemüthlichen Menschen gar nicht mehr ein; selbst das zarteste Gewissen verhärtet sich mit der Zeit und räumt sorglosem Übermuth das Feld.

Wollte Papa Blaumeier ab und zu warnen, so schlug man ihm ein Schnippchen. –

Und als Jocunde von Ödhausen-Kratzenstein, die Mitschuldige des noch immer sehr verliebten Pärchens, genugsam von ihrer »deliziösen«, »graziösen« Mignonette berichtet hatte, kam Frau Leni auf ihr Lieblingsthema, jene unvergeßliche Frohnleichnamsprozession, die über ihr Schicksal entschieden hatte, wo sie Fridolin zuerst erblickt, ach, und den König in all seiner Glorie und Schönheit! und wie sie sich »gegrault« habe, sagte sie fröhlich lachend, vor den Gugelmännern ...

»Zuweilen im Traum schrecken mich diese Gespenster in schwarzer Kutte, die gekreuzten Kerzen vor sich hintragend« ... Wie Schutz suchend schmiegte sie sich an Fridolin.

Hui! gab das ein Gepolter vor dem Fenster! Wie der Blitz schwang Jemand sich über das Blumenbrett in die Stube hinein ... Es war der kleine Kammerdiener Peter, Fridolins Vertrauter, der, in Angstschweiß gebadet, den Kaffeetrinkern zurief: »Alles verloren! entfliehe Werner! Der König, in rasender Wuth, ist auf dem Wege hierher! noch weiß er nichts, aber er vermuthet! verstecke Dein Kind, Deine Frau, Madame!«

Die Verwirrung, welche Peters Worte hervorbrachten, war unbeschreiblich ... Fridolin besaß nicht die mindeste Geistesgegenwart, Jocunde zitterte wie Espenlaub, rief aber heroisch: »Ich rette Euch!« Damit schob sie die todtenbleiche Leni in einen Wandschrank, wo Speisereste aufbewahrt wurden, und flüsterte:

»Jetzt gilt es zu lügen, Fridolin!« Da aber fiel ihr das Kind, was ganz verwundert aus seiner Wiege herausschaute, in die Augen ... »Wo sollen wir denn mit meinem Pathchen hin«, sagte sie trostlos und verschämt, »ich kann doch unmöglich sagen, es sei mein Kind!«

Aber Fridolin flehte: »Warum denn nicht?!«

»Nein, nein, das ist ja unmöglich«, wehrte sie sich, Purpurröthe auf den Wangen, die Freiin von Ödhausen-Kratzenstein.

»Ach, Gott«, jammerte Leni im Wandschrank, »sagen Sie's doch nur, gnädige Baronesse.«

Bevor Jocunde gegen die ihr aufgezwungene Mutterwürde abermals protestieren konnte, flog die Thüre auf ...

Der König, den blanken Säbel in der Faust, stand auf der Schwelle ...

Fridolin stürzte auf die Knie, Jocunde stieß einen der Situation angepaßten Schrei aus und warf sich sehr effektvoll über die Wiege. Sie hatte sich bereits in ihre Rolle hineingefunden, entschlossen, dieselbe durchzuführen, selbst um den Preis ihrer Ehre. Sie kannte den König: wenn sie, Jocunde, jetzt nicht Alles einsetzte, so war es um Fridolin geschehen.

»Dir den Säbel durch den Leib zu rennen, wäre zu viel Ehre für Dich, Du Lügner, Du Schelm«, wüthete der König – »an den Galgen gehört Deines Gleichen! ausreißen soll man Dir das hochverrätherische Herz, es den Hunden, den Raben vorwerfen! oh, dies Alles wäre gelinde Strafe ... einem Elephanten sollst Du vorgeworfen und von ihm zerstampft werden wie die indischen Missethäter!«

»Gnade«, heulte Fridolin ...

»Schweig«, donnerte seine Majestät, »oder ich reiße Dir die Eingeweide aus dem Leibe!«

Je mehr er tobte und den beiden jungen Gatten Entsetzen einflößte, um so kaltblütiger wurde Jocunde ... »Er wird sich bald ausrasen«, dachte sie bei sich, hielt es aber für angemessen, hinter den Großvaterstuhl zu kriechen, um ihre verdächtige Courage zu verbergen.

Jetzt erst sah Percival das Kindchen, was mit seinen rosigen Fäustchen und Füßchen ängstlich zappelte ...

Der ehescheue Herrscher stand sprachlos ... »Diese Brut einzuschmuggeln in der nächsten Nähe des Königs! Bravo, bravo! ich beneide Dich, um deine Stirn, Du –«

Der kleine Werner überbrüllte aus Leibeskräften die Schmähworte, die auf seinen Erzeuger niederregneten, wie die Feuerfunken auf Don Juan. Er wollte offenbar den armen, jungen Papa vertheidigen.

Percival hielt sich die Ohren zu, Jocunde verließ ihr Versteck, nahm eilig den kleinen Schreihals auf den Arm und trat mit vielem Anstand vor den König: »Majestät«, sagte sie einfach, »ich bin die Schuldige! Meine Leidenschaft für Fridolin machte mich zu seiner Geliebten!«

Percival prallte zurück vor diesem Anblick, diesem Bekenntniß ...

Eine große Veränderung ging mit ihm vor ... Der Säbel entsank ihm, und, in ein sardonisches Gelächter ausbrechend, verbeugte er sich gegen die einstige Vertraute Mignonettes ...

»Meine Tante Ranuncula ist zu beneiden um solche Ehrenfräulein! mehr noch der Glückliche, den Sie, meine Gnädige, erwählten! Aurora stieg zu Cephalus, Diana zu Endymion aus höheren Sphären herab ... Jupiter Olympius genehmigte diese *faux-ménages* ... ich will nicht strenger als der Götter-Vater sein!« –

Wiederum eine ironische Verbeugung, und mit einem verächtlichen Blick auf die geschwärzte Unschuld, Freiin von Ödhausen-Kratzenstein, verließ der König die Stube.

Nicht ohne Empfindlichkeit vernahm Jocunde wie Percival draußen auf dem Korridor sehr laut zu Fridolin sagte:

»Auf die bin ich nicht eifersüchtig. Genieße ihrer in Frieden, wenn Du's nicht unterlassen kannst!« –

Peter kam aus der Küche herein, schwarz vom Scheitel bis zur Sohle; er hatte sich unter dem Heerde auf einem Kohlenhaufen versteckt. Leni dagegen war über und über mit Mehl bestäubt, als sie aus dem engen Speiseschrank hervorging ...

Allen Vieren zitterten noch die Knie; sie fielen sich abwechselnd in die Arme, herzten und küßten sich wie glücklich Gestrandete nach einem Schiffbruch ... Rangunterschiede verschwinden in solchen Augenblicken. Zum ersten Male fühlte Jocunde Fridolins Lippen auf ihrer Stirn, ihren Wangen ...

Leni flog Peter um den Hals und hatte bald Rußflecke im Gesicht und am Kleide ... »Auf den Schreck müssen wir einen Cognac trinken«, rief in seiner alten Munterkeit Fridolin.

4. Kapitel

Prophetenworte

Der arme König, der in seiner Gemüthskrankheit, die ihn überkommen hatte, und in welcher er in jedem Menschen nur einen Feind, einen Gegner sah, sich in die innersten Gemächer seiner Residenzschlösser oder seiner phantastischen Burgen zurückzog, konnte sich doch nicht so weit abschließen, daß der Egoismus oder der Haß nicht bis zu ihm drang.

An seinen treuesten Dienern bemerkte er schon seit Langem seltsame Blicke bei all ihrer Unterwürfigkeit, Blicke, welche inniges Bedauern ausdrückten.

Und er konnte Alles, Alles ertragen, nur nicht das Mitleid!

Haß, Verfolgung, Selbstsucht in der Liebe, Alles konnte er

mit Verachtung und königlichem Selbstgefühle von sich abweisen – nur nicht das Mitleid! –

Das machte ihn krank! –

Er wurde ganz wüthend darüber – tyrannisch und toll.

Dabei beobachtete er lauernd, ängstlich, wie der Ärmste der Armen, jeden Ausdruck in den Mienen seiner Umgebung, seiner Diener.

Und bald fand er da einen Ausdruck, der noch viel, viel schrecklicher für ihn war: den Ausdruck der Furcht und Scheu! Man sah ihn an mit jenem starren, furchtsamen Auge, wie man die wilden Thiere in einem Menageriekäfig ansieht.

Sein durch die Geisteskrankheit getrübtes Auge war in anderem Sinne um so hellsehender geworden. –

Er merkte auch, daß man gewisse Zeitungen von ihm fernhielt, gewisse Broschüren, welche er bestellte, stets als »ausgekauft und eine neue Auflage erwartend« darstellte.

Und er, der Allmächtige, der Herrscher, mußte es durch List erfahren, was der Grund aller dieser Entsetzlichkeiten war. –

Eine Frau – eine tiefgekränkte Frau, die sich für eine Tochter zu rächen hatte – hatte es gewagt, der Welt die Wahrheit zu sagen! Sie hatte die Pflicht übernommen, die jedem geradsinnigen, wenn auch geringsten Diener zugekommen wäre, zu sagen – in Wort und Schrift, nicht durch die Rache getrieben, welche sie zuerst bewegt, sondern durch das tiefe Mitleid, welches in dem grollendsten Frauengemüth Raum findet, wenn das echte Unglück sich dem ewig gütigen Frauenauge darbietet. Sie sagte laut und unverhohlen: »König Percival ist verrückt! Macht ihn unschädlich um Seiner selbst willen! Denn er ist nicht so verrückt, daß ihn nicht die Reue erfassen würde nach den Übelthaten, welche er im Irrsinn begehen kann! – Heilet ihn, anstatt all seinen Thorheiten zu fröhnen, anstatt alle verkäuflichen Seelen, die ihn durch Schmeichelei und Weihrauch nur kränker machen, an ihn hinaufkriechen zu lassen wie ekelhafte Würmer, die sein Gehirn fressen, um sich daran zu laben!« –

Das schrie die energische, tapfere Frau hinaus in die Welt – nicht aus Haß oder Rache, sondern weil das Weib selbst als Gegner edler ist als der Mann, sobald der Gegner hilflos und trostbedürftig ist.

Aber in dem fiebernden Geiste Percivals hatte diese Erfahrung nur den Erfolg, daß er auch diese Frau haßte, weil sie es wagte, ihm Mitleid zu zeigen! ...

Dann kam ihm durch die Agenten, welche jedem Herrscher zu Gebote stehen, die Nachricht zu, daß jener große Staatsmann, welcher auf alle Länder Einfluß übte durch die Gewalten seines Geistes, so wie der alte Gesetzgeber der einstigen Welt noch heute alle Religionen durchdringt mit seinen von göttlicher Weisheit und Fürsorge diktierten Gesetzestafeln, ihn, den König zu den Verlorenen zähle.

Er erfuhr – freilich durch welch' trübe Quellen! – die Gedanken des Staatsmannes, vor welchem er den Respect hatte, welcher selbst dem armen Kranken vor der Gesundheit und Kraft von Seele und Wesen gegeben ist. Und der ohnmächtige, aber so natürliche Haß des Gezeichneten vor dem Gekrönten erfüllte ihn gegen diesen Herrscher im Reiche des Geistes. Und daß der ihn in seiner Ehrlichkeit verurtheilte – ohne ihm aber zu schaden, wie man ja einen kranken armen Vogel nicht schädigt, das brachte ihn außer sich.

Er wandte die keinlichsten Mittel an, um dem Kolosse seine Mißachtung zu zeigen. Und in seiner Rachsucht fragte er die Bibel um Rath, damit ihm dieselbe die Mittel an die

Hand gebe, sich zu rächen – denn der alte Gott, welcher sich im alten Testamente zeigt, gilt ja den blinden Menschen für den Gott der Rache – obwohl Er nur der schmerzerfüllte, strafende väterliche Gott ist, wie Christus der brüderliche Gott! –

Und wie er die Bibel aufschlug, traf er auf die Stelle:

»Nach zwölf Monaten, da der König auf der königlichen Burg zu Babel ging, hub er an und sprach:

›Das ist die große Babel, die ich erbauet habe zum königlichen Hause, durch meine große Macht, zu Ehre meiner Herrlichkeit!‹

Ehe der König diese Worte ausgeredet hatte, fiel eine Stimme vom Himmel: ›Dir, König Nebukadnezar, wird gesagt: Dein Königreich soll Dir genommen werden. Und man wird Dich von den Leuten verstoßen, und sollst bei den Thieren, so auf dem Felde gehen, bleiben; Gras wird man Dich essen lassen, wie Ochsen, bis daß über Dir sieben Zeiten um sind, auf daß Du erkennst, daß der Höchste Gewalt hat über der Menschen Königreiche, und gibt sie, wem er will.‹

Von Stund an ward das Wort vollbracht über Nebukadnezar, und er ward von den Leuten verstoßen, und er aß Gras wie Ochsen, und sein Leib lag unter dem Thau des Himmels, und ward naß, bis sein Haar wuchs, so groß als Adlers Federn, und seine Nägel wie Vogelsklauen wurden.

Nach dieser Zeit hob ich, Nebukadnezar, meine Augen auf zum Himmel, kam wieder zur Vernunft, und lobte den Höchsten. Ich pries und ehrte den, so ewiglich lebet, deß Gewalt ewig ist, und sein Reich für und für währet. Gegen welchen Alle, so auf Erden wohnen, als nichts zu rechnen sind. Er macht es, wie Er will, Beides mit den Kräften im Himmel und mit denen so auf der Erde wohnen, und Keiner kann seiner Hand wehren, noch zu ihm sagen: ›Was machst Du?‹ –

Zu derselben Zeit kam ich wieder zur Vernunft, auch zu königlichen Ehren, zu meiner Herrlichkeit und zu meiner Gestalt.

Und meine Räthe und Gewaltigen suchten mich, und ward wieder in mein Königreich gesetzt, und ich überkam noch größere Herrlichkeit.

Und darum lobe ich, Nebukadnezar, und ehre und preise den König vom Himmel. Denn Alles sein Thun ist Wahrheit, und seine Wege sind recht; wer stolz ist, den kann er demüthigen.«

* * *

Die Bibel entsank der Hand des Königs.

Stier sah er vor sich hin, und erblickte eine fürchterliche Vision . . . . . .

Er sah Nebukadnezar, den König der Welt, wie er durch den Hof seines Königspalastes schritt, gefolgt von seinen Würdenträgern und Priestern.

In kostbaren Purpur war er gekleidet, goldene Streifen zogen sich durch sein Gewand wie Strahlen, die Krone saß auf seinem Haupte, eine hohe Mütze von Edelsteinen, von denen Goldstrahlen herunterträufelten bis über die Schultern.

Gekräuselt war jede Locke seines Haares und des Bartes, mit Goldstaub waren sie übersät, und mit dem wohlriechenden Öle der Blume von Schiras waren dieselben gesalbet und getränkt. Spießglanz erhöhte die dunkle Herrlichkeit seines gebietenden Auges, in blaue goldverschnürte Stoffe waren seine stolzen Füße gekleidet, Spangen aus edlem Metall umfingen seine Arme, Knöchel und Finger, die Hand führte den königlichen Stab, welcher Tod oder Leben spendete, je nachdem er geschwungen ward ...

So schritt Nebukadnezar dahin, ein lebendiger Gott, ob er auch nur aus dem Staube geboren ward.

Da kam er an eine Treppe, die hinabführte in die Gewölbe seines Schlosses.

Und siehe, da stand der Engel des Herrn vor ihm mit dem flammenden Schwerte, und deutete dem König niederwärts, wie man den Sklaven zur Erde weist.

Und Nebukadnezar, bekleidet mit allem Reichthum der Menschheit, aber unter diesem Kleide nur armer Staub, stürzte, erschreckt wie ein Bube, die Treppe hinab, und lag tief unten im Staube, brüllend wie ein geschlagenes Vieh.

Und der Engel des Herrn trat auf ihn, wie auf Staub.

Er setzte seinen himmlischen Fuß auf das Rückgrat des Gestürzten, wie man den Fuß stellt auf den Rücken des Sklaven, wenn man das Kamel besteigen will. Und er setzte den Fuß auf das gesalbte, aber hoffärtige Haupt des Gestürzten, wie auf einen Schemel, und der Geist in diesem Haupte ward dem Thiere gleich.

So stand der Engel des Herrn da über dem Herrn der Welt, der sich Gott gleich gedünkt hatte.

Er stand da, in einem dünnen Kleide von Licht, wie die Wolke es trägt, welche der Sturm trägt, der die Eichen entwurzelt und Verheerung bringt. Unsichtbar für Jeden, aber fühlbar dem verurtheilten.

Und König Percival stieß den dumpfen Wehruf aus, den

ein getroffenes Wild hat, und sank wieder zu Boden, und war gefällt wie die Eiche, und war sinnlos wie das Stück Lehm, aus dem wir armen Menschen bestehen.

5. Kapitel

Zu den drei Rindern

»Gut' Nacht, – empfehl' mich, hab' die Ehre«, grüßte auf der Schwelle seines reinlichen, laubumgrünten Wirthshauses Papa Blaumeier die gehenden und kommenden Gäste, welche am Pfingstabend dem kühlen, dunkelbraunen Bier der »drei Rinder« zusprachen und gern ein wenig kannegießerten dazu.

Zwei Maler aus der Hauptstadt saßen im Freien, schnell, vor anbrechender Dämmerung, das reizend gelegene Haus mit seinen Holzgalerien und seinem Schweizergiebel in ihre Skizzenbücher zeichnend. Es gab in der That nichts ländlich reizenderes als die Lage der »drei Rinder« zwischen See und Alpen; hier war das Paradies für einen Defregger, einen Anzengruber. Unter den prächtigen Nußbäumen die plätschernden Brunnen, die kleine Kapelle mit dem brennenden Lämpchen, den primitiven Rosenkränzen aus hochrothen Vogelbeeren, die blank gescheuerten Tische und Bänke, worüber ein zahmes Eichhörnchen huschte, der Arom aller Kräuter, welche haufenweise vor den Ställen lagen, – nun, dies Alles stimmte das Gemüth friedlich, versöhnend und stärkte die Lebensgeister; es war wie ein Erfrischen, ein Verjüngen des Leibes und der Seele.

Blaumeiers Stolz war insbesonders seine ebenerdige Gaststube mit dem grünen, vielbewunderten Kachelofen, den alle vornehmen Touristen ihm beneideten, denn er rührte noch direkt von Hirschvogel her. Auch das große Cruzifix in der Fensterecke, in Ammergau geschnitzt, hatte künstlerischen Werth; ebenso zwei Kupferstiche vor der Schrift, Portraits des geliebten Königs ... hier bei Blaumeiers, wie überhaupt beim Land- und Gebirgsvolk, war Percival noch populär. Fridolin, der heimliche Schwiegersohn, hatte die schönen, kostbaren Stiche, deren er in Hülle und Fülle besaß, Ehren-Blaumeier geschenkt. Sie prangten auf der braunen Holzwand, mit schönen, getrockneten Farnen umsteckt, und zogen die Blicke aller Eintretenden auf sich.

Alles Geräth und Geschirr war von höchster Einfachheit, aber nirgends fühlte man sich besser aufgehoben als in den traulichen Fensternischen, wo große Sträuße dunkelblauer Enzianen in steinernen Krügen das Auge erfreuten, wo oftmals ein Spinnrädchen stand – Leni hatte der Vorsicht halber wieder ihr Stübchen im Hintertract bezogen – und die Spur des »ewig Weiblichen« verrieth.

Neben dem blanken Schenktisch hatte der ehemalige Schnittwaren- und Gewürz-Händler einen kleinen Spezereikram errichtet, um nicht ganz von seinen geliebten Papiertüten scheiden zu müssen. Beim Bedienen der Gäste gingen ihm flachsköpfige Burschen und eine dralle Kellnerin zur Hand; an seinen Gerstenzucker aber, an Zimmet und Candis durfte Niemand rühren außer ihm.

Weshalb war der rührige, gutmüthige, trotz aller Liebesfülle romantisch angehauchte Rinder-Wirth seit einiger Zeit niedergeschlagen und einsilbig, die Zuckertüten ohne verblümtes Witzwörtchen aus der Hand gebend, die Bierkrügel ohne herzliches »Wohl bekomm's« unter die Gäste vertheilend.

So fragten seine Kunden sich untereinander; Leni aber, die zärtliche, sanfte Tochter, fragte den Vater direkt, ob sie Ursache seines veränderten Wesens sei und ihm durch ihre seltsame Ehe Sorgen mache. Darauf aber hatte Blaumeier gar weich und zärtlich geantwortet:

»Nein, mein Mädele«, – Leni blieb trotz ihrer Frauen- und Mutterwürde für ihn das Mädele, – »nein, nein, hast nit Schuld an deines Vaters Trübsal ... siehst', Leni, ich hab' guten Appetit und schlaf' wie 'n alt's Murmelthier, nur kommen mir mitunter Bedenken um Einen, den wir nächst unserm Herrgott am meisten verehren!«

»Also um den König?« forschte Leni ...

»Was weiß ich?« – Damit hatte Blaumeier alle weiteren Fragen von sich gewiesen und war seinen täglichen Geschäften nachgegangen. Zerstreut und in sich gekehrt aber blieb er. Öfter als sonst empfing er einen ihm verwandten, jungen Landmann, Alois Bichler, aber nicht in der Gaststube, sondern in seiner Kammer, wo Niemand hören konnte, was beide Männer mit einander redeten ...

Leni zerbrach sich ihr Köpfchen über all diese Geheimthuerei.

Als am Pfingstabend die Kegelschieber und Stammgäste sich aus den »drei Rindern« entfernt hatten, und draußen bei den Unschlittkerzen nur die fremden Maler und einige Alpinisten saßen, da begab sich Blaumeier in das erste Stockwerk zu seiner Tochter hinauf. Leni spielte für sich allein die steyer'sche Zither, eine wehmüthig sehnsuchtsvolle Weise. Die vibrierenden Töne klangen wie sanftes Weinen ...

Was ging da in Blaumeiers Seele vor? Ohne einzutreten blieb er stehen, neigte den Kopf an den Thürpfosten und ließ seinen – vielleicht lange zurückgehaltenen – Thränen freien

Lauf ... seine schwieligen Hände aber falteten sich wie im Gebet ...

Leni spielte und spielte mit ihren kunstfertigen Fingern ... »Betet, Brüder«, sagte Blaumeier vor sich hin, »spart eure Thränen nicht, ihr Mütter.«

Schrill aufzuckend, wie ein Schluchzen beim Abschiednehmen, endete das Zitherspiel.

Blaumeier vertilgte mit dem buntbedruckten Sacktüchlein die Spur seiner Zähren und trat resolut bei seinem Kinde ein ... »Bist schläfrig, Mädele?«

»Ei behüte«, sagte die hübsche Leni, noch in ihrem halb ländlichen, halb städtischen, weißen Festtagskleide, das geringelte Haar sonder Häubchen und Kamm, beim Eintritt des Vaters sich ehrerbietig erhebend.

»So hör' mich an«, gebot Blaumeier, ein stockfleckiges, halbzerrissenes Buch auf den Tisch legend.

Leni schlug das Herz erwartungsbang gegen die silbernen Kettlein ihres Brustlatzes ... Der Vater hatte ein gar feierliches Benehmen, als wäre er in Kirche ...

»Wie Du weißt«, begann Blaumeier, »überlaufen mich die Schartekenmänner mit ihrem Bücherkram, damit ich Tüten drehen kann aus ihren alten Schwarten. Und da ist mir vor einiger Zeit ein gar seltenes Kräuterbuch untergekommen, – schau, das Titelblatt fehlt, aber der Herr Pfarrer meint, es sei über 200 Jahre alt ... Steht allerlei Medicinisches d'rin, und hier findest du Meerwunder abgeschildert, alles noch frisch an Farbe. Hier: Städtewappen, – den Todtentanz, – Rezepte gegen Zipperlein, – Salben, die den Soldaten kugelfest machen, na, genug! ein wahrer Fund ist's.«

Halb beruhigt, halb enttäuscht sagte Leni: »Das ist gut für die langen Winterabende.«

»Das Merkwürdigste aber darin ist die Prophezeihung eines Mönchs, der im Kloster Lehnin zu Pommern lebte und starb ... Während Du droben bei Deinem Friedel warst, hab' ich mich versenkt in alles Verschiedentliche, was der fromme Bruder über die deutschen Staaten und Königsfamilien vorausgesagt hat in seiner Weisheit und was auf ein Haar eingetroffen ist ... Wort für Wort eingetroffen! Aber ja!«

In großer Erregung stand Blaumeier von der Bank auf ... »Leni, halt' deinen Vater nicht für kindisch, – bin mein lebenlang nie abergläubisch gewesen; doch schwer liegt mir im Sinn, was der Mönch über die Dynastie unsres geliebten Vaterlandes in Versen geschrieben hat, – gar trüb lautet es, als müßt' hier Alles zu Schanden werden!«

»Hilf Himmel«, erschrak Leni. »Überzeug' Dich selbst«, fuhr der Rinderwirth fort, mit dem Zeigefinger auf die deutsche Prosaübersetzung neben den lateinischen Strophen deutend.

Mit fliegenden Pulsen und brennenden Wangen las Leni:

»Geschmälert wird das Gebiet unter dem prunkliebenden Fürsten, die Stärke des Herrschers ist die Sicherheit des Volkes. Aber was nützt rechtes Herz, wenn es sich dem Schlafe ergiebt? Betet, Brüder und spart eure Thränen nicht, ihr Mütter! Es täuscht der Name des siegreichen Herrschers. Das Gute ist ganz verschwunden; wandert aus, ihr alten Bewohner des Landes! Seinem Geiste fehlt die Stärke, seinem Volke der göttliche Schutz. Bei wem er Hilfe sucht, findet er Gegner und er wird im Wasser seinen Tod finden.« –

Leni hielt schaudernd inne ... »das ist zu schrecklich«, zitterte und bebte sie wie ein furchtsames Kind ...

Et perit in undis«, sprach dumpf Blaumeier vor sich hin ...

»Nachdem er«, las die Aufgeregte weiter, »die alte Ordnung geändert. Wer wird die Verwirrung aufheben? Ahnen nacheifern und der Größte seines Geschlechts sein« – – – – – –

Leni sank auf das Holzbänkchen zurück und starrte, keines Wortes mächtig, in das Licht ...

»Nu, ich wußt's ja«, nahm Blaumeier das Wort, »wie Du Ihm gut bist, Kind, eigentlich hast Du Dich Seinetwegen in die dumme Heiratherei eingelassen. Nein, nein, damit will ich gegen Friedl nichts gesagt haben ... aber nun hör' weiter ... sind die Läden fest geschlossen?«

»Ja, freilich ...«

»Eine andre Prophezeiung – wohl älter als die Lehnin'sche – sagt: In dem Jahre, wo Sanct Marcus mit dem heiligen Osterfest zusammentrifft, giebt es schlimme Seuchen, Hungersnoth und großmächtig Unglück, was die ganze Welt erschüttern wird. – Heuer nun fiel Sanct Marcus auf Ostern ... Zu Lebzeiten des hochseligen Königs hätte mich Alles, was ich Dir hier sage, wenig oder gar nicht gekümmert, heut' aber stehn die Sachen anders, Mädele.«

Gewohnheitsmäßig stopfte sich Blaumeier ein Pfeifchen, vergaß jedoch den Tabak anzuzünden ...

»Ich habe die Gespräche der Städter belauscht, ich hab' die Tagesblätter unsrer Residenz gelesen: es heißt allgemein, König Percival sei geisteskrank wie Prinz Egon. Das Ministerium plant Gewaltacte, hochverrätherische Handlungen, und Prinz Leo beabsichtigt, sich zum Regenten des Landes zu erheben« ...

Leni war es, als bräche der Boden unter ihren Füßen ... sie schlug ein Kreuz nach dem andern ...

»Oft genug hab' ich Deinem Friedel gesagt: Du, sagt' ich, schwere Stunden werden kommen für unsern treugeliebten

König! Und in's Gewissen redete ich ihm, Seine Majestät bei Zeiten aufmerksam zu machen, auf daß Hochverrath ihn nicht überfalle und verdränge, aber Fridolin hält die Person Seiner Majestät für unantastbar, und somit fand ich bei ihm keine Hilfe.

Jetzt aber, in diesem Augenblick, hat der König eine Warnung in Händen. Wird er sie befolgen? – Das steht in Gottes Hand!«

»Eine Warnung, Vater?«

»Peter, der Kammerdiener, schwur mir auf das Crucifix, sie dem König in die Hände zu spielen.« In fieberhafter Eile sprach Blaumeier weiter:

»Denn es ist die höchste Zeit! – Den Alois hat die Vorsehung just vor fünf Tagen am abgelegenen Schloß Tannenhöh' vorübergeführt ... Da hört er klopfen, hämmern; unter'm Portal steht der lange Zimmerg'sell, der Matthias ... ›Nu‹, sagt Loysel, ›läßt der Herr König das alte Schloß neu herrichten?‹ – Lacht ihm da der Mensch roh in's Gesicht: ›Ei, der König hat nichts mehr zu befehlen. Jetzt befiehlt Prinz Leo.‹ Alois wollte den Gesellen mit Fäusten zu Boden schlagen und ihm den Garaus machen, verstellte sich aber, um der vollen Wahrheit auf die Spur zu kommen, und da hat der niederträchtige Kerl ihn in die Zimmer geführt, wo jetzt alles so eingerichtet wird, wie es Irrenärzte in ihren Anstalten anordnen lassen: Die Fenster mit verschließbaren Riegeln versehen; die Erker zum Theil vermauert, – na, genug, wer nicht schon wahnsinnig ist, muß es werden in solchem Raume. Durch List will man unsern theuren, guten, schönen König und Herrn dorthin locken!«

»Vater, Vater, ist dies alles nur ein böser Traum, ein Alpdruck?« stöhnte Leni, – »doch nein, ich sehe mein schlafendes Kindel, ich höre seinen Athem.« –

»Sei getrost«, sagte Blaumeier mit Kraft, »wir einfachen Leut' halten zu ihm, mögen die Offiziers, die Soldaten immerhin meineidig werden. Mit unseren Sensen hauen wir seine Feinde nieder. Wir retten ihn hinüber nach der Tyroler Grenze, und dann wird Kaiser und Reich in Bewegung gesetzt, unserm Herrscher wieder zu seinem Recht zu verhelfen. Alois Bichler und Blaumeier stehen an der Spitze der Gebirgler!«

Leni zitterte nicht mehr, bewundernd schaute sie zu ihrem Vater auf, jedes seiner Worte mit beistimmenden Gesten begleitend.

»Böte liegen bereit«, fuhr Blaumeier fort ... in den Gebirgspässen lauern unsere wackeren Spürhunde, ob Verdächtiges sich rege.«

Ein greller, ganz eigentümlicher Pfiff unterbrach den feurigen Redefluß des Patrioten ... »Bei der allerseligsten Jungfrau, das ist Loysel!«

Der Wirth stürzte in die Nacht hinaus, Leni hinter ihm her ...

Am nächsten Heiligenstock, wovor ein Lämpchen im Nachtwinde flackerte, fanden sie den jungen Bauer, dem Percival einst für ein Rosensträußchen einen kostbaren Ring und einen Bruderkuß gegeben hatte: »Jetzt gilt's, Vater«, rief die frische Stimme zuversichtlich, – »'s ist keine Minute zu verlieren: wir müssen hinauf zur Schwanenburg! Im Schloß Tannenhöh' erwartet man morgen früh 7 Uhr den König, also muß er vor Tagesanbruch über der Grenze sein ... Gestern trat der Reichsrath und der Landtag zusammen – der Hochverrath und der Schandtag!«

»Leni, Mädele, da mußt Du uns helfen«, rief der Wirth, – »traust Dich hinauf in die Burg, Friedel 'rausrufen zu lassen?«

»In die Hölle für den König«, sagte Leni einfach ...
»Hier hast 'nen Umhang. Der Loysel geht hinter Dir her, – ich hinab an den See! Laßt mich nur das Haus verwahren. –
»Und die Bärbel soll beim Kinde wachen«, rief Leni zurück ... »und soll beten für unsere Sache.«

6. Kapitel

Sommernachtstraum

Sternenlos und schwül lag die Pfingstnacht über den Gärten der Schwanenburg, die Nacht, in welcher Percival, der nur noch im Paroxismus denken und empfinden konnte, eine neue Marmorhalle festlich einweihte. Während der Schlaflosigkeiten, an denen der König trotz aller Betäubungsmittel fortgesetzt litt, hatte er sich in Gedanken Neros goldenes Haus neu auferbaut, seine Architekten rufen lassen und mit ihnen den Plan eines römisch-griechischen Palastes entworfen. Durch einen Peristyl sollte man eintreten. Dieses luftige, von Säulen getragene Vorhaus lag dem modernen Cäsar besonders am Herzen. Damit sollte begonnen werden. »Sparen Sie keine Kosten«, befahl König Phantasus, »binnen drei Monaten muß diese Halle das Plateau der Seeseite schmücken. Und ihr, meine Kunstgärtner, vollendet das Ganze! laßt Ecken und harte Konturen verschwinden unter überhängenden Blüthentrauben.«

Und nun stand dieser reizende Bau, halb Tempel, halb Loggia, in Marmor vollendet da, für heiße Sommernächte wie geschaffen, aber nicht für den eisigen Winter der Hochalpen, denn er hatte weder Dach noch eigentliche Wände; orientalische Teppiche, theils zeltartig an seidnen Stricken ausgespannt, theils befestigt an vergoldeten Ringen zwischen Pfeilern und Säulen, schützten gegen Zugwind und Regen. Pyramiden aus Alpenrosen und Azaleen bildeten die Tapeten. Üppige Festons, geformt aus den feuerfarbnen Blüthenbüscheln der Ipomeawinden, umrankten die obere Galerie, zu welcher eine fast durchsichtige Wendeltreppe aus gelbem Alabaster emporführte. Man wußte nicht, ob man sich in einem colossalen Blumenkorbe befand, im Reiche Floras und der Dryaden, oder ob man im Haschischtraum Unmögliches verkörpert sah.

Blumenarme umfingen die Kandelaber, die Marmorgruppen, welche aus verschiedenen Museen hertransportiert waren. Unter den Statuen erblickte man die enigmatische des Hermaphroditen der Villa Borghese, des capitolinischen Apolls mit dem Schwan, den Antinous als Bacchus, einen colossalen Pegasus und als dessen Gegenstück einen bogenspannenden Centaur...

Dies Alles in der geisterhaften Beleuchtung milchweißen, elektrischen Lichtes!

Schwarz wie der Hades erschien dagegen draußen der Wildpark mit seinen finsteren Bäumen und im Dunkel ruhenden Stegen. Neugierig lugten zahme Rehe durch das Gebüsch nach der schimmernden Stätte und öffneten weit die Nüstern, wenn ein Windhauch seltsamen Wohlgeruch zu ihnen hinaus wehte. Denn in der Götterhalle brannten Spezereien der Levante in unzähligen Rauchbecken und inmitten dieser ätherischen, sich leicht verflüchtigenden Dämpfe lag Percival auf einem Ruhebette. Ein römisches Imperatorgewand aus flachsblauer, weicher Seide schmiegte sich in edelstem Faltenwurf um seine erschlafften Glieder; darüber fiel ein Oberkleid, weiß wie Wellenschaum, fein gewebt wie Caschmirs Schleierstoffe, über und über mit Scarabäenflügeln bestickt und reich eingesäumt. In derselben Schattierung, aus Lichtgelb in das feurigste Braun übergehend, waren die Edelsteine der Schulteragraffen, der Armspangen, des schräg um die Hüften schließenden Gürtels: faustgroße Topasen in tief glühende Hyacinthen gefaßt, – ein seltsamer Schmuck wie aus Sonnenstrahlen und unterirdischem Feuer komponiert!

Das schöne Haupt mit den tiefeingesunknen, halb geschlossenen Augen war bekränzt mit blauen Acanthusblüthen und geringeltem Epheu.

Safranfarbne Sandalen, wie Hymen, der fackelschwingende Gott, sie getragen, legten sich knapp um den klassisch geformten Fuß, der auf dem geschmeidigen Rücken einer zahmen Antilope ruhte, während ein rosig gefiederter Flamingo süße Körner aus des Königs Hand pickte.

Noch war Percival allein in dieser geradezu gespenstigen Einsamkeit. Bücher, Briefe, Schriften lagen vor ihm ausgebreitet. Flüchtig hatte er soeben das Buch des Engländers Quincey »Bekenntnisse eines Opiumessers« durchblättert und nun zu Boden gleiten lassen in die Rosenblätter, womit die Teppiche bestreut lagen ... den armen, übersättigten König quälte dumpfes Kopfweh, neuralgische Schmerzen, die ihm jede Wendung des Halses zur Qual machten ...

»Betäubung, Betäubung«, ächzte er verschmachtend, »wo find' ich dich? in welchem Taumelkelche? an der Feuerblüte welcher Lippen?«

Die tiefdunkle Nacht hatte keine Antwort für seine Hilflosigkeit.

Unter den Briefen, die noch unerbrochen vor ihm lagen, zog einer seine Blicke auf sich durch silberblaue Chiffre und

Königskrone . . . »Aha, von Mignonette . . . sie blieb meinen Farben treu«, sagte Percival mit leichter Rührung, »trotz Allem.« Und er las, was die liebliche Herzogin von Valentinois ihm schrieb:

»Sire!
Mein banges Herz dictiert mir unablässig Briefe an ihn, für den zu sterben mir nicht gegönnt war. Ach, Percy, trotz der schlimmsten Erfahrungen glauben Sie nicht, daß die Einflußreichen und Mächtigen mehr denn je Ihre Feinde sind. Erheben Sie sich, besiegen Sie Ihre Gegner! Bedenke, Du heißest Percival: Dring durch's Gestrüpp des Thales! auf, mein König! Versäumniß bringt Tod und Verderben.
Ich lebe zufrieden, seit ich es aufgab glücklich zu sein. Nur ein Schatten: Dein Geschick!
Mignonette.«

Indolent, wie er Quinceys Buch hatte fallen lassen, warf er achtlos den Warnungsbrief in den Rosenblätterhaufen . . . Melancholisch wiederholte er in Gedanken:

»Bedenke, du heißest Percival.« . . . Wie im Traume setzte er hinzu:

»Parsifal, der arme Thor!« - - -

Immer unerträglicher wurden die Schmerzen, die ihm Haupt und Nacken beugten . . . er griff nach einem Flacon, worin Morphiumtropfen enthalten waren . . . wunderlich: das goldene Büchschen, was die narcotische Flüssigkeit enthielt, war mit einem schmalen Streifen groben Papiers umwickelt . . .

»Vielleicht eine Bittschrift«, dachte Percival . . . müden Auges las er die großen, mit Bleistift deutlich geschriebenen Worte:

»Fliehen Sie Majestät! retten Sie sich! Verrath!!«

Aber der Kranke lächelte: »Meine Getreuen wachen ... habe ich nicht meine Leibgarden, meine Gensdarmerie? bin ich nicht von meinem Volke angebetet?« ...

Er zerrte sich vom Lager empor und preßte die geballten Hände wider die hämmernden Schläfen ...

»Bändigt Euch, Schmerzen!« stöhnte er, mit dem Fuße aufstampfend.

Hierauf ergriff er ein silbernes Stäbchen und schlug gegen ein glattpoliertes silbernes Becken. Auf dieses Zeichen traten seine Gäste, sechs seiner Günstlinge, in die Halle. Fridolin als Genius des Ruhms; Albin als Discuswerfer; die vier Übrigen, fast noch Knaben, veilchenbekränzt, in crokosgelben Feierkleidern, Hirschhäute und Tigerfelle um die Schultern ...

»Willkommen, Freunde! Bacchanten, willkommen«, lautete des Königs Gruß. Er reichte Jedem der Eintretenden seine Hand zum Kusse, nachdem Jene das Knie vor ihm gebeugt hatten.

Pagen schleppten eine reichbesetzte Tafel herbei und setzten vor die Gäste kleine Credenztische, welche außer Sect, spanischen und griechischen Weinen, Mineralwasser, Granita, sogar Laudanum enthielten. Die Schalen, Gläser und Pocale aus Murano und den ersten Glashütten Böhmens funkelten wie die Gefäße in Aladins Schatzgrotte ...

– – – »Trinkt, esset, liebet!
Alles Andre ist
Nicht einen Nasenstüber werth!«

Diese Verse aus Byrons »Sardanapal« rief übermüthig König Percival und schwang seinen Goldpocal, der mit Stephanotis und Tuberosen bekränzt war ...

»The best in life is but intoxication!«
(Das beste von der Welt ist Weinesrausch!)

Des Königs schöne Windhunde, aus ihrem Schlummer erwacht, sprangen wedelnd, in tollen Sätzen herbei, schnappten den Günstlingen die besten Bissen von den goldenen Tellern weg und rauften einander ... Percival verwies es den verzogenen Thieren nicht; er lachte nur, – wie es schien, nicht ohne geheime Schadenfreude. Gleich Friedrich dem Großen besaß der König für seine vierfüßigen Lieblinge, welche Halsbänder aus echten Perlen trugen, schrankenlose Nachsicht und räumte ihnen jedes Privilegium ein.

»Mehr Wein«, rief er, gegen die physischen Schmerzen mit heroischer Gewalt ankämpfend, »laßt uns zechen und schwärmen, bis es tagt! – Frische Kränze herbei! thauige Kränze, welche die Stirne kühlen! – Verbrennt Rauchwerk und Narden, für eine Million, ihr Sclaven!«

Die Pagen und Lakaien stutzten, sich so angeredet zu hören; es war zum erstenmal, daß ihnen Solches widerfuhr; aber sie fürchteten den König, gehorchten ihm blind und schütteten Weihrauch in die Becken, bis ein furchtbarer Qualm entstand und alle Anwesenden zu husten begannen ...

»Wir ersticken! was thut ihr Ungeschickten?« schalt zornig der Gebieter, dem der Dampf in das Gesicht wehte ... Seine Faust umkrampfte ein metallnes Trinkgefäß und schleuderte es mit aller Gewalt in die weißgelben Rauchwolken hinein ...

Ein lauter Schrei ertönte ...

Blutend lag ein blonder Page am Boden. Jämmerlich heulten die Hunde auf, denn sie kannten keine Servilität ...

Lautlos trugen zwei Lakaien den Schwerverwundeten hinaus.

Niemand wagte, des Königs Wallung zu beschwichtigen. Dieser aber fragte ganz heiter, als wäre nichts vorgefallen:

»Wo ist meine Biga, die ich anzufertigen befahl?«

Fridolin beeilte sich, dienstfertig zu rufen: »Steht bereit, Majestät. Nur die Rosse fehlen.«

»Die Sonnenrosse«, verbesserte Percival, den Kopf stolz zurückwerfend.

»In Ermanglung spannen wir uns vor«, riefen die Höflinge. Und sie zogen eine wundervolle Biga in die Halle herein, ein Meisterstück aus fleckenlosem Elfenbein und Goldbronze, die Speichen der Räder durchflochten mit Guirlanden aus Myrthenblüthen und Rosenknospen.

Percival stellte sich aufrecht in den antiken Triumphwagen ...

»Fridolin, her zu mir«, gebot er, »zur heroischen Zeit der Quiriten begleitete der Genius des Ruhms seinen Cäsar.«

Und dreimal in der Runde ging es durch den ovalen, weiten Raum.

»Jetzt declamiere mir Albin aus den ›Bacchantinnen‹ des Euripides«, begehrte der König, ohne darauf zu achten, daß der junge Künstler, der schon mehr als einmal Blut gespuckt hatte und sich schonen mußte, ganz außer Athem war.

Albin entschuldigte sich, bat um die Frist von wenigstens einigen Minuten, bekam aber einen heftigen Hustenanfall, der ihn zwang, sich zu entfernen.

»Nun vergeht die Stimmung«, schmollte der König wie ein eigensinniges Kind ... »geht, sagt Albin, er braucht nicht wiederzukommen! nie mehr! sagt's ihm! und danken soll er mir's, daß ihm nicht der tiefste Kerker mit Wasser und Brod angewiesen werde. Oh dieser Undank!! wie habe ich ihn erhöht!«

Percival bedeckte die Augen mit beiden Händen. »Laßt mich allein, ich werde mir bessere Gesellschaft laden als Euch, ihr Wichte! – hinaus.«

7. Kapitel

Geisterbacchanal

»Fridolin, Du bleib' hier«, rief Percival seinen Vertrauten zurück, »Du, mein Letzter, darfst anwesend sein, wenn die Hohen vom Olymp zu uns herniedersteigen!«

Lenis Gatte gehorchte, aber nicht ohne heimliches Grauen ... Der Blick des Königs hatte etwas auffallend Starres, sein Wesen etwas Fremdes ... Der ehrliche Fridolin, der sich sonst nie mit Ahnungen abgab, witterte eine Katastrophe in der Luft ...

Die Vögel waren in ihre Käfige geflogen; die Hunde hatten sich verkrochen ...

Mitten in der Halle stand Percival, die Arme wie beschwörend ausgestreckt, mit gedämpfter, aber deutlicher Stimme den Namen »Sardanapal« dreimal vor sich hinsagend ... »Komm, o komm, König von Ninive, der du vergingst in der flammenden Gloria! Kehr' ein bei mir, der dein begehrt! Ha, – welch' ein Entzückungsschauer! nicht zu Staub zerfielen deine Atome, du bist noch, du lebst! vertausche die schwere Tiara mit diesem Kranze! reiche mir die Lippen zum Kusse! – Fridolin, hurtig fall' auf die Knie, bete an vor dieser Gottheit!«

Mit herculischer Gewalt drückte Percival den athletisch gebauten Chevauxleger zu Boden ... Fridolin wußte gar nicht mehr, wie ihm geschah, er ließ Alles über sich ergehen, betete aber im Stillen ein Vaterunser, den Geisterspuk zu bannen.

Tief aus dem Garten herauf tönte die herzaufwühlende Weise der Serenade von Braga, – Flöten, Geigen und Harmonium.

»Und wer bist du, schlanker, gluthäugiger Gesell, der du, gleich einer seligen Morgenröthe, erscheinst an meinem Horizont? Süßes Kind, rath' ich richtig, indem ich die Wundenmale deiner weißen Hände küsse? Du bist der reizende Mime Paris, dem die verwegne Liebe zur Kaiserin Domitia das Leben kostete! – Ohne Furcht, ich lasse dich nicht kreuzigen, – ruhe auf meinem Lager, schlürfe neues Leben aus diesem Becher, öffne doch die halbgebrochnen Veilchenaugen, Paris, Paris!«

Schluchzend beugte der Visionär sich über das Ruhebett, zärtliche Küsse auf die seidenen Polster drückend . . .

»Wer pocht am Gitterthor?« fuhr er plötzlich wüthend auf . . .

Auch Fridolin hörte das Klopfen und es deuchte ihm sogar, als riefe eine liebe, wohlbekannte Stimme seinen Namen flehend durch die Nacht . . .

Er vermochte aber Einbildung und Wirklichkeit nicht mehr genau zu unterscheiden . . .

»Ach, du bringst mir blaue Lotosblumen vom Nil«, hörte er den König weiterphantasieren, – »du, der nie lächelt, du, schön und ernst und mild wie eine Sternennacht des Südens, – Antinous, hab' Dank! mit Perlen überriesele ich dich, einen Schmuck aus lichtgrünem, mondlichem Aquamarin will ich dir schenken . . . nein, das ist nichts, Hadrian, dein Kaiser, gab dir Besseres . . . begehrst du das Blut meiner Adern? willst du es trinken mit deinen blassen, sanftgeschwellten Lippen? gerne verblut' ich, – gerne!«

Percival sank, in Schweiß gebadet, mit überwältigten Sinnen an einer Säule nieder ...

Draußen sangen die Kammersänger Mendelssohns Chor der Rheingeister:

»Wir kommen, wir kommen.«

»Jesus, Maria, Joseph«, stöhnte Fridolin.

Seine Verwirrung wuchs, als er plötzlich Leni, sein Weibchen, leibhaftig, in ihrem schlichten, weißen Kleidchen, hereinstürzen sah. Zum ersten Male hatte Leni keinen Blick für ihren Fridolin, sie jammerte laut mit gerungenen Händen:

»Majestät, retten Sie sich!«

Percival, durch die irdische, laute Stimme dem Bewußtsein zurückgegeben, fragte vornehm und kalt:

»Wer sind Sie? was wollen Sie?«

Leni stürzte dem geliebten Monarchen zu Füßen, wobei ihre nußbraunen, reichen Flechten über ihre vollen Arme fielen, und rief unter Thränen:

»Mein Vater und der Loysel werden Eure Majestät hinüberrudern nach der Meierei! ach Gott, Eure Majestät haben uns immer so viel Gutes gethan –«

»Wem denn? was meinen Sie?«

»Nun, meinem Manne und mir«, sagte Leni, durch den Ernst der Situation zu jeder ferneren Lüge unfähig.

Auch Fridolin, anfangs entsetzt über Lenis Erscheinen, hielt es für gerathen, nunmehr Alles zu bekennen.

Percival starrte mit überweit geöffneten Augen auf die in ihrer Erregung so reizende Leni ... Ein langes Stillschweigen entstand.

Der König hatte seine majestätische Haltung wiedergefunden. Hoheitsvoll wendete er sich jetzt zu Fridolin, der mit gesenktem Kopfe, im Bewußtsein seiner Schuld, dastand.

»Fridolin«, fragte mit Würde Percival, »ist es wahr, was diese Dame behauptet?«

Und Fridolin, in Thränen ausbrechend, antwortete nur durch stummes Kopfnicken . . .

»Du wärst vermählt?« forschte mit erstickter Stimme der König . . . »aber Du hattest ja eine Liebschaft mit der Hofdame, die sich heimlich zu Dir stahl.«

»Halten zu Gnaden, Majestät, das war ja nur Komödie« . . .

Gellend schrie Percival auf . . .

»Hochverrath!«

Daß die Schwanenburg umzingelt war, daß man ihn aufheben und entführen wollte in der schwarzen Nacht, bekümmerte ihn nicht, so sehr sich auch Leni abmühte, ihm Alles deutlich zu machen.

»Mir aus den Augen, ekles Gewürm«, rief er mit ausbrechendem Wahnsinn, »o pfui, lauter Larven unter Engelsgesichtern! wie verzerrt Ihr seid, – wie beschmutzt ist diese ganze Welt! – Pfui, Fridolin, welche elende Hundscomödie hast du mit einem König gespielt!«

Er zerriß sein Gewand, schleuderte die Agraffen wüthend gegen die Wände und drückte sich die Nägel in die eigne, nackte Brust . . .

»Oh Leni, Leni, wie straft sich unser Vergehen«, klagte Fridolin, der arme, flügellahme »Genius des Ruhms« . . .

»Leni, Leni, stirb' mir nicht, – o Leni!«

Mächtigen Schwunges, markerschütternd, gewaltig ertönte jetzt, vom unsichtbaren Orchester gespielt, die Ouvertüre zu Mozarts »Don Juan« . . .

Dämonengelächter, Posaunen des Gerichtes, Herannahen unerbittlichen Fatums vermählt zum Orkan, der dahin braust über die Sünder, sie zermalmend und der Hölle überliefernd! –

»Orakel«, klang es dumpf von des Königs Lippen ... Entsetzen faßte ihn und vorüber an Fridolin floh er die Stufen hinab in's Freie ...

Fridolin warf sich ihm in den Weg ...

Percival schlug ihm in's Gesicht und rief außer sich: »Weh' Dir, wenn Du mir folgst! dann sei Dein Geschlecht verflucht bis in alle Ewigkeit!«

8. Kapitel

Et perit in undis

Auf diesem Wege über die dunkle Treppe, die der arme gehetzte Mensch, von allen Furien des Grolls und des Wahnsinns gefoltert, zurücklegte, auf diesem Calvarienwege des Unglücklichen, überkam es ihn plötzlich wie eine Vision. Wie eine gnädige Himmelsruhe mitten in dem Sturm, welcher in seinem Gehirn und in seinem Herzen brauste ...

Er hielt sich am Geländer der Treppe fest, er lehnte das tobende Haupt an die Wand und schloß die Augen ...

Es war so sonderbar. Ein längstvergessener Moment aus seiner Jünglingszeit trat mit einem Male hell und klar vor seine Seele, und wie ein unaussprechlicher Himmelsfriede überkam es ihn.

Auf einem seiner Spaziergänge, die er inkognito durch Feld und Au, durch Wälder und Ortschaften zu machen liebte, wenn es ihm gelang, der Umgebung »durchzugehen«, war er in ein ländliches Gasthaus getreten, in welchem sich viele Gäste befanden, und er hatte am Schanktische ein Glas Bier verlangt.

Wie er um sich schaute, erblickte er an einem der Tische einen einzelnen Mann sitzen – ein junger Bauersmann, welcher von der ermüdenden Schnitterarbeit in der Sonnengluth für einen Augenblick daherein geflüchtet war. Er sprach in lustigem frischem Tone nach einem andern Tisch hinüber, mit einem Dorfnachbar.

Percival wußte nicht, wie ihm geschah. Er ließ sich an den Tisch des jungen fröhlichen Bauersmanns nieder und reichte demselben sein Glas Bier zum Trinken. Dabei traf ihn der Blick des Bauern, und Percivals ganzes Wesen athmete auf, wie plötzlich von Sonne überrieselt.

Wie sollte er dieses Auge beschreiben? Es war grün wie ein See, manchmal blau wie der Himmel an einem Sommermorgen, und wieder braun wie die Herbstblätter, welche auf stille Parkwege herabflattern. Es war kein Auge, es war eine Menschenseele – so rein, so klar, so ehrlich, so echt, so brav, so fröhlich und so sündenrein dabei – Alles war Percival jetzt erfüllt, was er geträumt, ersehnt, erschmachtet. Es war das zweite Ich, welches er in dem Auge fand, die Ergänzung, der Bruder, die Heimath, die Rast, der Friede! – Am Weibe hatte er mit seinem mairosenhaften Wesen immer das Sinnliche geahnt und gescheut! Eine himmlische Keuschheit war stets und immer das Wesen seines märchenhaften Naturells gewesen. Und hier hatte er plötzlich eine Erlösung, eine Ergänzung gefunden. Das war die zweite Seele, die er ersehnt, in der er hätte aufgehen mögen als körperloses Wesen – ganz Jemandem gehören in Reinheit, Jemanden in sich aufnehmen in Unschuld!

Und er hatte mit dem Bauersmanne gesprochen, sein Herz flog ihm entgegen, und der Mann schien auch ihn auf den ersten Blick lieb gewonnen zu haben. Er wußte bald, daß derselbe Alois Bichler heiße und ein wohlhabender Landmann sei. Er begleitete ihn auf das Feld zu seinen Arbeitern, dann in sein hübsches, behagliches Haus. Dort lag das erste Kindchen Bichlers (er war ein junger Ehemann) im Vorhause in einer Wiege, bewacht von einem älteren Knaben. »Oh das liebe Englein!« – Bichler ging in den Hauptgarten, um seinem neuen Freunde ein Sträußchen Rosen zu bringen, und Percival blieb unterdessen an der Wiege des kleinen Severin, und der lächelte ihn an mit seinen großen Augen, die noch den Traum erzählten vom Paradiesglanz, und weinte gar nicht, als Percival mit ihm spielte. Und die Bäuerin war ein hübsches, junges, freundliches Weiblein. Und dann brachte ihm Alois Bichler ein hübsch gebundenes Rosensträußlein, und Percival fiel ihm um den Hals und zum erstenmal berührten seine Lippen die eines zweiten Ich.

Dann schied er aus dem Hause, das so voll Sonnenstrahlen, Bravheit und Heimathlichkeit war! –

Und hier war ihm zum erstenmal der Himmel auf Erden erschienen: Ein junges Eheglück, wackere Arbeit im Schweiße des Angesichtes, ein lächelnder Engel in einer Wiege, – das Glück – der einzige Zweck, um deßwillen das Leben werth ist, gelebt zu werden! –

Und er mußte wieder hinaus in das prunkvolle einsame Daheim! Und nie fand er das Weib, das ihn beglücken sollte, nie das süße, traute Heim, den Fleiß, das Kind, die Seligkeit des eignen, selbstverdienten, nur von Eintracht bewohnten Hauses, nie den Bruder, der ihn ergänzen mochte, nie die Seligkeit in der Reinheit, der Pflicht, der Demuth und der kindlichen Fröhlichkeit des menschenwürdigen, natürlich-arbeitsvollen Daseins ... Und jene längstvergessene glückliche Stunde, jener Mann, jene Wiegenherrlichkeit, jenes Haus, jener Garten, jene Erfüllung, sie sah er vor den Augen seines Geistes, einen Augenblick hindurch auf der finstern Stiege, die er in tobender Verzweiflung hinabstürzte in dieser nächtlichen Weile ... Aber wie dieser Frieden, diese Tantalusfrucht ihm von einem gnädigen Geschick vor die Seele gezaubert wurde, so rasch war sie ihm wieder entschwunden. Und er stürmte fort – fort – fort, wieder hinab in das Toben der Verzagtheit, in das namenlose, unerträgbare Weh. Oh, wie ihn da wieder die gewaltigen Fluthen der Don Juan-Ouvertüre in die Ohren klangen mit allen Schauern des Gerichts! ...

Der steinerne Schritt des Comthurs erschallte in dieser Musik, welche das unsichtbare Orchester spielte ... Die Posaune ließ ihren Ruf erschallen, und die Tonwellen wogten und klagten und drohten durcheinander wie sich ringelnde Schlangen, die einander zuerst bekämpften und sich dann Alle, Alle gegen den verurtheilten Wüstling wandten, und ihre Hälse vorstreckten, ihn ansahen mit ihren grüngiftigen Augen, und die Zunge nach ihm züngeln ließen, und sich dann um ihn ringelten mit ihren Schuppenleibern, und ihn erdrückten, daß ihm die Seele entflieht. –

Oh, wo war eine Rettung vor diesen Posaunen des Gerichtes, wo war die Rettung vor diesen Schrecken, wo war eine Rettung vor diesen Schlangenleibern?

Er eilte hinaus, der arme Irre, in die Nacht, in die Einsamkeit, während Fridolin bei der ohnmächtigen Leni zurückblieb, und ihr zurief mit allen Schmeichelnamen der Liebe.

Und wie er durch die Pforte am Fuße der geheimen Treppe hinausraste in den Park, da faßte den König neues Entsetzen. Blutiges Feuer floß über den Wald, den See, über ihn selber. –

Flammen der Hölle umloderten und umzuckten ihn! –

Er hatte vergessen, daß er Befehl gegeben hatte, vom Thurm aus die ganze Gegend mit bengalischem Feuer zu beleuchten. –

Es schien ihm jetzt, als müsse er durch eine Flammenlohe waten ... Da entschwand ihm der letzte Funke von klarer Besinnung.

Ob er zurück oder vorwärts wollte – überall sah er Flammen, und überall hörte er die Posaunentöne des Gerichtes.

Und er wankte – wankte noch vor, mit gesträubten Haaren durch das Feuerlicht ... Er sucht die Schatten des Waldes ... die Kühle des Sees.

Da fühlte er sich plötzlich am Arm gefaßt.

Doktor Cornelius war es, der ihm vom Schlosse aus gefolgt war, ihm, dem armen König, den er liebte wie seinen eignen Sohn. –

Aber der König sah jetzt in seiner Verwirrung nur noch einen Feind in ihm, einen Gegner, der ihm Böses wollte ...

Er stieß ihn von sich und schrie: »Zurück! ... Wer wagt es, Hand zu legen an des Königs geheiligte Majestät? ...«

Und mit einem kraftvollen Griffe hatte er sich frei gemacht von dem starken Manne, der ihm Worte der Liebe, der Zärtlichkeit, der Beruhigung zurief, und eilte, wie von Furien gejagt, hinab zum See. Nur um diesen Tönen, nur um den Höllenflammen zu entgehen, die ihn überallhin verfolgten, die ihn umzingelten und umlohten ...

Athemlos, keuchend kam er am See an, aber mit ihm zugleich Doktor Cornelius, der dieses wilde Aufstarren gar wohl kannte, und ihn umfaßte, zärtlich, schützend, gebietend ...

Aber was kümmerte das den armen Percival?

Mit aller Kraft faßte er den wohlmeinenden Arzt und zog ihn hinter sich nach in's Wasser, bis dieser mit einigen Zuckungen still blieb . . .

Dann warf Percival Mantel und Oberkleid ab, und maß die Distanz . . . er wollte sich durch Schwimmen retten vor den Tönen, vor den Flammen. –

Draußen im See erblickte er plötzlich einen Strauß von weißen Nenupharen, die auf einen Büschel zusammen im dunklen Wasser lagen, und es überkam ihn wie eine höchste Begeisterung! . . .

»Thea!« – rief er. Und es war ihm, als hielt seine Jugendliebe ihm jenes Blumenkörblein empor, wie damals am sonnigen Frohnleichnamstage.

– »Da ist sie ja! Da ist sie ja!« – jubelte er, und fiel in die Knie, und rief hinauf zum Himmel und hinab in den See: »Ich wußte es ja! Sie würde mir wieder erscheinen! . . . Sie weiß, daß ich sie geliebt habe diese langen, schrecklichen Jahre hindurch, wo ich träumte – daß ich König sei! . . . Sie wußte, daß ich sie treu geliebt habe, und daß ich auf sie hoffte und auf sie traute! . . . O Herr, ich danke Dir! . . . Ich danke Dir aus dem tiefsten Grunde meines Herzens, daß Du sie aus dem Himmel gelassen hast, und sie herabgesendet, zur Rettung des ärmsten Deiner Menschen! . . . Denn ich bin nur ein armer Mensch! – Ich erkenne es an, in tiefster Demuth, umgeben von Feinden, müde des schrecklichen Lebens, und – gerettet von Dir!!! . . . – Thea, Thea ich komme! . . . Führe mich hinan zum Allerhöchsten, daß ich mich neige vor der einzigen Majestät! . . . Dem Herrscher des Himmels! . . . Und einen Gnadenstrahl sende auf den Spuren meines schweren Weges, den ich antrete: Lenke es, daß meinem armen Bruder bald der lichte Weg wirke, welcher mir jetzt schimmert . . .

die Himmelsleiter, an der Hand eines Engels! . . . Verzeihe mir meine schwere Schuld, oh Herr, denn Du siehst in die Herzen und Nieren, und weißt, warum ich so werden mußte. Vergieb auch Allen, Allen, welche je eine Schuld verübt haben mögen, so wie ich verzeihe, der letzte, sündhafteste und – gestrafteste Deiner Knechte! . . . Und jetzt, Thea komme ich zu Dir! . . .«

Damit ging er weiter in den See, drückte das Büschel weißer Nymphenblumen an sein Antlitz und sank auf dieselben nieder – todt.

* * *

Im Schlosse droben verklang und verdröhnte die Don Juan-Ouvertüre – die rothen Höllenflammen der bengalischen Beleuchtung verfinsterten sich. Und in weiter, weiter Ferne sagte die Prinzessin von Valentinois zu ihrem Gatten, als sie sich vom traulichen Abendgeplauder erhoben, und sie eine welke Rose, mit der sie gespielt, wie schauernd anschaute: »Ich weiß nicht, wie mir ist. Ich bin so ängstlich, so muthlos! – Es ist mir, als ob die welke Rose da mir zugehaucht hätte: ›Ich danke Dir, daß Du mich lieb gehabt hast!‹« –

Textanhang

Leopold von Sacher-Masoch

Flegeljahre eines Idealisten

Aus: Leopold von Sacher-Masoch: Falscher Hermelin.
Kleine Geschichten aus der Bühnenwelt [1879]
(Berlin [1897]) S. 191–203

Der Reiz, welcher in der holden verschämten Jungfräulichkeit eines aufblühenden Mädchens für uns liegt, ist zum größten Theil ein sinnlicher, rein geistig dagegen ist jener, den uns ein junger Mann bietet, dessen unentweihte Seele, nur von der Schönheit der Welt erfüllt, noch nichts von ihrer Häßlichkeit weiß, dessen Herz noch vollkommen rein, dessen keuscher Geist nur erhabene Ideale nährt.

Mag immerhin Jean Paul diese Zeit die der geistigen Flegeljahre nennen und Heine ihren Charakter als Jugendeselei bezeichnen, sie ist doch die herrlichste, die einzige, welche uns vollkommen farbenfrisch in der Erinnerung bleibt und uns später für manche herbe Erfahrung unseres Weges wie für den Schmutz, den wir auf demselben finden, zu entschädigen weiß, und Jeder, dem ihre heiligen Flammen um das lockige Haupt spielen, erscheint uns wie ein Wesen eigener, besserer Art.

Daß aber auch keine Zeit größere Gefahren für den Mann und seine Zukunft in sich birgt als gerade diese, ist leider ebenso richtig. Immer nur von Großem, Edlem und Reinem erfüllt, ist er nur zu sehr geneigt, dies auf die Dinge um sich zu übertragen, und die Menschen und ganz besonders die Frauen in einem idealen Schimmer zu sehen.

Manchmal wird diese halb unbewußte Verhimmelung des Weibes zu einer förmlichen Scheu und Scham vor dem schönen Geschlechte und führt zu den seltsamsten Phantastereien und endlich zu ernsten Verirrungen.

Jugendliche Idealisten dieser Art schließen sich gern innig an einander und suchen instinctiv in einem schwärmerischen Freundschaftsbunde einen Ersatz für die Liebe, welche sie fliehen, sie wissen selbst nicht warum.

Es ist nicht so lange her, daß ein Idealist dieser Art einen Thron bestieg, ein junger Mann von seltener körperlicher Schönheit und nicht gewöhnlichen geistigen Gaben.

Einer Dynastie entsprossen, in welcher die Liebe für die Kunst eine Art Erbtheil ausmachte, wendete sich seine Phantasie und sein Geschmack frühzeitig der Musik und vorzüglich der Oper zu.

Er zog einen bekannten Componisten an seinen Hof und beschäftigte sich einige Zeit mehr mit der Aufführung der Opern desselben als mit der Regierung seines Landes; er übertrug die hohe Begeisterung für das Talent, die reformatorischen Bestrebungen und die Werke seines Schützlings auf die Person desselben und brachte dem intriganten, selbstsüchtigen Mann die ganze Schwärmerei seines reinen Herzens entgegen.

Bald aber fühlte sich der junge Monarch enttäuscht; schon das Alter des Componisten stand einem Freundschaftsbündnisse, wie er es suchte, im Wege und noch weit mehr der kühle, weltmännische Verstand, mit welchem derselbe die Neigungen und Phantasieen seines fürstlichen Protectors zu seinen zum Theil sehr persönlichen Zwecken auszubeuten wußte.

Ziemlich mißmuthig ging der junge Monarch, welcher derlei heimliche Spaziergänge liebte, einmal in einer hellen Mondnacht allein durch die Straßen seiner Residenz. Da schlug eine Stimme an sein Ohr, eine wunderbar süße Tenorstimme, die Stimme eines Weibes aus der Brust eines Mannes.

Es lag ein unfaßbarer Zauber in dem sanft bebenden Ton dieser Stimme, ein Zauber, der den jungen Monarchen schmeichelnd ergriff und, als er demselben einige Zeit gelauscht, vollkommen gefangen nahm.

Es war ein Lied von Schumann, das die Stimme sang.

Der junge Monarch hörte es zu Ende, dann von der Sehnsucht ergriffen, den Menschen zu sehen, in dessen Brust diese Klangfülle wohnte, stürzte er in das Haus.

Er begegnete auf der Treppe einer alten Frau. »Wer singt hier so schön?« fragte er.

»Das wird der Lieutenant sein«, erwiderte die Alte.

»Ein Lieutenant – was für ein Lieutenant?«

»Prinz * * * «

»Der singt so wunderbar?«

Die Alte sah den jungen Monarchen erstaunt an, schüttelte den Kopf und ging. Diesmal aber wartete unser gekrönter Idealist nicht ab, bis das Lied zu Ende war, sondern folgte, von den Tönen magnetisch angezogen, dem Klang der Stimme bis in das zweite Stockwerk des Hauses und stand plötzlich in dem Zimmer des Sängers.

Es war ein unbeschreiblicher Augenblick, als sich die Beiden erblickten. Der junge Reiteroffizier saß in hohen schwarzen Stiefeln, weißem Beinkleid ohne Rock und Weste am Klavier, kein Licht brannte in dem Zimmer, nur der Mond schien voll und zauberhaft hinein, Dinge und Menschen in sein weiches, magisches Licht hüllend. Kaum achtzehn Jahre alt, bartlos und von schwarzen Locken umwallt, wie ein Mädchen, war er ganz ungewöhnlich schön auch ohne den idealen Schimmer des Mondlichtes, so daß der junge Monarch seinem dunklen Auge begegnend wie gebannt stehen blieb. Der Prinz hatte sofort den Eintretenden erkannt, aber er war nicht im Stande, sich zu erheben, bis der

Monarch auf ihn zueilte und ihn enthusiastisch in seine Arme schloß.

Am nächsten Tage wurde Prinz * * * zum Adjutanten Seiner Majestät ernannt.

Der junge Monarch hatte gefunden, was er suchte, eine gleichgestimmte Seele, einen Idealisten von gleicher Reinheit und gleichem Schwunge.

Der Prinz mied die Frauen gleich ihm, er war gleich ihm nur mit großen Plänen, Gedanken und Gefühlen erfüllt und liebte die Musik, die Oper und die Werke des Componisten, welchen der Monarch so auffallend in seinen Schutz genommen hatte, mit wahrer Leidenschaft.

Kann man erstaunen, daß zwischen diesen beiden idealen Naturen, diesen zwei jungen Männern, deren leibliche Schönheit ihrer seelischen vollkommen entsprach, eine excentrische Freundschaft entstand?

Der Monarch konnte bald ohne seinen Adjutanten nicht mehr leben. Dieser mußte den ganzen Tag um ihn sein, in seinem Arbeitscabinet wie in seinem Wagen, zu Pferde oder in der Loge stets an seiner Seite, er speiste mit ihm und schlief mit ihm in einem Zimmer.

Aber es gab doch in der Residenz am Hofe tausend Rücksichten zu beobachten. Um daher manchmal ganz frei und sorglos seinen holden Phantasieen leben zu können, zog sich der Monarch von Zeit zu Zeit auf eins seiner Lustschlösser zurück, das in geringer Entfernung von der Hauptstadt an einem herrlichen See liegt. In der Mitte desselben befindet sich eine kleine Insel, nach den Wasserlilien, welche sie umgeben, die Lilieninsel genannt.

Hier wurden dann die Träume der beiden Idealisten lebendig, hier waren sie dann nicht mehr der Monarch und sein Adjutant, sondern Tristan und Isolde, Tannhäuser und

Elisabeth, und einmal, in einer märchenhaften Vollmondsnacht, sahen Bauern, die aus der Schenke kamen, erstaunt einen kleinen Kahn, von einem Schwan gezogen, über das silberbeglänzte Wasser gleiten, und in dem Kahne aufrecht einen jugendschönen Ritter, in seiner Rüstung schimmernd wie ein Cherubim, und an dem Ufer der Lilieninsel breitete ein junges schönes Weib mit schwarzen wehenden Locken in weißseidenem Brautgewande die Arme nach ihm aus.

Die Bauern bekreuzten sich und kehrten um.

Einer oder der andere erzählte das seltsame Märchen in der Beichte und auf einmal stand es in einem klerikalen Blatte gedruckt, und es gab großen Lärm im Lande.

Aber der Monarch kümmerte sich ebenso wenig um den Tadel im Volke wie um den Eclat am Hofe. Eine Furcht nur erfüllte die beiden Freunde, die Furcht, daß etwas zwischen sie treten und sie trennen könnte – ein Weib.

In der Residenz war um jene Zeit ein zweites Theater entstanden, ein sogenanntes Volkstheater, das indessen vorzugsweise auf die Sinnlichkeit seines Publikums speculirte, ein Tempel Offenbach's und der Pariser Sittenkomödie.

Der Hauptberuf desselben bestand darin, allabendlich eine Collection der schönsten Mädchen vor die Rampe zu stellen, eine Art Frauenmarkt für die Cavaliere vom Wappen und vom Courszettel.

Obwohl gewisse officielle Rücksichten den Monarchen und seinen Adjutanten zwangen, dieses Theater von Zeit zu Zeit zu besuchen, thaten sie es doch beide nie ohne Furcht und Widerwillen, und insbesondere den jungen Monarchen quälte es gleich einer bösen Ahnung, daß er hier seinen Freund verlieren werde.

Und doch wurde keins der schönen Mädchen in allen Farben, roth, blond, schwarz, braun, dem Prinzen gefährlich, der gefürchtete Pfeil Amor's kam von einer Richtung, aus der ihn Niemand erwartet hätte.

Eines Abends – der Monarch und sein Adjutant befanden sich durch einen unglücklichen Zufall in der Hofloge – trat eine Sängerin auf.

Sie hatte zuerst hinter der Scene zu singen. Als die ersten Töne ihrer Stimme an das Ohr des Prinzen schlugen, wurde er unruhig, und je mehr sie sang, um so mehr, und als die Sängerin heraustrat, saß er da wie verloren und wandte kein Auge von ihr. Es war der unheilvolle Augenblick, in welchem für ihn auf die heitern Sonnentage des Idealismus die tragikomischen Flegeljahre desselben folgen sollten.

Die Sängerin sang nicht übel, das war das Beste an ihr und dann ihr volltönender italienischer Name; eigentlich war sie aber eine Wienerin, hieß Kreuzberg und war weder jung noch schön.

Ja, es gab Leute, welche sie geradezu häßlich fanden, und ihre lange Buckelnase gab den Colleginnen willkommenen Anlaß, sie nach dem kleinen muntern Papagei, welcher mit seinem bunten Gefieder die beschneiten Zweige unserer winterlichen Wälder belebt, Fräulein Kreuzschnabel zu nennen.

Und diese Antipodin der Venus von Milo war es, welche unsern armen Idealisten so rasch und so vollständig bethörte, daß er um sie und ihre Liebe die Freundschaft eines Monarchen und des edelsten Herzens in den Wind schlug.

Seinem hohen Freunde fiel zuerst eine gewisse Einsilbigkeit, eine geheimnißvolle Trauer an dem Prinzen auf. Er drang in ihn, sich ihm anzuvertrauen, aber er fand ihn nicht so mittheilsam wie sonst.

Der Prinz antwortete auf seine angstvollen Fragen mit leeren Ausflüchten.

Bald begann er nachts heimlich den Palast zu verlassen.

Dem Monarchen entging dies nicht, aber er war mit Recht zu stolz, es zu bemerken. Bald erfuhr er, daß der Prinz in jenen Stunden, wo er sich wegstahl, zu den Füßen der Sängerin, des verspotteten Kreuzschnabels, lag, und er erfuhr zu gleicher Zeit, daß kein Weib der Liebe seines Freundes unwürdiger war als gerade dieses.

Er versuchte den Prinzen aus ihren Fesseln zu befreien, aber dies führte nur zur Entzweiung zwischen ihnen, ohne den Zauber zu brechen, den die Sängerin auf denselben übte.

Es war wie ein Fluch des schönen Geschlechts, das er so lange beinahe feindselig gemieden, daß der Prinz dem ersten Weibe, mit dem er in intimere Berührung kam, zum Opfer fallen mußte, und daß dieses Weib, das er nicht etwa liebte, sondern anbetete und anschwärmte wie ein Idealist, in einem häßlichen Körper auch eine häßliche Seele bergen mußte.

Sie liebte den Prinzen ebenso wenig, als sie ihre früheren Anbeter geliebt hatte, sie speculirte mit seiner Leidenschaft, wie es nur ein schlechtes, herzloses, gemeines Weib vermag, und indem sie dem schönen, geistvollen, phantastischen Mann, der jedes weibliche Herz in der Residenz höher schlagen machte, eine erbarmungslose Kälte entgegensetzte, gab sie sich in seinen Augen zugleich den Strahlenkranz der Tugend und steigerte sein Gefühl bis zu jenem Grade, wo der genialste Mann von dem dümmsten Weibe am Seile geführt wird, gleich einem Tanzbären.

Eines Tages erklärte der Prinz, welcher noch minderjährig war, seinen Eltern, er liebe die Sängerin und werde sie heirathen.

Sein Vater lachte, seine Mutter weinte bei dieser Eröffnung. Es gab eine Reihe heftiger Conflicte.

Der Monarch intervenirte nur, um seinen unglücklichen Freund noch mehr gegen sich aufzubringen.

Als der Prinz aber einmal gewiß war, daß er auf diesem Wege nicht zu seinem Ziele gelangen werde, warf er seinen Namen und sein Porteépée von sich, floh mit der Geliebten in ein Nachbarland, ließ sich heimlich mit ihr trauen und betrat mit ihr die Bühne.

Zwei Jahre blieben seine Einkünfte vollkommen aus, seine Frau ertrug diese Prüfungszeit indeß mit einer Geduld, welche den Prinzen noch fester an sie fesselte.

Und doch war sie nur klug, sehr klug.

Sie wußte, daß er mit seinem vierundzwanzigsten Jahre in den Besitz eines großen Vermögens treten und seine Ehe zugleich legal werden würde. Ihre Speculation hat sie nicht betrogen.

Vielleicht kommt der Mann, den sie bethört hat und der im Glauben, gut und treu zu handeln, für ein Phantom die heiligsten und reellsten Bande zerrissen hat, noch einmal zu sich, vielleicht auch nicht.

Seinen Freund, den jungen schwärmerischen Monarchen, hat die herbe Erfahrung indeß auf den richtigen Weg gelenkt. Er beginnt neben den Schönheiten der Kunst, welche ihn bisher ausschließlich begeistert, die ersten Aufgaben des Lebens und der Regierung zu erfassen, und die Art und Weise, wie er in neuerer Zeit in wichtigen politischen und religiösen Fragen energisch die Initiative ergriffen hat, läßt keinen Zweifel darüber aufkommen, daß er auch hier, wie in der Kunst, mit seinem glühenden Herzen nur große und ideale Ziele verfolgen wird, und so wird sein oft getadelter Idealismus noch einst ein Segen werden für sein Volk.

Leopold von Sacher-Masoch

Ein König, der seinen Beruf verfehlt hat

Aus: Leopold von Sacher-Masoch: Falscher Hermelin.
Kleine Geschichten aus der Bühnenwelt. Neue Folge [1879]
(Berlin [1897]) S. 323–330

Gar seltsame Geschichten sind es, die man sich über den gekrönten Sonderling zuraunt. Man könnte ihn den größten Dilettanten aller Zeiten nennen, wenn er irgend eine Kunst ausüben würde, aber seine Eigenthümlichkeit ist die, ausschließlich die Kunst zu genießen, zu bewundern, er will immer nur Publikum sein, aber ein Publikum, das jedes Publikum ausschließt. Mitten in der Nacht kommt er von irgend einem seiner feenhaften Lustschlösser in einem Wagen oder Schlitten, wie ihn die Zauberer in den Märchen zu besteigen pflegen, angefahren, tritt in seine Loge, die Finsterniß des Theaters erhellt und belebt sich, und man spielt vor dem Publikum, das aus ihm allein besteht, ein Stück oder eine Oper seines Lieblings-Componisten.

Er liebt überhaupt die Nacht. Die Nacht ist für ihn, was für uns andere Menschenkinder der Tag.

Eine vielgenannte Tragödin wird von ihm eingeladen, vor ihm eine Rolle in einem Intriguenstück aus der Zeit Ludwig XIV. zu spielen. Sie erscheint in dieser Rolle als Mann, sie liebt derlei Experimente und entzückt das Publikum, nämlich den einzigen Zuschauer in der königlichen Loge.

Die Vorstellung, welche um 10 Uhr nachts begann, endete nach Mitternacht. Die gefeierte Künstlerin kehrt abgespannt in ihr Hotel zurück, aber sie liebt das Bier ebensosehr als der

König die Kunst, der Durst ist mächtiger als der Schlaf. Sie leert einen Krug Bier, einen zweiten, einen dritten, einen vierten und dann geht sie eilig zur Ruhe. Die Natur fordert ihr Recht. Als es ein Uhr schlägt, schläft sie bereits süß und träumt von einer großen, großen Birne, welche die Wespen benagen, aber auch die Träume verstiegen, und ein tiefer Schlaf umfängt sie endlich ganz.

Da wird die Glocke gezogen, Schritte kommen die Treppe empor, ein Säbel klirrt, es klopft.

Die unglückliche Künstlerin erwacht, ihre Kammerfrau öffnet.

Ein Adjutant des Königs ist da.

Es bleibt nichts übrig, als aufzustehen.

Eine halbe Stunde vergeht, der Adjutant schlottert draußen und steht bald auf dem rechten, bald auf dem linken Beine, endlich wird er eingelassen, die Künstlerin empfängt ihn in einem Negligee, das einer großen Dame des Faubourgs St. Germain alle Ehre machen würde, sie hat kleine, verschlafene Augen, welke, bleiche Wangen und blaue Lippen, denn sie ringt mit dem Schlaf, und das Zimmer ist kalt geworden, aber sie lächelt. Sie lächelt, denn sie erwartet zu so ungewohnter Stunde, wenn nicht eine Liebeserklärung des Königs, doch mindestens einen Zobelpelz für 20.000 Rubel, wie ihn die Patti vom Kaiser von Rußland erhalten hat, oder eine ähnliche Kleinigkeit.

Der Adjutant aber lächelt nicht im mindesten und überreicht ihr, mit den Zähnen klappernd, einen Blumenstrauß.

Die Künstlerin ist über die zarte Aufmerksamkeit des Königs entzückt, aber – sie lächelt nicht mehr.

Den Adjutanten aber ereilt sein Schicksal in minder blumenhafter Gestalt.

Der König erwacht einmal mitten in der Nacht und verlangt merkwürdiger Weise nicht nach einer Sängerin, die – ohne daß er sie sieht – sein Ohr und seine Seele ganz mit seinen Lieblingsmelodieen füllen soll, sondern nach seinem Adjutanten und einer Partie Billard.

Der Adjutant erscheint und spielt verzweifelt schlecht, der König bemerkt dies nicht, plötzlich aber ertappt er den Unglücklichen dabei, wie er ein Gähnen unterdrückt, und es ist um ihn geschehen. Er fällt in Ungnade.

Die Lieblinge des Königs müssen sich das Schlafen abgewöhnen.

An seine Stelle, nicht als Adjutant, wohl aber als Liebling des Königs, tritt ein – Hofbereiter. Nicht etwa, weil er besonders gut reitet, sondern weil er genau so aussieht, wie sich der König den Helden einer seiner Lieblingsopern vorstellt.

Der Bereiter spielt in Folge dessen bald eine Rolle am Hofe, um die ihn jede moderne Pompadour beneiden könnte. Eine junge Sängerin wird vom Intendanten abgewiesen. Da läßt ihr der Bereiter seine Protektion zu Theil werden. Eine Woche später debutirt sie. Das Publikum erkärt sich gegen sie. Sie wird aber trotzdem engagirt, in die Apartements des Königs berufen, um vor ihm zu singen, und endlich zur königlichen Kammersängerin ernannt. Der Bereiter stürzt und erhebt Oberstallmeister, wie einst die Pompadour Minister, er nimmt Einfluß auf die Politik, aber – bleiben wir in den Regionen der Kunst.

Der König besitzt einen Wintergarten, der aus Tausend und einer Nacht entlehnt scheint, es ist eine Landschaft aus Eden, die sich hier in magischer Beleuchtung den trunkenen Blicken zeigt, Gebirge steigen empor und schließen einen wundervollen kleinen See ein, Palmen erheben sich in den ewig blauen Himmel, die Gewächse aller Zonen bilden Lauben und Bosquette. Am Ufer ruht ein Kahn an goldener Kette. Ein ewiger Frühling herrscht in dieser Landschaft, aber die Tageszeiten wechseln, wie es der König befiehlt, die Sonne steigt empor, es wird Tag, die Sonne geht unter, rosig senken sich die Wolken, es wird Nacht, die Sterne ziehen herauf, oder der Mond wirft sein Zauberlicht über den See und läßt Funken auf den Wellen tanzen, aber der königliche Zauberer kann auch den See wogend machen, er kann einen Sturm entfesseln oder den Donner grollen lassen und Blitze schleudern wie Zeus.

Da fällt es dem König ein, Fräulein Xemia, eine Sängerin, die ebenso makellos und rein als reizend ist, nachts in seinen Wintergarten zu befehlen. Er selbst bleibt hinter einem Busch von Myrthen verborgen. Die junge Sängerin löst die goldene Kette, wie es ihr befohlen wurde, besteigt den Kahn und läßt auf dem See dahinschwimmend ihre herrliche Stimme ertönen. Der König lauscht und ist entzückt, er läßt die Nacht heraufziehen, die Sterne leuchten und den Mond.

Träumerisch spielt seine Hand weiter mit den Elementen und entfesselt halb unbewußt ihre ganze Wildheit. Wolken bedecken den Himmel, es wird pechfinster, ein Orkan erhebt sich, wirft hohe Wellen und schaukelt den Kahn wie jenen Tells. Der Donner grollt, Blitze zucken.

Der See will sein Opfer haben.

Die Sängerin singt nicht mehr, sie beginnt zu schreien, in der Todesangst springt sie aus dem Kahn und steht nun bis über die Knie in dem tobenden See und ruft um Hülfe.

Der König gebietet den Elementen Ruhe, aber die Sängerin schreit noch immer.

Was soll er thun? Ihr beispringen? Das würde seine Illusionen zerstören.

Er ruft also gleichfalls um Hülfe. Seine Diener erscheinen und ziehen die zwar nicht entseelte aber tüchtig gebadete Sängerin aus den Wogen.

Ein bizarrer Einfall jagt den anderen und keiner bleibt unausgeführt.

Eines Tages trifft ein Minister, der zum Vortrag kommt, seinen König im Costüme eines Opernhelden vor dem Spiegel.

Plötzlich fällt es dem gekrönten Sonderling ein, seinen Lieblings-Componisten zu besuchen, er steigt zu Pferde und reitet, nur von einem Reitknecht begleitet, fünfzig Meilen, kommt nachts an, jagt den Liebling aus den Federn in einen seiner seidenen Schlafröcke, läßt sich von ihm einige Scenen aus seinen neuesten Opern vorspielen, setzt sich mit der Sonne wieder zu Pferde und reitet fünfzig Meilen zurück.

Er läßt einen Berg in seinem Reiche zu seinem Vergnügen durch einen berühmten Feuerwerker für eine Nacht in einen feuerspeienden Krater verwandeln und hätte er im Mittelalter gelebt, er hätte gewiß einen Kreuzzug – mit schönen Costümen – arrangirt.

Glauben Sie nicht, Herr von Bismarck, daß dieser König seinen Beruf verfehlt hat?

Dennoch ist er kein Journalist.

Aber er hätte Theater-Direktor werden sollen.

Übrigens – wo ein Herzog Regisseur ist, kann ja auch ein König Direktor sein.

Spielte Talma vor einem Parterre aus Königen, warum sollen Könige und Herzoge nicht einmal vor uns Komödie spielen?

Wenn nur die Komödie gut ist.

Wir haben leider zu viel schlechte Komödie gesehen, die von Königen arrangirt war.

Nachwort

»Die eine blaue Blume: ›die Liebe!‹«

Unmittelbar nach dem Tod Ludwigs II. im Starnberger See am 13. Juni 1886 setzte die Literaturflut ein, die bis heute Leben, Werk und Tod des Königs zu beschreiben und zu deuten versucht. Im Katalog zur Regensburger Ausstellung »Ludwig II. Tod und Memoria« listet Marcus Spangenberg schon für das Rest-Jahr 1886 ein ganzes Dutzend Broschüren und Bücher auf – von den raunenden Versen, die Carl Reuleaux »Den Manen Ludwig des Zweiten« widmete, bis hin zu George Morin, der es schaffte, auf 68 Seiten des Königs »Leben, Wirken und Tod« darzustellen. Daneben steht ein erster Roman: »König Phantasus« von E. M. Vacano-Freiberg, erschienen im Verlag J. Bensheimer, Mannheim. »Dieses neueste, das Leben und tragische Ende des Königs Ludwig II. von Bayern behandelnde und ungemein fesselnd geschriebene Werk eines unserer bekanntesten und beliebtesten Romanschriftsteller der Gegenwart wird überall das lebhafteste Interesse erwecken und die Aufmerksamkeit der weitesten Kreise auf sich lenken«, las man dazu im »Magazin für die Litteratur des In- und Auslandes«.

In München und Bayern war das Interesse so groß, daß das »Neue Münchener Tagblatt« noch im Dezember 1886 mit einem Abdruck des Romans begann; vom 23. Dezember 1886 bis Ende Februar 1887 erschienen 24 (im Text zuweilen gekürzte) Fortsetzungen; der für den 6. März angekündigte Schluß scheint allerdings den Lesern vorenthalten worden zu sein – vielleicht sollte so größeres Interesse für die Buchausgabe geweckt werden. Ob diese Buchausgabe wie die Fortsetzungsserie nur den Titel »König Phantasus« trug und auf den Untertitel »Roman eines Unglücklichen« verzichtete, ob auch dort als Autor nur E. M. Vacano genannt ist, ob der Text die gleichen Kürzungen aufweist wie der Abdruck im Tagblatt, läßt sich nicht sagen, da kein Exemplar dieser Ausgabe den Weg in eine öffentliche Bibliothek gefunden zu haben scheint. Die Verlagswerbung versprach für 50 Pfg. einen »Sensationsroman aus der Gegenwart, überaus reich an spannenden Episoden, aus der Feder des bekannten Volksschriftstellers E. M. Vacano«.

Der Roman wurde allgemein als Werk Emil Mario Vacanos gelesen, das »Freiberg« im Verfassernamen »Vacano-Freiberg« offenbar als Ortsangabe verstanden. Maria Janitschek, die unter dem Pseudonym Marius Stein den Roman in den »Blättern für literarische Unterhaltung« vorstellte, hatte bei dem Namen Vacano zunächst befürchtet, tatsächlich einen »Sensationsroman« lesen zu müssen, war dann aber angenehm überrascht: »Vacano war weit entfernt, eine Sensationsgeschichte schreiben zu wollen. Als Poet und Dichter fühlte er die innere Nothwendigkeit, den Geschiedenen gegen die kleinlichen, oft schmu[t]zigen Verleumdungen zu vertheidigen, mit welchen viele sein Andenken entehren.« Und das sei Vacano gut gelungen: »So gut heute ein Dichter die Widersprüche dieser groß angelegten Natur enträthseln, begründen, rechtfertigen kann, so gut hat es Vacano gethan. Die warmpulsirende Liebe zu seinem Helden verleiht seiner Schrift einen Schwung, eine leidenschaftliche Beredsamkeit, die jeden Leser mitreißen wird.«

Daß das »Freiberg« anders zu deuten sei, wurde erst durch einen Nachruf auf den am 9. Juni 1892 in Karlsruhe verstorbenen Emil Mario Vacano deutlich. »Selbstbekenntnisse« nannte Günther von Freiberg seinen Gedenkartikel. Im biographischen Abriß erwähnt er, daß sich Vacano in den 1870er Jahren »mit seiner Mutter in die kleine niederösterreichische Stadt St. Pölten zurückgezogen« habe, und dann folgt der Satz: »Zu den besten Erinnerungen meines Lebens gehört die Zeit, da ich bei ›Mütterchen‹ mit Vacano zusammen unsern

›König Phantasus‹ schrieb.« Mit der vorliegenden Ausgabe wird Günther von Freiberg erstmals als Co-Autor oder genauer: Co-Autorin erkennbar; denn Günther von Freiberg ist das schriftstellerische Ich der in Berlin geborenen Ada von Treskow, die durch ihre Heirat mit einem hohen italienischen Beamten zu Ada Pinelli wurde, im Jahre 1886 aber schon seit einigen Jahren wieder geschieden war. Von Rom verlegte sie ihren Lebensschwerpunkt nach Venedig, mag dort irgendwann Vacano kennengelernt haben. Zu der gemeinsamen Schreibwerkstatt in St. Pölten konnte es kommen, weil sie sich, wie aus einem Brief Vacanos zu erfahren ist, »vor der Cholera in Venedig hier an unsere Seite geflüchtet« hatte.

Mit Emil Mario Vacano und Günther von Freiberg hatten zwei mehr als gleichrangige Schriftsteller bei diesem Romanprojekt zusammengefunden. Beide wurden 1840 geboren, beide haben schon in jungen Jahren erste Texte veröffentlicht und konnten 1886 eine beachtliche Liste von Romanen und Erzählungen vorweisen. Wenn das Titelblatt des »König Phantasus« die gemeinsame Autorschaft dennoch nicht gleichrangig zum Ausdruck bringt, wird man daraus wohl schließen dürfen, daß Vacano schon an dem Buch arbeitete, als Ada Pinelli von Venedig aus zu ihm stieß.

Der Weg der beiden zur Literatur war sehr unterschiedlich. Ada von Treskow wurde gleichsam in die Literatur hineingeboren, denn ihre Mutter, Minna von Treskow, führte in Berlin einen der letzten literarischen Salons; die Tochter konnte später noch aus eigenem Erleben an Bettina von Arnim, Karl von Holtei oder Ludwig Tieck erinnern. Emil Mario Vacano, 1840 in Mährisch-Schönberg (heute Šumperk) geboren, hat einen Großteil seiner Kinder- und Jugendzeit im Zirkusmilieu verbracht, war dort ein vielseitiger Artist und vor allem begeisterter Reiter (es ist kein Zufall, wenn Vacano dem jungen Percival als Glücksmomente »das Reiten – das wilde, kühne, unbändige, schrankenlose Reiten« zuerkennt). Nach seinen Wanderjahren sah er seine Zukunft zunächst als Schauspieler; den Ausschlag für die Literatur gab nicht zuletzt die Ermutigung, die er durch sein großes Vorbild Karl von Holtei erfahren durfte – der seinerseits in einer Anthologie auch erste Gedichte der jungen Ada von Treskow veröffentlicht hatte.

Die Vagabundenzeit blieb sein Leben lang Thema und Inspirationsquelle für Vacano, und da er besonders in seinen frühen Romanen auf pikaresk-unbekümmerte Art mit dem Thema umging, war sein Eintritt in die Literatur von heftigen Kontroversen und massiver Ablehnung begleitet, während Ada von Treskow / Ada Pinelli als Günther von Freiberg mit ihren »phantasiereichen poetischen Arbeiten« »meist ungeteilten Beifall« fand, wie Adolf Hinrichsen in seinem Lexikon »Das literarische Deutschland« formulieren konnte.

»König Phantasus« war nicht der erste Versuch Vacanos, ein historisches Ereignis literarisch zu gestalten. Schon parallel zu seinem ersten Roman, den pseudo-autobiographischen »Mysterien des Welt- und Bühnen-Lebens«, erschien 1862 seine »Hofgeschichte« um »Sophie Dorothea« von Braunschweig-Lüneburg und den schwedischen Grafen Philipp Christoph von Königsmarck. Ein Jahr später wurde seinem »historischen Miniaturroman« »Quitte ou double«, in dem es um die Großherzogin Sophie und Napoleons Sohn, den Herzog Franz von Reichstadt, ging, die Ehre zuteil, in Österreich verboten zu werden. Daneben stehen historisch verortete Romane wie der Kriminalroman »Die Kirchenräuber« (der Ende des 17. Jahrhunderts im Raum Lüneburg – Braunschweig – Celle spielt) oder »Das Geheimniß der Frau von Nizza«, eine im Zeitalter Ludwigs XIV. angesiedelte Geschichte um unerwiderte Liebe und einen Giftmord. Imposant und eigenwillig ist seine fast tausend Seiten umfassende Durchmusterung der Kirchengeschichte in den Büchern »Die Gottes-Mörder« und »Die Heiligen«.

»König Phantasus« ist gewiß kein Sensationsroman und ist auch nicht »reich an spannenden Episoden«, selbst ein ›historischer Roman‹ ist das Buch nur in sehr eingeschränktem Sinne. Es wird keine Jahreszahl genannt, kein Land, kein Ort. Dennoch erkennt der Leser sofort, daß König Percival die literarische Inkarnation König Ludwigs II. von Bayern ist: ein bildhübscher Jüngling als umjubelter Herrscher, der sich bald von seinem Volk zurückzieht und ganz den Künsten lebt, Träume Wirklichkeit werden läßt, Musiker fördert, Dichter auferstehen läßt und bildende Künstler aller Art beschäftigt. Aber in diesem Roman gibt es keine ›große‹ Politik, keine Kriege, keine Gründung eines Deutschen Reiches. Wollte man ein Register der im Roman genannten Namen erstellen, enthielte es neben einigen mythologischen und historischen Figuren überaus viele Namen von Dichtern, Komponisten und bildenden Künstlern von der Antike bis zur Gegenwart.

Im Vergleich zu anderen Romanen, in denen Vacano gerne nur so vor sich hin erzählt, ist »König Phantasus« ungewöhnlich strukturiert – wohl ein Ergebnis der Zusammenarbeit mit Günther von Freiberg. Der Roman ist aufgebaut wie ein Tryptichon: ein strahlender Anfang, ein finsteres Ende und dazwischen nicht etwa eine historische Erzählung, die Ereignisse und Entscheidungen nachzeichnet, sondern locker aneinander gereihte Anekdoten, die nichts mit Politik zu tun haben, sondern das zunehmend »fieberhafte sich Rettenwollen« des Königs »in die Höhen des Künstlerrausches und der Schönheit« schildern. Zusammengehalten wird das Ganze durch eine Handvoll Protagonisten: Auf der einen Seite der König, seine kurzzeitige Verlobte, der schon dem Wahn verfallene Bruder. Sie entsprechen historischen Figuren, doch wie der König nicht Ludwig, sondern Percival heißt, ist der Bruder Otto zu Egon, die Verlobte Sophie zu Mignon(ette) geworden. Im Kontrast dazu ein privates Dreieck: der schmucke, aber einfältige Fridolin Werner zwischen seinem Lenchen Blaumeier und der Hofdame Jocunde von Ödhausen-Kratzenstein. Diese drei dürfen ihr kleines privates Glück nicht nur suchen, sondern auch finden, und die Autoren malen das detailreich und humorvoll aus, als schrieben sie an Szenen für ein Lustspiel. Das Ränkespiel der Politik ist nur ein fernes Rumoren, selbst dann noch, als der Roman im Mittelteil zu einem Kriminalroman um den nach Frankreich gelockten / verschwundenen König wird.

Den Auftakt bildet nicht, wie ausdrücklich betont wird, ein »Lever nach der Art des großen Ludwigs von Frankreich«, sondern das Selbstgespräch des jungen Königs an einem besonderen Tag: Fronleichnam. Bis 1874 hat Ludwig II. regelmäßig an den Fronleichnamsprozessionen teilgenommen, heißt es in einer Sammlung von Augenzeugenberichten, und über den letzten Auftritt dieser Art konnte man in der Zeitung lesen, daß die Beteiligung des Volkes, der Bruderschaften und Vereine besonders groß war: »Hinter dem von Sr. Exz. dem Erzbischofe getragenen Sanktissimum schritt S. Maj. der König, in der Uniform seines Chevauxleger-Regimentes, im blühendsten Aussehen«; die Bevölkerung »hatte sich zahlreich in den Straßen hinter dem militärischen Spalier eingefunden«.

So wie dieser Bericht über den königlichen Auftritt beim Fronleichnamsfest waren auch alle in den Roman eingewobenen Episoden um den König und sein Verhältnis zu den Künstlern Teil der allgemeinen Zeitungsfolklore, wurden gerade zu Beginn des Jahres 1886 erneut nacherzählt, weil sie nicht nur das Verhalten des Königs deutlich machen, sondern auch den angehäuften Schuldenberg erklären helfen sollten.

Selbst den Vergleich mit Herzog August von Sachsen-Gotha (»ein verrückter Herzog von Gotha oder von sonst irgendwo, der sich als Griechin kleidete«) hatte Vacano kurz nach dem Tod Ludwigs II. etwa in »Schorers Familienblatt« lesen können: Trotz der »wundersamen Launen seines Regenten«, heißt es dort, habe der kleine Staat unter ihm »eine hohe Blüte erreicht«.

Die zahlreichen Berichte über König Ludwig haben schon früh Schriftsteller angeregt, die eine oder andere Episode literarisch zu gestalten. Vielleicht ist es nicht unwillkommen, wenn im voranstehenden Textanhang zwei Beispiele aus der Feder von Leopold von Sacher-Masoch geboten werden, mit dem Vacano auf eine sehr respektvolle Art befreundet war und der nicht zuletzt als Herausgeber und Redakteur verschiedener Zeitschriften über Jahrzehnte eine wichtige Rolle für ihn spielte. Vacano hat Sacher-Masochs Texte um Ludwig II. mit Sicherheit gekannt und mag es nach dem Tod des Königs als lohnende Aufgabe empfunden haben, eine umfassende Deutung dieses Herrscherlebens zu versuchen. Daß daraus kein historischer Essay und auch kein im strengen Sinne historischer Roman wurde, könnte mit einer weiteren Herausforderung zusammenhängen: Es gab schon den Roman »Le roi vierge« des Franzosen Catulle Mendès, der, 1881 erschienen, noch im selben Jahr auch in einer deutschen Übersetzung von Rolo Helen zu lesen war, die allerdings nicht in Deutschland, sondern in Rom veröffentlicht wurde: »Der jungfräuliche König« (eine zweite Übersetzung von Ernst Brausewetter folgte 1897). In Bayern war diese »Hofgeschichte der Gegenwart« nicht willkommen, wurde »als geschmackloses und zudem staatsgefährdendes Machwerk empfunden und sofort verboten« (W. Pache). Mendès war ein großer Verehrer Richard Wagners; in seinem Roman stellt er dem König (der leicht verfremdet nicht als der Wittelsbacher

Ludwig von Bayern auftritt, sondern als der Mittelsbacher Friedrich von Thüringen), eine Wagnerische Kurtisane Gloriane an die Seite, die mit ihren Verführungskünsten wohl auch die Erinnerung an Lola Montez wachrufen sollte. Zusammen mit ihr stirbt der junge König bei einem außerplanmäßigen »Passions-Mysterium« in Oberilmenau (!) den Tod am Kreuz. Vacano hat, wie ein Brief belegt, den Roman seines französischen Kollegen gekannt, und vielleicht liegt es an dem ›zuviel Wagner‹ bei Mendès, daß das Verhältnis zwischen Ludwig und Wagner bei ihm nur am Rande eine Rolle spielt, wobei dem Leser wohl vor allem der monströse »Riesen-Christbaum im Freien« zu Ehren des Kapellmeisters Franz Wolfgang in Erinnerung bleiben wird. Besser als den Kapellmeister lernt der Leser den Schauspieler Albin Lenz kennen, der dem realen Josef Kainz sehr nahe kommt, und die verschiedenen Anekdoten um Sängerinnen und Schauspielerinnen sind mit Criquette, der Modearzt-Gattin, und ihrer Freunding Lilia Brünning-Fliederbach auf recht geschickte Weise mit dem ›unhistorischen‹ Personal des Romans verknüpft.

So amüsant und ironisch-witzig sich auch einzelne Episoden des Romans lesen, überwölbt ist das Ganze von einem wuchtigen Deutungsbogen um das Stichwort Cäsarenwahnsinn. Inkarnationen sind Elagabal und Nebukadnezar, die der Einleitung und dem Schlußteil ihren Stempel aufdrücken dürfen (Nero und Sardanapal werden sich später zu ihnen gesellen), während es im Mittelteil ›nur‹ »um Kronen und Herzen« zu gehen scheint. Alles beginnt mit der lichten Seite des Elagabal, mit Elagabal als Sonnenpriester, dem sich Percival / Ludwig schon vor seiner Krönung verwandt gefühlt hat und dem er nacheifern möchte: »Willkommen, Sonne! Erhelle meine Pfade, verleihe Glanz meinem Reiche!« Alles scheint sich zum Guten zu fügen, als ihm an diesem besonderen Tag auch noch die Liebe in Gestalt ›seiner‹ »Beatrice« begegnet. Doch dann ist es ausgerechnet die Sonne, die das volle Glück verhindert; Beatrice-Thea stirbt an »Gehirnentzündung«; die Sonnenverehrung des Königs kehrt sich um in »wilden Haß gegen die Sonne«, der Cäsarenwahnsinn, anfangs nicht mehr als ein Wort, bricht sich Bahn; der kurze Auftritt des schon dem Wahn verfallenen Bruders Egon wird zum Menetekel. Mit ihm steht die Frage im Raum: »Wann wirst Du denn sterben?«

Bei einer derart mit Bedeutungsfülle aufgeladenen Einleitung verwundert es nicht, wenn auch in der eigentlichen Erzählung immer wieder Vergleiche angestellt, Parallelen zitiert werden; die Überfülle solcher Verweise überrascht allerdings. Man gewinnt den Eindruck, als hätten die beiden Autoren sich in einen Wettbewerb um Zitate und Anspielungen hineingesteigert, denn es ist die Ausnahme, wenn wie bei der Hofdame Jocunde als »bezauberte Rose« eine »fade, crêmeweichliche Dichtung« in der Erzählung neues Leben gewinnt.

Aus der Fülle der Zitate ragen zwei besonders heraus. Im Elagabal-Teil wird in voller Länge ein Sonett zitiert, das angeblich »der alte poetische Großonkel Seiner Majestät kritzelte, als er in Pompeji vor einem Gemälde von der Ähnlichkeit des in den Armen der Venus ruhenden Adonis mit seinem königlichen Großneffen frappiert wurde«. Was man für eine Schöpfung der Romanautoren halten könnte, ist in der Tat ein Zitat: Ludwigs Großvater Ludwig I. schrieb das Sonett am 27. Februar 1867 »auf der Eisenbahn« zwischen Neapel und Rom; schon bald darauf wurde es in bayerischen Zeitungen veröffentlicht, z. B. in der Beilage »Der Sammler« der Augsburger Abendzeitung vom 13. April 1867. Die Ähnlichkeit des antiken Adonis mit seinem damals frisch verlobten Enkel erkannte der König vor allem »in dem schwämerischen Ausdruck der Augen«, zitiert ihn die Zeitung im Vorspann zu dem Gedicht. Den Romanautoren war wohl besonders die letzte Zeile wichtig: »Nie heiße es: die Liebe ist gestorben!«, wird sie doch nur gar zu bald zu einer Art Weissagung.

Dem entspricht am Ende des Romans eine ›echte‹ Weissagung. In höchst gelehrter Form, mit einem lateinischen Zitat, verweist Papa Blaumeier auf den drohenden Untergang des Königs: *Et perit in undis*. Das Zitat stammt aus der sogenannten »Lehnin'schen Weissagung«, die ein Mönch Hermann von Lehnin im 14. Jahrhundert verfaßt haben soll. In den 100 Sätzen der Weissagung geht es, so die allgemeine Interpretation, um das Schicksal des Hauses Hohenzollern (Papa Blaumeier spricht allgemeiner von den »deutschen Staaten und Königsfamilien«); der Bezug zu Bayern stellt sich her, wenn man erfährt, daß es zu der Weissagung eine »bayerische« Variante gibt, die ein Simon Speer 1599 im Kloster Benediktbeuern zusammengestellt haben soll, die aber wohl eher ein Produkt des 19. Jahrhunderts ist. Die Weissagung stieß in der zweiten Hälfte des 19. Jahrhunderts auf vielfältiges Interesse und ist oft gedruckt und übersetzt worden. Selbst die Zeitschrift »Über Land und Meer«, in der Vacano und Günther von Freiberg oft vertreten waren, ging auf das von »mehreren Lesern« geäußerte »lebhafte Interesse« an diesem Text ein und druckte den lateinischen Text mit Übersetzung und kurzen Erläuterungen zu einzelnen Versen. Der Satz *Et perit in undis, dum miscet summa profundis* (im »Buch der Wahr- und Weissagungen« übersetzt mit »Stirbt den Wassertod, nachdem er die Ordnung verkehret«) ist in der »bayerischen« Version unverändert geblieben. Im Oktober 1886 konnte Vacano dazu in der Zeitschrift »Psychische Studien« lesen, daß sich dieser Vers als »auf des unglücklichen Königs Ludwig II. Schicksal merkwürdig zutreffend« erwiesen habe. Umso bemerkenswerter ist es, daß er und Günther von Freiberg den Tod des Königs nicht ganz ›nach der Wirklichkeit‹ schildern, sondern auch aus dem Motiv des Cäsarenwahnsinns ableiten.

Ein drittes Zitat zielt auf die homoerotische Komponente im Seelenleben des Königs Percival. Ludwig II. ist schon früh in den Kanon der ›berühmten Homosexuellen‹ aufgenommen worden; seine Homosexualität wurde insbesondere im Hinblick auf seinen Briefwechsel mit Richard Wagner und seine Tagebücher analysiert und steht außer Frage. Die Romanautoren aber lassen ihren König Percival erst einmal eine »Beatrice« finden (und gleich wieder verlieren). Das Thema Homosexualität oder besser: Homoerotik wird so gleichsam zu einer zweitrangigen, abgeleiteten Größe. Wenn Joachim Münster die Behandlung der »homosexuellen Thematik« im Roman mit Worten wie ›großzügig‹, ›ungekünstelt‹ und ›souverän‹ beschreibt, trifft das nur zu, wenn man die einzelnen Episoden für sich betrachtet. Der König lernt (als Künstler verkleidet) einen jungen Mann von »diabolischer Hübschheit« kennen (»ein Gesicht von der Farbe der goldgelben Rosen der Alhambra, wie durchglüht von der Liebe der Sonne im Süden«), will später sein Herz »an einen Offizier seiner Garden anranken«, der »seine Seele gefesselt hatte durch die Gewalten seines virtuosen Pianospiels«. Doch der schöne Jüngling wehrt den vermeintlichen Künstler ab, »weil das so unnatürlich und unheimlich war, daß Männeraugen auf Mannerzügen bewundernd ruhen«, und der musische Offizier gewährt zwar den Bruderkuß, gesteht aber bald dem König, daß er Fräulein Kreischer liebt, »eine Sängerin zwölften Ranges, die noch dazu einen schlechten Ruf habe«. Und dann ist da Fridolin Werner, den der König beim Baden beobachtet, »überrieselt von Wasser und Sonnenstrahlen, ein wahrer Griechengott der riesenhaften, ebenmäßig gebauten Gestalt nach«. Fridolin wird für Percival zu einem zweiten Antinous; wie einst Kaiser Hadrian seinen Antinous läßt er seinen Fridolin »von den besten Bildhauern seines Reiches und Italiens in allen Stellungen in Stein hauen«. Fridolin mit den »großen, nicht allzu geistreichen hellblauen Augen und dem flachsblonden Haare« weiß gar nicht, wie ihm geschieht, nimmt alles ergeben hin, doch sein Sehnen richtet sich allein auf sein Lenchen, in deren Nähe ihm bald »jedes Kleidungsstück zu eng wurde und er manchmal zu platzen meinte«. Der König hat seinen Bediensteten das Heiraten streng verboten. Ausgerechnet dieser gutmütige Bauernjunge findet eines Tages, diesmal nicht als Antinous, sondern »angethan wie ein orientalischer Märchenprinz«, in der Königs Gemach den (1875 erschienenen) Roman »Fridolins heimliche Ehe« von Adolf Wilbrandt, ein frühes, ironisch-witziges Beispiel, das Seelenleben jener »›Übergangsmenschen‹«, die, »was ihre liebe Seele betrifft, ungefähr ebensoviel vom Manne wie vom Weibe haben«, in Worte zu fassen: »Sie können sich nicht ergänzen, denn sie sind schon ergänzt. Sie sind mit sich selbst verheiratet. Sie leben mit sich selbst in einer heimlichen Ehe.« Fridolin liest, doch versteht ihn nicht, den »feingesponnenen« Roman. So hält er sich an den Titel, nimmt den Roman als »kostbares Rezeptbuch« und heiratet sein Lenchen – heimlich.

Aber: Es ist ja König Percival, der Wilbrandts ›feingesponnenen‹ Roman liest. Vielleicht hat er ja danach das Wort »Unnatur« aus seinem Wortschatz verbannt. Und was würde er wohl zu dem etwas grobmaschigeren, aber nicht weniger unterhaltsamen Roman des Autorenduos Emil Mario Vacano und Günther von Freiberg sagen?

Wolfram Setz

Literaturhinweise:

Wolfram Setz: Emil Mario Vacano. Eine biographische Skizze (Hamburg 2014) – Günther von Freiberg: Selbstbekenntnisse. Emile Mario Vacano, in: Deutsche Romanbibliothek 20 (1892) Sp. 2349–2352 – Adolf Hinrichsen: Das literarische Deutschland (Berlin ²1891). Aus der Überfülle der Literatur zu Ludwig II.: Gottfried von Böhm: Ludwig II. König von Bayern. Sein Leben und seine Zeit (Berlin ²1924) – Wilfried Blunt: Ludwig II. König von Bayern (München 1970) – Hermann Rumschöttel: Ludwig II. von Bayern (München 2011) – Judith Eisermann: Josef Kainz – Zwischen Tradition und Moderne (München 2009) S. 93–103: Kainz und König Ludwig II. Böhm hält S. 569 fest, daß »Ludwig II. ein paar der leichten Reiter, die ihm besonders gefielen, in Marmor aushauen« ließ. »Die auf diese Weise entstandenen Kunstwerke sind jedoch nicht wie Antinous in Museen gewandert, sondern der Zerstörung preisgegeben worden.« Auf S. 510 referiert er den Professorenscherz, man müsse froh sein, »daß nicht eine allerhöchste Verordnung erschienen sei, die uns allen die göttliche Verehrung des Antinous Ludwigs II. zur Pflicht mache«. Rupert Hacker (Hg.): Ludwig II. von Bayern in Augenzeugenberichten (Düsseldorf 1966) S. 220–221 (Bayerischer Kurier vom 6. 6. 1874) – Eduard Hanslik (Hg.): »Auf zur Sonne, Königsschwan! ...« Ludwig II., König von Bayern, in zeitgenössischen Gedichten und Liedern (München 1986) (S. 125 f. das Sonett Ludwigs I.) – Walter Pache: Ludwig II. von Bayern in der Literatur der europäischen Dekadenz, in: W. P.: Degeneration / Regeneration. Beiträge zur Literatur- und Kulturgeschichte zwischen Dekadenz und Moderne (Würzburg 2000) S. 3–17 – Bernhard Lübbers – Marcus Spangenberg (Hg.): Ludwig II. Tod und Memoria (Regensburg 2011) (zur »Publikationsflut« S. 75–78) – Klaus Reichold: Keinen Kuß mehr! Reinheit! Königtum! Ludwig II. von Bayern (1845–1886) und die Homosexualität (München 2003) – Rainer Herrn: Ein historischer Urning. Ludwig II. von Bayern im psychiatrisch-sexualwissenschaftlichen Diskurs und in der Homosexuellenbewegung des frühen 20. Jahrhunderts, in: Katharina Sykora (Hg.): »Ein Bild von einem Mann«. Ludwig II. von Bayern. Konstruktion und Rezeption eines Mythos

(Frankfurt am Main – New York 2004) S. 48–89 – Joachim Münster: Artikel zu: E. M. Vacano – [G. v. Freiberg]: König Phantasus (Mannheim 1886), in: Lexikon homosexuelle Belletristik (Loseblattsammlung) (Siegen o. J.)
Schorers Familienblatt. Salon-Ausgabe. Jan.–Juni 1886, S. 745: »Das Trauerspiel in Bayern« – Eduard Wilhelm Sabell: Literatur der sogenannten Lehnin'schen Weissagung (Heilbronn 1879) S. 21–23 und 98–100 – Das Buch der Wahr- und Weissagungen (Regensburg ²1859) S. 41 und 43 sowie S. 80 und 83 – Die Weissagung des Abtes von Lehnin, in: Über Land und Meer 36 (1876) S. 718, 738–739, 762–763 – Gregor Konstantin Wittig: Eine denkwürdige Weissagung über Bayern, in: Psychische Studien 13 (1886) S. 469–473 und 570–572 (Zitat S. 471).

Adolf Wilbrandt: Fridolins heimliche Ehe (Wien 1875, Neuausgabe Hamburg 2010) – Das Magazin für die Litteratur des In- und Auslandes 110 (1886) S. 793 – Blätter für literarische Unterhaltung (1887) S. 216.

Inhalt

Emil Mario Vacano — Günther von Freiberg

König Phantasus
Roman eines Unglücklichen 7

Textanhang

Leopold von Sacher-Masoch

Flegeljahre eines Idealisten 209
Ein König, der seinen Beruf
verfehlt hat 217

Nachwort

Wolfram Setz

»Die eine blaue Blume: ›die Liebe!‹« 225